悪魔の手紙

ヨコハマＯＬ探偵団

吉村達也

集英社文庫

目次

悪魔の手紙

ヨコハマＯＬ探偵団

プロローグ

その手紙はエイプリル・フールの日にやってきた。

受取人の名前もなければ差出人の名前もない、そして切手も貼っていない真っ白な封筒が、彼女の新居の郵便受けに投げ入れられた。

それを手にしたとたん、彼女は不吉な予感にとらわれた。

中身を見る前から、それが新しい生活をはじめたばかりの彼女の幸せをぶち壊す、悪魔の手紙であることを直感的に悟った。

震える手で封を切った。

一枚の白いカードが出てきた。

中央に、たった一行。真っ赤なインクでこう書かれてあった。

《私だけが知っている》

目の前が真っ暗になった。

第一章　消えた死体

1

「千鶴《ちづる》さん、そろそろ起きろよ。もうすぐ東京に入るよ」

男の手で揺り起こされて、杉本《すぎもと》千鶴はハッと目をさました。

すぐには、自分がどこにいるのかわからなかった。

やがて、体全体が車の振動に包まれていることに気づき、ポルシェの助手席に乗っているのだと思い出した。

「いつのまに眠ったのかしら……」

つぶやきながら、千鶴は後ろに傾けていたシートを起こした。

フロントガラスの向こうは夜の闇。

先を行く車のテールランプが、完全に目覚めていない彼女の視野に、ぼんやりとにじんだ赤い輪を作った。

「何時なの」

「二時だよ」

「もうそんな時間」

千鶴は驚いて自分の腕時計を見た。

たしかに、夜中の二時を少し回ったところだった。

「いま、どこを走ってるの」

「多摩川《たまがわ》の土手沿いだよ」

左ハンドルのポルシェの運転席に座った若い男は、進行方向左手に川があることを手振りで示した。

東京都と神奈川県との県境にもなっている多摩川――その川沿いに立ち並ぶ家並みは、ほとんどが眠りについたのか、『夜景』と表現できるような街の明かりは、こちら側にも向こう側にもあまりない。

はるか前方に見える、大きな橋を行き来する車の明かりだけが、闇の中の蛍のように左右に動いていた。

「ねえ、荒木《あらき》くん。私、どの辺から寝ちゃったの」

「海沿いのレストランを出てすぐだよ」

荒木と呼ばれた学生風の男は、前を向いたまま答えた。

「じゃあ、二時間も眠っていたわけ」

「ああ、ぐっすりとね。ずいぶん疲れていたみたいだったよ」

「そうね……たしかに疲れていたもの」

千鶴はうなずくと、助手席の窓ガラスにぐったりと頭をもたせかけた。


四月二十日の夜、杉本千鶴は荒木英作《えいさく》に誘われて、彼が父親にねだって買ってもらったという真っ赤なポルシェ911カレラ4で、湘南《しょうなん》方面へドライブに出た。七里《しちり》ケ浜《がはま》のあたりで車を止め、夜の海を眺めたり、砂浜を歩いたりした後、終夜営業のレストランに入って軽く食事をし、ふたたび東京方面へ戻ってきたところである。

いま日付が変わって四月二十一日の午前二時すぎになっていた。

「新しい生活はどう、OL生活ってやつは」

ハンドルを握りながら、英作がたずねた。

「うん……新入社員だからいろいろ気を遣っちゃう。それに、まだ私のことを特別な目で見る人もいるし」

「なんたって、元タレントだからな」

「そういう言い方はナシって言ったでしょ。もう六年も前のことなんだから」

「朝霞《あさか》千鶴が引退してから、もうそんなに経《た》つんだ」

「そうよ。でも六年なんて、あっという間だったけどね……」

元タレント――

そういう表現で呼ばれるのは、千鶴にとってあまり気持ちのいいものではなかった。いかにも、いまは落ちぶれてしまったという感じの表現だからだ。

だが彼女の場合、芸能界から突然身を引いたのは、まさに人気急上昇といった最中の出来事だった。

南国宮崎県で生まれた千鶴は、十五歳のとき、タレントのオーディションにトップで合格。朝霞千鶴という芸名で、まずCMモデルとして芸能界にデビューした。

そして、初仕事にあたる都市銀行のイメージCMで見せた、愛くるしい笑顔と大人びた陰のある表情のアンバランスさが受けて、いきなり人気が爆発した。

その後、レコードや映画・テレビにも進出、いずれのジャンルでも大ヒットを飛ばし、これから一気にスター街道を驀進《ばくしん》と思われていた矢先、デビューわずか二年目の十六歳の秋、唐突に引退を表明したのである。

表向きには学業との両立が難しくなったため、ということになっていたが、そんな理由を信じるものは誰もいなかった。

それどころか、事務所の社長や千鶴の両親ですら、寝耳に水の出来事だとわかって、芸能マスコミは大騒ぎになった。

ノイローゼ説、異性交遊説など諸説紛々飛び交ったが、十六歳にもかかわらず、千鶴は取材攻勢にあっても頑として口を割らず、一切の弁明もせず、ついに真相は謎に包まれたまま、ファンからも業界関係者からも惜しまれつつ、彼女は芸能界から姿を消した。

いま、彼女の隣りでポルシェを運転している荒木英作は、千鶴がデビューしたころからの熱心なファンだった。真っ先にファンクラブに加入し、親衛隊のような立場でいつも千鶴のそばに付き添っていた。

千鶴が十五歳、英作は一つ年下の十四歳の出会いである。つまり、中学二年のときから、彼は千鶴を見守ってきたのである。

その彼が、親衛隊という立場から転じて、個人的に千鶴とつきあうようになったのは、千鶴が芸能界を突如引退し、郷里の宮崎に戻って三年が経った後のことだった。

地元の高校を卒業し、父親が経営する牧場を手伝っていた彼女のところへ、ある日、東京から英作がやってきたのだ。

千鶴十九歳、英作十八歳の再会だった。

朝霞千鶴から杉本千鶴に戻り、牧歌的な環境の中で目立たない暮らしを送ってきた彼女にとって、逞《たくま》しく、男らしく、そしていかにも都会育ちらしいセンスを感じさせる若者に成長した荒木英作は、ハチマキを締めハッピを着てステージの彼女に声援を送っていた、かつての親衛隊の少年とはまるで別人だった。

千鶴さんのことが忘れられなくて、というのが、英作の再会第一声だった。

ふたりはタレントとファンという幼かったころの関係を白紙に戻し、一人の男として、一人の女として、たがいを愛するようになった。

東京と宮崎という距離の隔たりがあるだけに、愛はいっそう激しく燃え上がった。

春、夏、冬と、大学が休みに入ったときは、英作はすぐに宮崎に飛び、ずっと千鶴のそばで毎日を過ごした。

彼女は一人っ子であったが、英作との関係は千鶴の両親も公認というところまでいき、当然のように、英作は将来の約束を誓った。時期が来たら結婚しようと……。

だが、なぜか千鶴は首を縦に振らなかった。

英作がいくら理由を求めても、絶対にわけを話そうとはしなかった。彼女の両親に問い詰めても埒《らち》があかなかった。

ただ、あるとき年老いた千鶴の祖母がポツンともらした一言が、英作の耳にいつまでも残った。

「きっと、東京で何かあったんじゃねえ。急に芸能界を辞めると言い出したとき、あの子の身に何かがあったんよ。えろう傷つくような何かが……」

およそ一年半のうちに、英作との愛は自然消滅する形になった。千鶴のほうからしだいに遠ざかっていった、という感じだった。

だが、運命はふたたび彼らを引き合わせた。

昨年の夏に、千鶴の父親が急死し、牧場経営が他人の手に渡ったのである。八十を越えた祖母と母だけでは生計も心もとなく、千鶴も仕事を見つけなければならなかった。彼女ほどの容姿があれば、タレント的な仕事はいくらでもあったが、千鶴は絶対にそうした世界に戻ろうとはしなかった。かといって、地元企業に勤めるのは、なまじスターとして一度脚光を浴びているだけに、やりにくかった。

それならば、思い切ってもう一度大都会に出たほうがよいと決心し、たまたま男女社員の中途採用を募集していたヨコハマ自動車を受けたところ、役員面接などで彼女の素直さが高く評価されて、運よく入社が決まった。

出社は新卒社員と同様、四月一日からと言われた。

ヨコハマ自動車は、社名のとおり横浜港をのぞむ山下《やました》公園に近いところに本社があった。トヨタ、ニッサンといった業界大手には及ばないが、中堅自動車メーカーとして、これから伸びていこうという会社である。

しかし、ひとりで横浜に出てくることになったとき、けっきょく千鶴が頼れるのは荒木英作しかいなかった。

二年あまりのタレント生活を送ったときは、プロダクションが用意した渋谷《しぶや》の寮に住んでいたが、まだ幼かったことと、仕事場から仕事場への毎日とあって、東京の地理などまったく不案内のままだった。だから、六年後、いざ住まいを見つけるとなっても、彼女ひとりではどうしようもなかったのである。

そんな事情があって、千鶴はふたたび英作に会った。大学の三年から四年になろうとする英作に、新しい恋人ができたのかどうか、千鶴はあえてたずねなかった。

当分は仲のよい友人として、おたがいにつきあおうと話しあったのである。むろん、そんなことが不可能なのは承知のうえで……。

ともかく、英作の助けを得て、東京の自由《じゆう》が丘《おか》に小さなマンションを借りることが決まり、三月の上旬に千鶴は宮崎から引っ越してきた。

自由が丘は東横《とうよこ》線の急行が止まるため、横浜へ出るのにさほど時間がかからず、通勤に便利だった。それに、なによりもファッショナブルで活気に満ちた魅力のある街だった。

新しい生活をスタートさせるにあたって、千鶴は美容院へ行き、思い切って髪形も変えた。

タレントだったころは、さまざまなヘアスタイルをさせられていたが、宮崎に戻ってからは、長く伸ばした髪をポニーテールにまとめ、化粧もせず、いつも素顔で過ごしていた。

だが、千鶴はもう一度変わろうとした。

長い髪をソバージュにして、それに合うような大人っぽい化粧をするようになった。

もともと魅力的な顔立ちをしていたから、変身した千鶴は、街を歩いても男たちがパッと振り返るほど目立った。

むろん、それがかつてのアイドル朝霞千鶴であると気づくものはいない。

それが彼女には、なによりもうれしかった。朝霞千鶴ではなく、本名の杉本千鶴として東京に戻れたのがうれしかったのだ。

空の青と、牧草の緑、それに馬や牛のいるのどかな光景は、やがて彼女の記憶から徐々に消え去っていった。

躍動的なエネルギーにあふれた都会での新しい暮らし——それは、文字どおり希望に満ちたものになるはずだった。

あの手紙さえ来なければ……である。

2

「ところで、あの件はどうなった」

英作が話題を切り替えてきた。

「あの件て」

「変な手紙だよ。私だけが知っている、って書かれた」

「ああ……」

ソバージュにした長い髪の毛を片手で梳《す》きながら、千鶴は硬い表情になった。

「べつに、あの後は変わったことはないけど」

「そう……それならいいけどね。きっと、単なるイタズラだったんだろう」

「だけど、どうして私の住所がわかったと思う」

「こないだ週刊誌に記事が出ただろ。あの美少女タレント『朝霞千鶴』がヨコハマ自動車のOLに、って」

「うん」

「ああいうのが出れば、ヒマなやつがなんとか住所を探し出したりして、よけいなおせっかいをするものだよ」

「元タレントの宿命ってわけ？」

「ある程度は仕方ないかもしれない。でも、現役のスターじゃないんだから、世間もすぐに忘れてくれるよ」

　耳ざとい芸能週刊誌のいくつかは、謎の引退をとげた美少女タレント朝霞千鶴が、普通のOLとなって都会に戻ってきたことをすばやくキャッチしていた。

　一誌がそのことを記事にすると、他誌が追い、テレビもそれをフォローするといった図式で、彼女の就職はたちまち公にされた。

だが、英作が指摘したとおりで、朝霞千鶴という名前には、かつてのようなニュースバリューはないとみえて、その騒ぎも比較的小規模で収まり、千鶴は予定どおり、ヨコハマ自動車宣伝部勤務の一年生として、平穏無事にＯＬ生活のスタートを切ることができたのだった。

「それにしても、変な関係ね、私たち」

ポツンと千鶴がつぶやいた。

「タレントと親衛隊という関係が、ある日突然恋人どうしになって、それからいったん別れて、また会ったときは、友達みたいになっちゃって……」

英作は何も言わなかった。

「こうやって、夜ふたりきりのドライブに誘われても、気軽についていけるのって、信頼がないとできないことだし」

「そんな信頼はなくてもいいんだけどね」

怒ったように英作が言った。

「真夜中の浜辺にふたりきりでいてもキスひとつ交わさない関係なんて、それこそ変な関係だよ。こういうのを友達関係っていうとは知らなかった」

「怒ってるの」

「これが笑っているように見えるかい」

運転席と助手席で、ふたりはたがいにため息をついた。

「ねえ、荒木くん。誤解しないでほしいんだけど、私は……」

千鶴が言いかけたとき――

「ちょっと待って」

急に英作がさえぎった。

同時に、快調に走っていたポルシェが、速度を落とした。

「どうしたの」

「変なものを見たんだ」

英作は路肩に車を止め、バックミラーをのぞき込んだ。

「変なものって？」

「いや、見まちがいならいいけど……ちょっと確かめてみよう」

後続車が来ないことを確認してから、彼はポルシェを二十メートルほどバックさせた。

多摩川沿いの土手を通る道路の路肩いっぱいに、白いブルーバードのセダンが止まっていた。その真横に並ぶ位置まで、英作は車を後退させた。

「その車がどうかしたの」

不審そうに千鶴が聞いたが、英作は返事をせず、じっと運転席の窓から隣りの車をのぞき込んだ。

左ハンドルなので、彼のほうが路肩に止まっている車に近い形になっている。

「ねえ、何を見たの。教えてよ」

英作の袖を引っぱりながら、千鶴は繰り返したずねた。

「人がいるんだ……車の中に。ほら」

英作は、千鶴が見やすいように、体を斜めにした。

「アベックでしょ。そんなの放っておけばいいじゃない」

「ちがう。助手席に男がひとりで……なんだか、シートにのけぞっているみたいだ」

「眠っているだけじゃないの」

「あれが眠っている格好かよ。それに、運転席には誰もいないんだ」

「やめて、荒木くん。あまり変なことに関わりあいにならないで」

千鶴は眉をひそめた。

しかし、英作はじっと窓ガラスの外を見つめたままだった。

「きっと、死んでいるんだ」

消え入りそうな声で彼はつぶやいた。

「なんですって？」

千鶴は驚いて聞き返した。

「きっと死んでいるんだよ。そうじゃなきゃ、あんな格好のまま動かないのはおかしいじゃないか」

英作に言われ、千鶴はおそるおそる隣りの車の中をのぞいた。

真夜中なので暗かったし、ガラスの反射もあってわかりにくかったが、たしかに助手席にワイシャツ姿の男性が座っており、目を閉じて、妙な角度に体を曲げたまま、ヘッドレストに頭をもたせかけていた。

千鶴は男の顔をじっと見つめた。たしかに生きているようには思えない。そして、喉には何か黒いものが流れ出した跡が見えた。

「ねえ、もしかして、あれは血……」

千鶴が言いかけたとき、後ろのほうから大きな音でクラクションが鳴らされ、彼女はキャッと声を上げた。

ポルシェがブルーバードと二重に駐車したため、道路をふさぐ形になったのを怒った後続車がホーンを鳴らして通りすぎた。

が、英作はそれにはかまわずシートベルトを外し、運転席側のドアを開けた。

「どうする気」

「見てくる」

「待ってよ」

千鶴が止めるのも聞かず、英作はポルシェから降りてブルーバードのそばに立った。

そして、三十秒もしないうちに、青ざめた顔で戻ってきた。

「たいへんだ」

「どうだったの」

「やっぱりだ」

「何が」

「死んでる」

「嘘《うそ》」

「ほんとだよ」

「そんな」

「血まみれで動かない」

英作と千鶴の言葉が、重なるようにして飛び交った。

「ほんとに死んでるの」

「……うん」

ようやく一息ついて、英作はうなずいた。

「間違いない」

「自殺？」

「とてもそんなふうには……」

「じゃあ、殺されたってこと？」

「たぶんな」

千鶴は口に手を当てた。

彼女の頭の中を、過去の一場面が駆け巡った。

ギュッと目をつぶって、千鶴は必死でその映像を頭から追い払った。

だが、忌まわしい光景と入れ替わりに、あの白いカードに記された真っ赤な文字が浮かび上がってきた。

《私だけが知っている》

千鶴は叫び出しそうになるのを懸命にこらえた。

「ほんとに……ほんとに死んでいたのね」

千鶴は、もういちど同じことを確認した。

「ああ、それもひとりだけじゃなかった」

「どういうこと」

「スモークフィルムが貼ってあるから、そばに行くまでわからなかったけど、後ろにもふたり男がいたんだ」

「えーっ」

「後部座席に、ぐったり横たわってね」

「そのふたりも死んでいるの」

「すごいよ。全身血まみれで」

「じゃあ、全部で……」

英作は千鶴の言葉にうなずき、そして言った。

「そう……三人だよ」

「………」

目を見開いて絶句する千鶴に、英作は念を押すように言った。

「ブルーバードの中で男が三人、殺されているんだ。嘘だと思ったら、降りて見に行ってごらん」

3

「……どうしよう」

車にもどった千鶴は震え出した。

「ねえ、荒木くん。どうしたらいいの、私たち」

「後ろに携帯電話がのってるだろ」

英作は硬い表情で言った。

「これね」

千鶴は体をひねって、薄型の携帯電話を取りあげた。

「警察を呼ぼう。すぐ百十番して」

「私がかけるの？」

「出たら代わるから」

「どうして私が」

「たのむよ」

「でも、私、こういう電話、使い慣れていないから……それに……百十番なんて」

千鶴は携帯電話を手にしたまま、ためらっていた。

「赤い電源ボタンがあるだろ。それを、ちょっと長めに押すと電源が入る」

ブルーバードから目を離さずに、英作は指示した。

「明かりがついたわ」

千鶴が言った。

「それからどうするの」

「１１０と押して、グリーンの開始ボタンを押すんだ」

携帯電話からかけるときは、市内通話でも市外局番を押さなくてはならないが、百十番はこのかぎりではない。

「ほんとに私がかけるの」

「たのむ」

英作の口調に気圧《けお》されて、千鶴は震える指で110と押し、続いて開始ボタンを押した。

「かけたわよ。後はお願い」

熱いものでも放り投げるように、千鶴は携帯電話を英作に手渡した。

「はい、百十番です。何がありましたか」

千鶴から英作に手渡される中間で、受話器から警察官の声がもれ聞こえた。

応答したのは神奈川県警の百十番受理台である。

「えーとですね、いま車で走っていたら、路肩に止まっている車の中で、男の人が死んでいるのを見つけたんです」

携帯電話を耳に押し当てて、英作が言った。

「それも、ひとりじゃなくて三人です。すぐ、様子を見に来てください」

「三人？」

さすがに係官は聞き返してきた。

「男の人が三人死んでいるというんですか」

「そうです」

「で、あなたは、どこからかけているんですか」

係官の声が緊迫してきた。

「その車のそばからです」

「具体的な場所を教えてください」

「多摩川に沿ったところです」

「多摩川のどの辺です」

「川を左に見ながら、土手沿いに車を走らせてきたんですけど。えーと、これ、多摩《たま》堤《づつみ》っていうのかな」

「住所表示か、それとも何か目標がありますか」

警察が聞いてくる。

「目標……ですか……うーんと」

「だいぶ下流まで来たんですか」

「そうでもないです。あ、そうだ。国道２４６のすぐ近くです」

「すると、新二子橋《しんふたこばし》の手前あたりですね」

「ええ、そうなると思います。……あ、たしか道路からちょっと引っ込んだところにゴルフ場があったと思いました」

「わかりました。で、その車は道路の左側に止まっているんですね」

「はい、川に近いほうです」

「車種や色はわかりますか」

「白のブルーバードです。四ドアセダンの」

「ナンバーは」

「まだ見ていません」

「その車の中で、男の人が死んでいるというんですね」

「そうです、三人もです」

念を押すように荒木は言った。

「三人がどういった状況になっているんですか」

「車のドアまで開けたわけじゃないんですけど、外からのぞいてみると、運転席には誰もいなくて、助手席で男の人が喉から血を流して死んでいたんです。それでもっと近寄ってみると、後ろの座席でも……あ」

英作は、途中で言葉を切り、携帯電話を見つめた。

「切れちゃったよ。電波の調子が悪いのかな」

そう言って、彼はいったん電源を切り、どうする、といった顔で千鶴を見た。

「もう一回かけようか」

「……でも、いちおう言うだけのことは言ったんでしょ」

「まあね」

「だったら……もういいんじゃない」

ためらいながらも、千鶴は、これ以上深入りはしたくないという口調で言った。

その顔は青いというよりも、真っ白である。

「私、もう普通のＯＬになったんだから、へんなことで目立ちたくないの」

言い訳がましく千鶴は言った。

「ここで殺人事件の第一発見者になったりしたら、またマスコミが押し寄せてくるでしょう。せっかく、ヨコハマ自動車に入ったというニュースが収まったばかりなのに……ごめんね、勝手なやつだと思わないで」

「ああ、わかるよ。それに、こんな夜更けにいっしょにドライブしていたのはどこの誰だ、ということにもなるしね」

英作は、ポルシェのギヤをローに入れた。

「だけど、警察から逆に電話をかけ直してくるかしら」

思い直したように千鶴がつぶやいた。

「聞いた話だけど、百十番した場合、こっちが途中で電話を切っても、警察側で切らないかぎりずっと回線はつながっているんでしょ」

「それは携帯電話には通用しないよ。こうやって電源を落としてしまえばね」

英作は、千鶴に返した携帯電話をあごで示した。

「とりあえず、おれたちは義務を果たしたんだ。もう行こう」

「うん」

タイヤのきしむ音と同時に、千鶴の体が助手席の背もたれに押しつけられた。身をよじるようにして後ろを見ると、三つの死体を乗せた白いブルーバードが、闇の中でみるみるうちに小さくなっていった。

彼女は声もなく、前に向き直った。

英作も、不安げな視線をバックミラーに向けたまま、一言も発しなかった。

(私の身に何かが起こる……)

杉本千鶴は、なかば確信をもってそう思った。

(私の身に、何かとてもよくないことが……)

4

神奈川県警の百十番指令台からの通報を受けたとき、現場に最も近い位置にいたのは、たまたま付近を警邏《けいら》中だった高津《たかつ》署のパトカーだった。

乗車していたのは、高津署の香田《こうだ》巡査部長と中尾《なかお》巡査である。

彼らは赤い回転灯を回し、サイレンを鳴らしながら、早速指定された場所へ急行した。

多摩川の土手沿いを走る道路は、通称『多摩堤』などと呼ばれているが、『多摩堤通り』という正式名称を持つのは東京都側の土手を走る道のほうで、神奈川県側は『多摩沿線道路』が正しい名前である。

指令台からの指示によれば、その多摩沿線道路を下流に向かって走り、国道246号線の新二子橋をくぐる手前の路肩に、白いブルーバードが止まっており、その中で男が三人死んでいるという。

警察官を長年やっていれば、車の中で男が死んでいる、という通報くらいでは驚きはしないものだが、死んでいる人数が三人と聞いて、さすがに香田巡査部長も緊張した。しかも、事件を知らせてきた男は、携帯電話からかけてきたらしく、通報の途中で電源を切ってしまい、ふたたび接触のしようがないという。

「道路からちょっと引っ込んだところに、ゴルフ場があるのが目標ということでしたね」

パトカーを運転する中尾巡査が香田に確認を求めた。

「そうだ。きっと久地《くじ》ゴルフ場のことだろう」

「じゃあ、このへんですよ……あ、あれじゃないですか」

中尾が指す前方、パトカーのライトに、白いブルーバードが浮かび上がった。

前方には、多摩川を越えて東京都へ渡る国道２４６号線のバイパス——新二子橋がかかっており、その向こうには、多摩沿線道路から東京都へ渡るための二子橋という名前の橋が見える。

車は、新二子橋の手前、つまり多摩川の上流寄り五百メートルほどの路肩に、ポツンと止まっていた。その他には、見渡すかぎり不審な車の影はない。

「後ろにつけろ」

「はい」

香田巡査部長の指示で、中尾はブルーバードの真後ろにパトカーを止め、とりあえずサイレンを消した。

指令を受けてからここまで、わずか一分半である。

香田と中尾は、すぐにパトカーから降り、ブルーバードの中を両側からのぞき込んだ。

「誰も乗っていませんね」

運転席側に回った中尾が、けげんそうな顔でつぶやいた。

「待て、これを見ろ」

反対側から懐中電灯で助手席を照らし出した香田が、緊迫した声を出した。

白い光の輪の中に、どす黒いしみが浮かび上がった。

「血の跡ですか」

「おそらくな」

「あ、香田さん。後ろにもありますよ」

中尾が言った。

「後部座席も血だらけになっています」

白いレースのシートカバーには血しぶきが飛び散り、床に二つの大きな血溜《ちだ》まりができていた。

「ドアを開けますか」

中尾がきいた。

「うん、取っ手の指紋を消さないように注意してやれよ」

「はい」

ハンカチを使って中尾が慎重に運転席のドアを開けると、オレンジ色のルームライトが点《つ》いた。と同時に、黒っぽく見えていたしみが、赤茶色の色彩を帯びた。

「こいつは……」

運転席側にやってきた香田は、中尾の体を押しのけるようにして車内に首を突っ込み、そしてうめいた。

「本物だな」

「本物って」

「百十番の通報はいたずらではなかった、ってことだ。殺人かどうかはわからんが、この車の中で傷害事件があったのは間違いない。それも、この様子だと被害にあったのはひとりじゃなさそうだ」

「でも通報者は、車の中で男が三人死んでいると言っていたはずですね」

「ああ」

「すると、百十番してきたときには、車内に死体があったんでしょうか」

「だけど、通報があったのは、ほんの二、三分前だぞ」

「いえ、指令を受けてからここに着くまでは、たったの一分半です」

中尾巡査が訂正した。

たまたま近くを警邏中だったという偶然がなければ、ありえないような短いレスポンス・タイムである。

「一分半か。だったらなおのこと、死体をどこかに運び出す時間的余裕はなかったはずだ」

「……ですね」

「そうだ、トランクの中をのぞいてみろ」

香田がレバーを引くと、ポンと軽い音を立ててトランクの蓋が開いた。

中尾が急いで車の後ろに回った。

「どうだ」

「何もありません」

首を振る中尾の横顔を、通り過ぎる車のライトが照らし出した。

「工具箱とスペアタイヤ、それにポリバケツと雑巾が一枚……そんなところですね。トランクの内部には、見たところ血の跡などはありませんが」

「そうか……」

半身を車の中に入れて内部を観察していた香田は、体を引き起こすと懐中電灯の明かりを消した。

「ダッシュボードの中を見たが、車検証は抜き取られているようだな。……とにかく、本部に連絡を入れよう。ナンバーの照会と、それから、こいつが事件に巻き込まれた車両らしいことを報告しなくては。通報内容に該当する場所で白のブルーバードを発見。車内後部座席と助手席に多量の血痕。ただし、三つの死体はどこにも見当たらない、とな」

「消えた死体、ってわけですね」

「馬鹿なことを言うな」

香田は若い中尾巡査を叱った。

「テレビドラマじゃあるまいし、死体がそう簡単に消えてたまるか」

「でも、われわれが到着するまでの間に、誰かがパッと隠したというのも不可能でしょう」

「もちろんだ」

香田巡査部長はうなずいた。

「二分足らずの間に、三つの死体をどこかへ隠したと考えるのは現実ばなれしているし、いま死体を動かしたばかりという形跡もない」

「そうですね」

「それに、いくら深夜とはいえ、こうやって車の通行だってあるんだ」

回転灯を点滅させるパトカーを見て、ぐっと速度を落とす一般車両に対し、かまわず先に行けと手を振りながら、香田は話を続けた。

「死体を三つも運んでいたら、たちどころに人目を引いてしまうじゃないか」

「ええ」

「そうなると、おそらく真相はひとつ。事件を知らせてきた男は、半分はほんとうのことを言っていたが、残りの半分は嘘だった……ということだ」

「半分は嘘？」

「最初から死体なんてなかったんだよ」

香田はあごをしゃくって、車の中を示した。

「でも、この血まみれの……」

「だから、なんらかの殺傷事件はあったんだ。そのことはほんとうだった」

パトカーの助手席に戻り、無線機を握ると、香田は外に立っている中尾に向かい、説教をするような調子で言った。

「あれだけの失血量からみて、単に傷を負わせただけでなく、殺人まで至った可能性も高いだろう。だが、仮にそうだとしても、死体はとっくの昔にどこかに運ばれてしまっているんだ。二、三分前どころか、もっとずっと前にだ」

「では、どうして通報者は、車の中で三人の男が死んでいるなどと……」

「まだわからんのか」

香田は、無線のマイクを握ったままハンドルをたたいた。

「百十番をしてきたその本人が怪しいってことだよ。何かの事情があって、警察に車だけは見つけさせたかったのかもしれない。そのとき、警察を驚かせるつもりで、男が三人死んでいるなどと口走ったんだろう。だが、『三人』という数じたいは、あんがいほんとうのことだったりするかもしれん」

「一度に三人を殺した事件、ということですか。すごいですね……」

「殺人事件と決めつけるのはまだ早い」

香田は注意した。

「いまのところ、どこからも死体は見つかっていないんだからな。死体なき殺人事件などありえない……とりあえず、理屈としてはそうなるわけだ」

そういうと、香田は無線機に向かって県警本部を呼び出した。

5

「杉本さん、おはよーっ」

四月二十一日。

横浜港をのぞむ山下町《やましたちょう》の一角にあるヨコハマ自動車本社ロビーは、朝の出勤タイムを迎えてざわめいていた。そのエレベーターホールで誰かからポンと肩をたたかれ、千鶴は後ろを振り返った。

若葉の季節を先取りしたような、鮮やかなグリーンのスーツを着た女性が、ニコッと笑いかけていた。

「あ、深瀬《ふかせ》さん……おはようございます」

千鶴は急いで頭を下げた。

ショートにしたヘアスタイルが爽やかな笑顔によく似合っている深瀬美帆《みほ》は、千鶴よりひとつ年上の二十三歳で、海外業務部に勤めるＯＬ三年生。

そこにいるだけで周囲がパッと華やかになる——そんな明るさを持った美帆は、ヨコハマ自動車の男性社員の間でアイドル的な存在だった。

アイドルといえば、千鶴のほうこそ、かつては日本じゅうを沸かせた本物のアイドルだったわけだが、芸能界を引退してしまうと、作られた世界のスターよりも、普通の暮らしの中で輝いている人のほうがずっと魅力的であることが、千鶴自身にもわかってきた。

たとえば、この深瀬美帆がそうだ——と、千鶴は思った。美帆の前に出ると、自分がタレントだったことも忘れて、相手の魅力に負けそうになってしまう。

「どうしたの、寝不足？」

千鶴の顔をのぞき込むようにして、美帆がきいてきた。

「あ、いえ……べつに」

あわてて千鶴は笑顔を浮かべた。

とっさに笑顔が作れてしまうのは、タレント時代に鍛えられた条件反射のようなもので、自分でもその習性が悲しかった。

故郷に帰っていたころは忘れていた癖が、都会に戻るとまた蘇《よみがえ》ってくる。

「寝不足じゃないんですけど、私って、もともと顔が青白いんです」

千鶴は言い訳した。

「ほんと？　それならいいけど……ずいぶん疲れているみたいだったから、ちょっと心配しちゃった」

美帆はそう言うと、またニコッと笑い、それからクラッチバッグを両手で胸のところに抱くようにして、エレベーターのインジケーターを見上げた。

三基あるエレベーターのうち、役員室がある最上階の八階に止まっていたものが、7・6・5と降りてくる。その間にも、深瀬美帆の周辺はにぎやかだった。出勤してくる男性社員やOL仲間が、次々と美帆に声をかけてくるのだ。

「美帆、おはよう」

「おはようございまーす、洋子《ようこ》さん……わ、髪の毛染めたんですか。すごく素敵ですね。私、その色大好き」

「ありがとう。でも、派手すぎない？」

「ぜんぜん。洋子さんは、それくらい明るい色にしたほうが合いますよ」

これは、二年先輩のOLとの会話。

「おい、美帆。冷たいんじゃないの、ゆうべは。二次会についてきたと思ってたのに、いつのまにか消えてるんだもんな」

「ごめんねー、島田《しまだ》くん。ちょっと見たいテレビがあったから、早く家に帰っちゃったの」

「また、適当なこといって。花井《はない》のやつがいないと全然のらないんだから」

「ちがうってば」

これは、同期入社の男子社員。そうかと思えば、直属の上司が丸めた週刊誌でポンと美帆の肩をたたいてくる。

「おう、深瀬君」

「あ、部長。おはようございます」

「いいねえ、そのグリーンのスーツ。なかなか似合うじゃないか」

「これ買ったおかげで、先月のお給料ほとんど飛んじゃいましたよー」

「しかし、若くて美人だと、何を着ても決まるからいいよ。そこへいくと、ウチの女房なんか……いやいや、こういう発言をすると、また塚原《つかはら》のお母さんに叱られるからやめておこう」

「そうですよ、わが社の女性総務部長は、家庭を大事にしない男に厳しいですからねー」

エレベーターを待つわずかな時間にも、次から次へと会話をはずませる美帆を横で見ていると、千鶴の胸に、ふと寂しさがこみあげてきた。

都会に戻ったけれど、もう自分は主役ではないのだ、という寂しさだった。

芸能界にいたころ、パーティの席などでは、まさに制限時間一人十秒といった感じで、いまの美帆のように、いろいろな人との会話をさばいていったものだった。

毎日が目の回りそうな忙しさだったが、どんなにハードなスケジュールが組まれていても、主役でいるときは決して疲れなかった。すべてが自分のために動いているという満足感があったからだ。

だが、このヨコハマ自動車では、千鶴は、顔と名前をまだ一致して覚えられていない新入社員のひとりにすぎなかった。

もちろん、彼女の経歴は社内に知られているが、気を遣ってか、それとも特別扱いはしませんよ、という対抗意識からか、意図的に元タレント『朝霞千鶴』の存在が無視されているような気もした。

「それで、仕事はどう。もうなれた？」

エレベーターの扉が開くと、それに乗り込みながら、美帆は千鶴に会話を戻した。

「ええ……なんとか」

人の波に押され、エレベーターのいちばん奥へ詰め込まれながら、千鶴はボーッとしていた顔に、また急いで笑いを浮かべた。

油断をすると、昨夜の光景が蘇ってくる。

車の中で、喉から血を流して死んでいた三人の男——

昨夜といっても、わずか七時間前のことである。

「もうすぐ新車発表会があるから、宣伝部も忙しいでしょ」

遠くのほうで美帆の声が聞こえたような気がして、あわてて千鶴は相手に向き直った。

「あ……そうですね。でも、私なんか、まだ自分の仕事といったものじゃなくて、みなさんのお手伝いといったことしかできませんから。たとえば、新聞の切り抜きとか……」

新聞と口走ったとたん、忘れようとしていたゆうべの出来事に加え、六年前の、あのおぞましい夜の光景が思い出されてしまった。

新聞の切り抜き——新聞報道——ニュース——殺人……

(だめ、だめ、思い出しちゃだめ)

千鶴は必死に自分に言い聞かせた。

(まだ、ゆうべのことはいい。でも、六年前のことは……ダメ)

二重露出のように重なった二つの事件の映像のうち、過去のものが消え去って、昨夜の出来事だけが千鶴の脳裏に残った。

(百十番をしたあと、あの白いブルーバードのことはどうなったのだろう)

そのことばかりが気になった。

現場から走り去ったあとは、さすがに恐怖がどっと押し寄せてきて、英作のすすめで彼の革ジャンを頭からかぶったまま、自宅に着くまで助手席を倒してずっと震えていた。英作は千鶴を自由が丘まで送ると、そのままポルシェを運転して帰っていったが、そのあとも千鶴はなかなか寝つけなかった。

眠ろうとして目を閉じると、暗い車内でのけぞるようにして死んでいた三人の男の姿が、振り払っても振り払っても、まぶたの裏に浮かんでくる。

美帆が寝不足じゃないのと指摘したのは、まさに図星だったのだ。

ほとんど一睡もしないまま朝を迎えると、千鶴はすぐに朝刊に目を通した。

だが、どこにもあの事件のことは出ていなかった。

もっとも、百十番をしたのが夜中の二時ごろだったから、そのあと新聞社に事件が知らされても、朝刊の締切りには間に合わなかったのかもしれない。元タレントだけあって、そうしたマスコミの事情には、すぐに考えが及んだ。

だが、テレビをつけても、どこの局でも事件の報道はやっていなかった。

車の中で三人が死んでいたとなれば、当然、朝のニュースで大々的に取り上げられてよいはずなのに、である。

それとも、あれは何かの見まちがいだったというのだろうか。

いや、あのときは恐怖心からその事実を認めたくなかったが、どう考えてもあれは本物の死体にちがいなかった。

芸能界にいたころ、千鶴はＣＭモデルとしてデビューしたにもかかわらず、演技のセンスを買われて、推理ドラマのようなものに何度か出演させられたことがあった。だから、ヘンな言い方だが、ニセの死体というものは見慣れているのだ。

だが、あの白いブルーバードの座席でのけぞっていた三人の男は、そうした演技をしていたとはとても思えなかった。

第一、いつ通りかかるかわからない不特定の人間に対し、死んだ真似《まね》をしつづける理由がどこにあるだろうか。

（警察は、ちゃんとあの車を見つけてくれたのかしら）

千鶴は、それが心配になってきた。

（途中で電話を切ったままにしたから、何かの手違いで、場所が正しく警察に伝わらなかったかもしれない。そして、いまもあの車は、死体を乗せたまま多摩川沿いの道にずっと止まっていたりして……）

「ねえ」

エレベーターの扉が閉まって動き出すと、美帆が千鶴に向かってまた声をかけた。

千鶴はハッとなって、ふたたび現実の世界に引き戻された。

「よかったら、きょう昼ごはんいっしょに食べない」

「あ……はい」

ささやくような小さな声で千鶴は答えた。

同じ社員が集まっているのに、エレベーターの中に乗り込むとなぜかシンとなってしまう。その静寂の中で会話を交わすことに、千鶴はまだなれていなかった。

「中華街のはずれに、おいしいお店があるのよ。そこへ行きましょう。あ、そうだ。秘書室の万梨子《まりこ》も誘うから、そのときに紹介するわね」

「万梨子さんて……秘書室の叶《かのう》万梨子さんのことですか」

「そうよ。ヨコハマ自動車一の美人で、いま総務部の島田くんが狙ってるの」

「おいおい」

いきなりへんなところで名前を出され、さきほど美帆に声をかけてきた同期入社の島田聡次《そうじ》が、前のほうから真っ赤になって振り返った。周りより頭一つぶん背が高いため、そのあわてぶりがよけい目立った。

エレベーターの中に笑いが巻き起こるのと同時に、ポーンと軽やかなチャイムが鳴り、海外業務部のある三階で扉が開いた。

「じゃ、千鶴さん。またあとで連絡するね」

降りながら千鶴に向かって手を振ると、何人かの社員といっしょに、美帆は廊下の角を曲がって姿を消した。

「なんだよ、美帆のやつ」

少し空《す》いたエレベーターの中で、島田はバツが悪そうにつぶやいた。

「いいかげんなこと言って……なあ」

そう言って、彼は千鶴に同意を求めた。

「え、ええ……」

また、あいまいな笑顔を浮かべて、千鶴はうなずいた。

6

「部長、ちょっとよろしいですか」

最上階にある総務部のフロアでは、副部長の村田正道《むらたまさみち》が、窓際に置かれた総務部長のデスクにかぶりつくようにして詰め寄っていた。

「まあ、村田さん。なんだか朝から怖い顔をしてるのね」

塚原操子《みさこ》は、目を通していた資料から顔をあげると、穏やかな微笑を浮かべて副部長に椅子をすすめた。

ことし四十四歳になる操子は、ヨコハマ自動車の全ＯＬたちから『お母さん』と慕われ、また男性社員からは『ＯＬの首領《ドン》』と恐れられてもいる女性社員の大御所である。だが、実際の操子は、どちらかといえば地味で落ち着いた物腰の女性で、『ドン』というよりは、やはり『お母さん』というイメージがピッタリだった。

実生活でも、高校生の息子ふたりを持つ母親である。

が、妻という立場にはない。

夫の浮気に対し、毅然《きぜん》とした態度をとって離婚を申し立て、それが成立したのである。ふたりの息子は、お母さんのほうが正しいといって、操子についてきた。

その操子は、ちょうど一年前のいまごろは、まだ経理部のデスクだった。ところが、全社を巻き込んだ恐怖の連続殺人事件（『ＯＬ捜査網』参照）の解決をきっかけに、二階級特進人事が発令され、ヨコハマ自動車初の女性部長として、総務部長の要職に就任したのである。

まったく前例のない昇進だったが、操子の人徳は誰もが認めるところだったので、その人事には全社員が歓迎の意を表した、といういきさつがあった。

「ちょっとすみません、部長のお隣りに椅子を持っていってもよろしいですか。あまり大きな声では話せないことですので」

おはようございます、と出勤してきた部員の島田にチラッと目を走らせると、副部長の村田は一段と操子に近寄った。

鼻をつくきつい整髪料の匂いがして、操子は気持ち、顔を遠ざけた。

「何かしら」

「じつはですね」

操子に耳打ちするような格好で、村田はささやいた。

「深刻な問題が二件もありまして」

この副部長は、針小棒大というか、とにかく物事をおおげさに言う癖があった。じつは大変なことが起こりまして、というからどんな大事かと思ってきくと、たわいもない話だったというケースがいくらでもある。

だから、操子もあまり心配せずに耳を傾けた。

「ひとつは、今年入社した元タレントの朝霞千鶴……ではなかった、杉本千鶴の件です」

「その『元タレント』という表現は使わないという約束でしたでしょ」

操子はさりげなく注意した。

社内社外を問わず、千鶴が妙な先入観で見られたりしては可哀相《かわいそう》なので、元タレントという『肩書』を彼女にかぶせたりしないよう、管理職などには口頭でその旨を通達してあったのだ。

「すみません、つい」

謝ってから、村田は続けた。

「ただ、私ども社員が気にしなくても、受験者のほうが……」

「受験者？」

「ええ、昨年秋に実施した新入社員の定期採用試験で、ウチを第一希望として受験しながら不合格になった連中です。最近、『あの美少女タレント朝霞千鶴が、普通のＯＬになってヨコハマ自動車に入社』といった調子で、週刊誌の記事などが何度か取り上げたため、それを見た受験者たちが騒ぎ出したんです。元タレントということで、ヨコハマ自動車は彼女を特別扱いしたのではないかと」

村田は、わざわざ背広の内ポケットから記事のコピーを取り出して広げた。

「そんな抗議に耳を貸していたんではキリがないわね」

記事のコピーなど見るまでもない、といった調子で操子が言った。

「だいたい、自分の成績を棚に上げて、入社試験の結果に不満を言い立てる人など、はじめからウチの会社に入る資格はありませんよ」

「それはそうです」

村田はおおげさにうなずいた。

「しかし、ヨコハマ自動車に落ちたため、第二、第三希望の会社に回らざるをえなかった連中が、好き勝手な噂《うわさ》を立てているらしく、それを嗅ぎつけた一部週刊誌が、総務部長の話を聞きたいと言ってきています」

塚原操子が口を開こうとしたのを無視して、村田はさらに続けた。

「たしかに、抗議してきた連中の言い分もわからなくはないんです。一般事務職の応募要項には、三月末に短大もしくは四年制の大学を卒業見込みの者とあるのに、杉本の最終学歴は高校で、しかもいったんは芸能活動に専念するため東京の高校を中退し、引退後、変則的な形で地元の高校に入り直したという経歴があります。いずれにしても、応募条件をまるで満たしていない。それなのに堂々と入社試験を受け、新入社員として採用になり、宣伝部に配属されたんですからね」

操子は言った。

「彼女は定期採用で採った社員ではないんですよ」

「これからの時代は、大卒や短大卒の規格化された学生だけでなく、新しいセンスやユニークな経歴を持った社員も入れていかなければならない——そういう社長の方針もあって採用したのが彼女なのよ。それは村田さんもわかってらっしゃるでしょ」

「ええ、それはもう。ただ……」

「だから、言ってみれば杉本千鶴は中途採用社員なの。たまたま一般採用と同時期に面接を行ない、新卒と同じ四月に入社したから誤解を招いたかもしれないけれど」

「はあ……ですが、実際のところは社外だけでなく、社内のですね、とくに女の子たちからも、いろいろと文句が出ているわけです。大卒と同じ初任給を取っているんじゃないかとか、男性社員に媚《こび》を売ってるとか」

「そんなこと言ってるのは、どこの誰なんです」

急に操子の顔が厳しくなった。

「そういうつまらない陰口をたたいている子がいるのなら、すぐに私のところへ連れてきてください」

ＯＬのドン、塚原のお母さんは怒った。

「いや、まあ、それはさておき」

「それはさておき、じゃありませんよ、村田さん。私はね、そういう陰口とか告げ口が大嫌いなの。サラリーマンやＯＬというものは、自分を他の社員と比較ばかりするようになったらオシマイよ」

「まあ、そうですがね」

「女子更衣室やトイレで、上司の悪口を言うのはかまわないわ。だいたい管理職手当の中には、部下から文句を言われる分の補償が入っていると私は思ってますからね。それに若い子たちにとっては、愚痴をこぼしてストレスを発散するのも一種の健康法でしょう。でも、同僚の悪口やくだらない噂はダメ。これは許しません」

「わかりました。部長。いや、いまの件は忘れてください」

パタパタと手を振って、村田は苦笑いをした。

「ですが、もうひとつのほうは、きわめて深刻な問題なのです」

「そう、なにかしら」

ときおり、フロアの時計を気にしながら操子は言った。火曜日の朝に行なわれる定例の部長会がまもなくはじまる時間だ。

「わが社の女子社員を誘拐しようとしている不審な男が、先週の末あたりから出没しているのです」

「女子社員を誘拐しようとしているですって」

穏やかでない話だったので、さすがに操子は表情を引き締めた。

「本人からの報告が遅かったもので、部長のお耳に入れるのがきょうになってしまいましたが、ウチの女の子がすでに三人ほど……」

「三人も」

「ええ。いずれも、母親が事故に遭ったから至急家に戻ってほしいといって……」

「ちょっと、なんなのそれは」

操子は椅子に座り直して、村田と向かいあった。

「小学生を誘拐するんじゃあるまいし、そんな手口でＯＬを騙《だま》せると思ってるのかしら」

「それが、男のやり方が非常に巧妙なのです」

村田の言葉に熱がこもってきた。

「最初の被害者は——いや、被害は免れていますから被害者とはいえませんが——経理部の岡田久美子《おかだくみこ》でして、金曜日の午後六時ごろ社を出て、ひとりで関内《かんない》駅のそばまで来たところで、濃紺の作業衣のようなものを着た男に声をかけられました。男は、息せききってという感じで駆け寄ると、すぐに社に戻ってくれと言うのです」

「……」

「突然そう声をかけられたので、岡田がびっくりしていると、自分は夜勤の用務員だが、たったいまあなたのお母さんが交通事故に遭ったという電話が警備室に入ったというんです」

「夜勤の用務員なんていう職種はウチにはないわよ。濃紺の作業衣みたいな制服もね」

「そのとおりです。夜間の当直は、専門の警備会社に委託していますからね」

村田はいったんうなずいた。

「だけど、そういった事情は、総務部長ならともかく、一般の社員は意外と知らないものなのです。まして、ほとんど定時に退社する女子社員は、なおさら夜間警備員の実態など知る機会がありません」

「言われてみれば、そうね」

「それに、病院へいっしょに行こうというのなら、彼女も多少は怪しんだでしょうが、たったいま後にしたばかりの会社へ、至急戻ってくれと言われたら、これは信じますよ。しかも、関内駅からウチの社までは、道のりにしておよそ一キロ。走って戻るには距離がありすぎるところへもってきて、用務員風の男はちゃんと車を用意していた。わがヨコハマ自動車の軽トラック『ポピー』です」

操子はため息をついた。

「計算ずくなのね」

「そうです。ここまでやられれば、岡田も男の勢いに気圧される形で、すべてを信用しそうになりました。なんといっても、お母さんが交通事故に遭ったという、その言葉は、彼女を動転させるにじゅうぶんでしたから」

「で、彼女はどうしたんです。その軽トラックに乗ったの？」

「いいえ」

村田はもったいぶって首を振った。

「どたん場で岡田は気がついたのです。お母さんが事故に遭ったと言いながら、その男が彼女の名前を一度も呼んでいないことにね」

「まあ……」

「岡田は聞きました。あなたは私の名前を知っているのですか、と。そうしたら、男は急に顔色を変え、彼女を乗せるために開けていた助手席のドアを勢いよく閉め、運転席に乗り込んで車を急発進させて逃げました」

「間一髪じゃないですか」

「まったくです。そのまま乗っていたら、どうなったことか……」

「で、他にもまだ二件あったんですね」

操子は眉をひそめて村田を見た。

「月曜日——つまり、きのうの夕刻にたてつづけに二件です。やはり社を退《ひ》けてひとりで関内駅に向かった女子社員が、同じように声をかけられています。営業部の八木朝子《やぎあさこ》と、宣伝部の田崎緑《たざきみどり》が、ほぼ十五分ほどの間を置いてね」

「男の人相は」

「それが、三人の記憶がまちまちでしてね。背丈も高いと言ったり低いと言ったり、体つきもガッチリしていたと言う者もいれば、いや、ヤセ型という意見も……。同じく、年齢も不詳です」

「でも、その男は、声をかけた女の子の名前は知らなくても、彼女がヨコハマ自動車の社員だということは知っていたわけね」

「でしょうね」

「どうやって知ったのかしら。それぞれみんな私服だし、ウチの場合は規則がゆるやかだから、会社のバッジだって、服が傷むからという理由でつけない子が大半でしょ」

そういう塚原操子は、さすがに総務部長だけあって、シックなビジネススーツのジャケットにちゃんと社章をつけていた。

「まあ、会社から尾行してきたのか、あるいは事前に顔を覚えておいて、関内の駅で待ち伏せをしてたのか、そんなところでしょうな」

「で、誘拐するつもりだったとして、その目的は何かしらね」

「そりゃあ、やっぱり身代金でしょう」

当然のように村田は言った。

「手当たりしだいに三人も狙っているところからみると、よほど金に困っているんじゃないですか。おおかた、あとさきのことを考えずに、やみくもに行動に出ているんですよ。ま、少なくとも、特定の個人に恨みを抱いて、というものではないでしょう」

「だけど、特定の個人に恨みはなくても、特定の会社に恨みがあるのかもしれないわよ」

操子の言葉に、村田の眉がピクッと動いた。

「わが社にですか」

「だとしたら困るでしょ」

操子は部長席の電話に手を伸ばした。

「ともかく、この話は放ってはおけないわね。もうすぐ部長会がはじまるけど、その前に、男に声をかけられた三人に事情を聴いておきましょう。場合によっては、警察に報告することもありうるし……」

そういうと、総務部長の塚原操子は、まず経理部の岡田久美子の内線番号を回しはじめた。

7

「早いもので、あれから一年が過ぎたんですね」

日本茶をすすりながら窓辺から外を見ていた神奈川県警の船越《ふなこし》警部は、刑事部長の御《み》園生《その お》に向かって感慨深げな声を出した。

「あれから一年とは？」

すぐ横の部長席で書類に書き込みをしながら、御園生が問い返した。

「例の、ヨコハマ自動車を襲った異常な連続殺人ですよ」

「そういえば、あの事件の発端は四月だったたか」

ボールペンを走らせる手をふと休めて、御園生は記憶をたどる顔つきになった。

「そうですよ。ほら、開幕まもない大洋―巨人戦を見ながら、部長といっしょに横浜スタジアムで張り込みをしたじゃないですか」

「ああ、思い出したよ」

「それなのに、部長は野球に夢中になって、なかなか立ち上がらないもんだから、あのときは困りましたよ」

「そうだったかな」

御園生は苦笑した。

この御園生刑事部長と船越警部は、何から何まで対照的な上司と部下だった。

御園生は警察の人間というよりも、白衣でも着せて数学者か科学者と名乗ったほうがピッタリくるような、顔も体も細身にできた理知的な容貌の人間である。

そうかといって、決して神経質なタイプではなく、見てくれからは想像できないようなのんびりしたところもあった。

いま船越が指摘したように、容疑者の行動を監視するための張り込みだったのに、場所が横浜スタジアムだったために、いつのまにか仕事を忘れてゲームに熱中してしまったというエピソードの持ち主でもある。

一方、船越警部は神奈川県警の武闘派という恐ろしげなニックネームをもらうほど、剣道・柔道・空手・合気道・キックボクシング、その他格闘技ならなんでもこいという体が資本の鬼警部だった。

　体格を見てもタテにもヨコにも大型にできており、顔つきも映画でいえば渋い悪役という感じで、殺しよりもむしろ暴力団相手の仕事をさせたほうがいいのではないか、との声まであがるくらいだった。

　ところが、船越警部も御園生同様、見てくれからは想像もできない性格の持ち主だった。

　とにかく涙もろいのである。なにしろ、別名『県警の桂小金治《かつらこきんじ》』というくらいだから、涙もろさもハンパではなかった。

「そういえば部長、ゆうべ……いえ、正確にはきょうの午前二時すぎですが、高津署管内で起きた妙な事件をご存じですか」

　空にした湯呑《ゆの》みを片手に持ったまま、船越が話題を変えた。

「消えた死体というやつか」

「そうです」

「概略だけ耳にしたが」

「深夜二時七分、県警に若い男の声で百十番が入りました。多摩川沿いの道を走っていた車からの通報です。それによりますと、新二子橋手前数百メートルの路肩に白のブルーバードが止まっており、その中で男が三人、喉から血を流して死んでいる、ということでした」

船越は湯呑みを近くの机に置くと、長いセリフを割り当てられた俳優のように、手を後ろに組み、ゆっくりと窓辺のほうに戻りながら、話を続けた。

「たまたますぐ近くを警邏中だった高津署のパトカーが、該当すると思われる場所へ急行しました。通報のわずか九十秒後です。たしかに、そこには白いブルーバードがありました。そして、車内のシートには大量の血痕も……。人体から流れ出して数時間、という程度の新しさです。しかし、肝心の死体がなかった」

御園生は腕組みをして船越警部の話に聞き入っている。

船越は、この上司が、部下の報告の途中でよけいな口をはさまないことを知っていたから、そのまま一気にしゃべった。

「助手席と後部座席の血痕を分析した結果、異なる三つの血液型が、助手席、後部座席右側、後部座席左側という具合に、場所をはっきり分けて検出されました。つまり、被害者は三人。車に乗っていたところを襲われた、と推定されるわけです」

そこで御園生は口を開きかけたが、思い直して船越に先を続けさせた。

「いずれの血液型も失血量がかなり多いものですから、これらの人物が生命の危険にさらされている可能性はじゅうぶんある——てっとりばやく言ってしまえば、殺されている可能性が大だと考えられる、ということです」

船越はそこまで話すと、御園生の前に回り込んで、近くの椅子に腰を下ろした。

「では、死体はどこへ行ったのか。現場検証の結果を先に申しますと、たしかに、重傷を負った人間を車の中から外に引っぱり出したと見られる形跡はあるのです。ところが、仮に何人かで手分けしてやったとしても、三人もの人間を、高津署のパトカーが到着するまでのわずか九十秒の間に運び出し、どこかへ隠す余裕があるだろうか、という疑問が残ります。九十秒といっても、実際にはもっと早くから、現場周辺はパトカー乗務員の視野に入っているわけですしね」

「まあ、常識的に考えれば……」

ようやく御園生が口を開いた。

「通報をしてきた者が嘘を言ったということになるだろうな。いや、嘘ではなく、ある意味では真実を口走ったのかもしれない」

刑事部長は、真っ先に現場に駆けつけた高津署の香田巡査部長と同じことを言った。

「つまりこういうことだろう、船越君。何人かが共謀して、三人の人間を殺した。たぶん、その白いブルーバードの中でね。ただし、三人の被害者がおとなしく座席に座ったまま、次々と無抵抗で殺されていったのか、そのへんは不明な点もある。ひょっとしたら、睡眠薬などを飲ませ、眠らせたうえで殺したのかもしれない。いずれにしても、車の中で三人を殺すとなれば、加害者は複数と見るのが妥当だろう」

「なるほど」

椅子に座ったままズバズバと推論を述べ立てる御園生を、船越はうれしそうに見ていた。警部は、この上司の独断と偏見による決めつけ方が好きなのだ。

「ともかく、犯人グループは三人を殺した。そして、死体だけ運び出してどこかに棄《す》て、車は車で多摩川沿いの道に放置した。だが、加害者グループのひとりが、良心の呵責《かしゃく》からか、あるいは何か別の理由があったのか、犯罪を警察に密告した」

「そうしますと、部長……」

船越警部が聞き役に回ってたずねた。

「通報者イコール加害者、というわけですね」

「うん。いまきみが話してくれた内容だけからでも、百十番の通報者が、決して事件と無関係ではないことが、すぐわかるじゃないか」

御園生は、回転椅子を左右に揺らしながら言った。

「論理的にいえばこうなる。九十秒の間に、現場の車内から三つの死体を運び出してどこかに隠すことは、物理的に不可能だった。となると、少なくとも、百十番があった時点で、車の中に死体はなかったことになる。つまり、通報者が嘘をついていたわけだ」

「明解ですね」

「では、この百十番してきた男は、あくまで善意の通報者であり、何かの気まぐれか、あるいはちょっとした虚言癖の持ち主だったため、つい、死体があるなどとおおげさなことを口走ってしまったのか」

「違うでしょうね」

「もちろんだ」

御園生はうなずいた。

「なんといっても『三人』という数字が、現場検証の結果とピタリ合いすぎる。むしろ、最初から被害者の人数を知っていたからこそ、男が三人死んでいる、という言い方ができたのではないだろうか。それに……」

一息ついて、御園生は続けた。

「午前二時ごろの多摩川土手沿いの道路といえば、交通量も少なく、行き交う車も結構なスピードを出しているはずだ。おまけにあたりは暗い。そんな状況で、ただの通りがかりの車が、路肩に止まっている車の異変に気づくと思うかね。しかも、おそらく死体など乗っていないのに、だ」

「おっしゃるとおりです。車の後部座席の窓には、車検にはパスしそうにないような、かなり濃いスモークフィルムも貼ってありましたから、なおのことでしょう。ただ……」

船越が口をはさんだ。

「問題の車が止まっていたのは、片側一車線の道路で下流に向かうほうの車線——つまり、土手寄りの車線でした。あのあたりは、道路のすぐ左側に土手が盛り上げられる形で続いていますから、いわゆる路肩と呼べるようなスペースは、ほとんどないも同然なんです」

「ということは？」

「ということは、白のブルーバードは、かなり走行車線にはみ出した形で止まっていたわけです。ですから他の車がその脇を通りすぎるとき、とくに対向車でもあれば、ぐんと減速するか、あるいはいったん停止せざるをえないことになります。そのときに中の様子がおかしなことに気がついた、という解釈はできると思いますが」

「しかし、それだけ変な止め方をしていたのなら、パトカーの定期巡回で気づいていてもよさそうだな」

「ええ。現に、真っ先に現場へ駆けつけたパトカーは、午前一時ごろにも、そのあたりを走っていたそうです。しかし、そのときには違法駐車の車は見当たらなかった。したがって、問題の白いブルーバードは、午前一時から二時ちょっとすぎの間に、現場に止められたことになります」

「ふむ」

御園生は細面の額に指を当てて、しばし考え込んだ。

「ところで、百十番をしてきた男はどうなった」

「それが携帯電話からかけてきたらしく、雑音とともに途中で切れてしまったそうです」

「途中でね……」

御園生は額に指を当てたまま、回転椅子を左右に揺らした。事件の展開が気に入らないときの癖である。

「それは、おそらく自分の名前や電話番号をたずねられるのを恐れて、意図的に切ったのだろう。やましいことがなければ、もう一度かけ直してきたはずだ」

「でしょうね。携帯電話の場合は途中で電源を切られると、こちらから追っかけようがありませんから」

船越警部は、ぶ厚い唇をへの字にして渋面を作った。

「で、結局、消えた死体の謎だけが残ったというわけです」

「死体が出てこないことには、殺人事件と呼ぶわけにもいかないが、高津署はどんな動きをしている」

「すでに、白のブルーバードの持ち主を調べ上げました」

御園生は眉を上げて、その先を求めた。

「所有者は皆川進《みながわすすむ》。住所は東京都世田谷《せたがや》区駒沢《こまざわ》五丁目……駒沢オリンピック公園のすぐ近くのマンションに住んでいる四十五歳の男性で、職業は……」

船越は、あらかじめ手帳にメモしておいたことを読み上げた。

「自動車教習所の教官です」

「自動車教習所の教官？」

御園生が興味を示した。

「ええ。自宅からわずか百メートル程度しか離れていない、駒沢公園自動車教習所が勤務先になっています」

「駒沢ということは、所轄は玉川《たまがわ》署だな」

御園生はつぶやいた。

「で、本人は。皆川進の居どころはどうなっている」

「行方不明です」

船越は太い声を出した。

「昨夜八時十五分ごろ、いったん自宅に戻ったあと、奥さんに行き先も告げずに車でどこかへ出かけていったそうです。それ以来、けさになっても本人からはいまだに連絡がなく、玉川署に捜索願が出ています。ちなみに、皆川の奥さんは、多摩川沿いに放置された白のブルーバードが、夫の愛車であることを確認しています」

「他のふたりに関する手掛かりは？　皆川が友人を誘って出かけたとか、そういう情報はないのか」

「ありません。いまのところは」

「ずいぶんてきぱきと答えるんだな、まるで自分の担当事件のように」

御園生が船越の顔を見上げてそう言うと、警部はちょっと照れたような表情を、いかつい顔に浮かべた。

「やっぱり、わかりますか」

「当たり前だよ」

御園生はボールペンを器用に片手で回しながら、からかうような目で船越を見た。

「要は、君がこの事件に重大な関心を抱いた、ということだな」

「まあ、そんなところです」

船越は頭をかいて笑った。

「このところ、ありきたりの事件しかなくて、いささか退屈をしていたものですから」

「困った男だ」

そう言いながら、御園生も微笑した。

部下の性格をじゅうぶんに把握した笑いである。

「いずれにせよ、東京の玉川署とも連係することになるだろうから、県警本部としても高津署に任せっきりというわけにもいくまい。よし、当座は殺人とは呼べない妙な事件だが、とにかく君が担当になって、詳しい調査をやってみてくれ」

「わかりました」

鬼警部と呼ばれる船越の顔が、新しい玩具を与えられた子供のようにパッと輝いた。

「部長、ありがとうございます」

「おいおい、こんなことでいちいち礼を言うなよ」

御園生は肩をすくめると、後は任せたというように手を振って、机の上の書類にふたたび目を戻した。

第二章　出てきた死体

1

横浜から北東へ百キロ近くいった茨城県土浦《つちうら》市は、湖として日本第二の面積を誇る霞ケ浦《かすみがうら》の西の玄関にあたる。

船越警部が御園生刑事部長から事件の担当を命ぜられた、午前九時半——同じころ、霞ケ浦の西浦に面した一帯では、巨大な白い帆に風をはらませて走るユニークな帆曳船《ほびきぶね》を一目見ようと、平日にもかかわらず多数の見物客が集まっていた。

およそ二十メートルの網を曳《ひ》きながらワカサギやフナ、コイ、シラウオなど霞ケ浦に住む淡水魚を捕獲する帆曳漁は、明治十年代に霞ケ浦に面した出島《でじま》村で始まり、昭和四十二年にトロール漁が解禁されるまで続いていたが、これに使われる帆曳船というのが、きわめて変わった形態をしているため、その一部がいまでも観光用として保存されていた。

長さ十数メートルの小船の舳先《へさき》から艫《とも》に向かい、船の全長を上回る幅十六メートル、高さ九メートルの白い長方形の帆を掲げて湖に繰り出すさまは、香港《ホンコン》のジャンクを連想させるような異国情緒あふれる光景だが、この船のユニークさは、なんといってもその走り方にあった。

船は尖《とが》った舳先方向に向けて走るものという常識を百八十度、いや九十度覆し、帆曳船は大きな帆に真横から風を受け、その勢いで船のほうも、なんと前にではなく横に──つまり、舷側方向へずれるようにして進むのである。

巨大な面積の帆に、真横からまともに風を受けるわけだから、放っておけば船はバタンと横倒しになってしまう。その力と釣り合うよう、水中で引っぱる漁網の抵抗でバランスをとることになる。

想像しただけでも不安定な走り方だが、なぜ、そんな風変わりな帆走方法をとるかといえば、真横に走ることで、魚を捕える網の口を、船の長さに準じて左右に大きく広げることができるからだった。

だが、帆曳漁は別名『風の漁』ともいわれるように、風力にしたがって帆の面積を微妙に変化させなければならない。

その繊細な操船技術のアヤは、バランスの変化に対して復元力の大きいヨットの比ではなかった。

実際、風が強すぎると、そのあおりをまともに食らって転覆してしまうおそれもじゅうぶんにあった。したがって、観光用に保存されているといっても、一般客が帆曳船そのものに乗り込むことは安全上の理由でできず、湖岸や、併走する帆曳船鑑賞用の船から眺めることになる。

この帆曳船が見られるのは、通常七月下旬から十月中旬までの金・土・日および祝日だけなのだが、きょうは東京のテレビ局の取材が入っているため、四月という時期にしては異例の出航になった。

しかも、その帆曳船には、最近ドラマなどで売出し中の若手俳優、東田啓二《ひがしだけいじ》がレポーターとして特別に乗船を許可されていたから、岸辺や併走船のデッキに群がった見物客の中には、どうやって学校から抜け出してきたのか、制服姿で黄色い声をあげる女の子が多数見受けられた。


いま、帆曳船は東南東の風を受け、西浦と呼ばれる霞ケ浦西部の水域を、出島村沖合から土浦港方面へ向けて比較的速いスピードで進んでいた。

船に乗り込んでいるのは、すでに頭がなかば白くなった船頭の折本耕平《おりもとこうへい》と、そのふたりの息子、それに俳優の東田啓二の四人である。

テレビ局側は、もうひとりビデオカメラを操作するカメラマンの乗船を求めたが、バランスが崩れることを理由に拒否されたので、やむなく東田の胸にワイヤレスマイクをつけ、チャーターしたモーターボートを併走させて、彼の様子を撮影することにした。

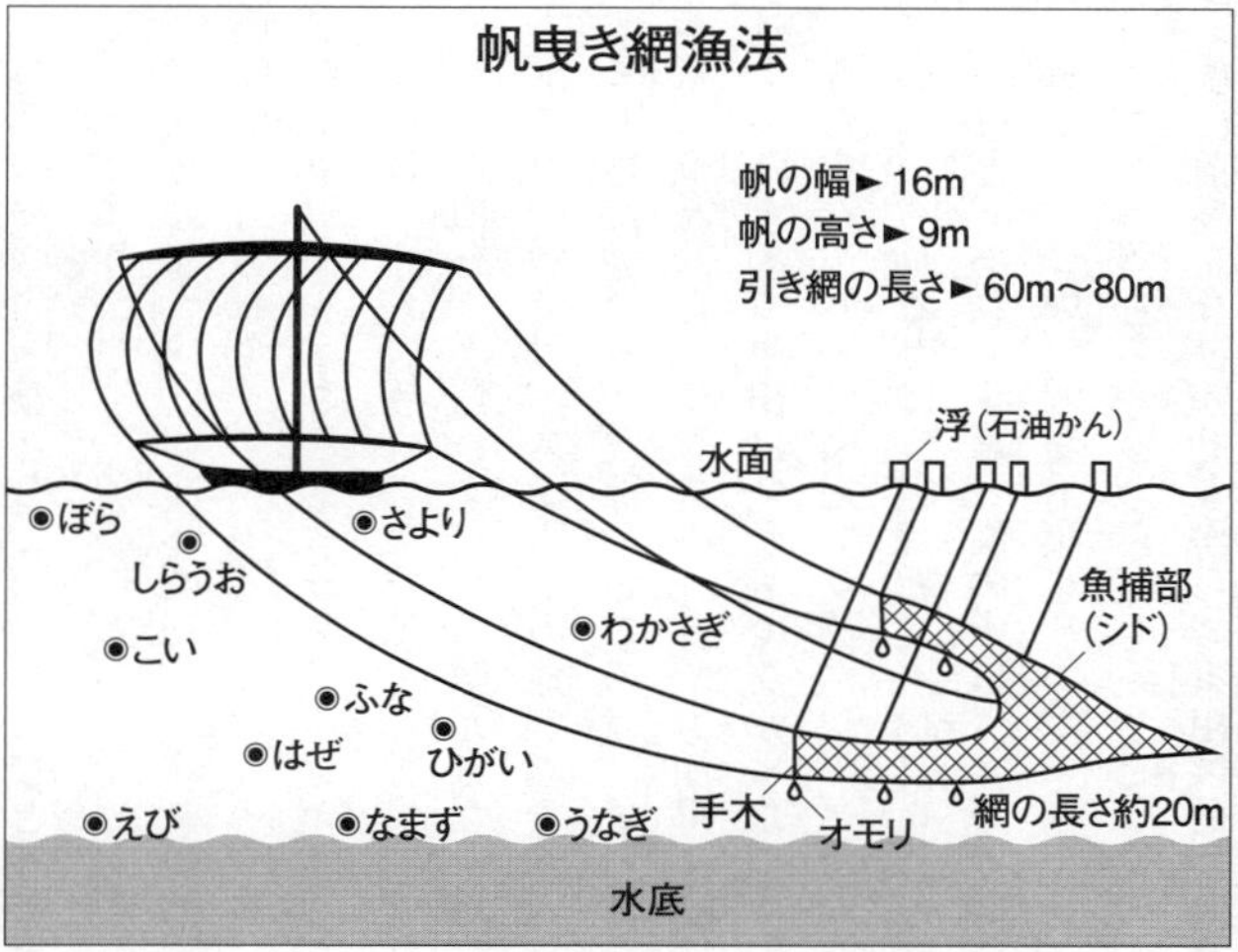

帆曳き網漁法

ディレクターの野村《のむら》の合図で、ビデオは帆曳船の全景からズームインして東田啓二のアップをとらえた。

キューサインを見て、東田がしゃべりはじめた。

「さて、そんなわけでね、ごらんのとおり、きょうは霞ケ浦にやってきました。なんといっても霞ケ浦っつーくらいのもんで、霞んでますよ、向こうのほうは。いやいやいや、広いですねー。うーみーはひろいなー、じゃないって。ここは湖なんですよ。信じられますか、みなさん」

決まったセリフを与えられないときの東田は、ドラマで二枚目青年を演じるときとちがって、もろに軽薄なしゃべり方になった。

「啓二のやつ……ひとりで言って、ひとりで笑うしゃべり方はやめろって、注意しておいたのにな」

伴走するモーターボートでモニターテレビを見ていた彼のマネージャーが、思わず苦い顔で舌打ちした。

だが東田にも、ことさら軽薄にハシャいでみせずにはいられない事情があった。じつは、水が苦手なのである。

その恐怖をまぎらわすための空元気だった。

ドラマの中では、スポーツ万能のハンサムな青年といった役ばかりもらって人気の出てきた彼だったが、実際のところは、まるで泳げなかった。

ちょっとしたバランスの狂いでも簡単に船は転覆するぞ、と事前にオーバーに脅かされていたため、東田は気が気でなかった。

もちろん、万一に備えてライフジャケットを着てはいたが、こんなもので本当に人が浮いていられるとは、彼はとても信じられなかった。

「だけど、あれですね。湖の水は、まだだいぶ冷たそうですねえ」

東田は、つい気弱な言葉を吐いた。

「ここから落ちちゃったら、心臓マヒで死ぬかな……深いんでしょ、この湖は」

風に前髪をなびかせながら、東田は硬い表情で船頭に話しかけた。

「いや、浅いね」

赤銅色に日焼けした顔の船頭、折本耕平は、ボソッと答えた。

「いちばん深いところでも七メートル。平均だと四メートルしかないから」

そう答えられても、泳げない東田にとっては、背丈を越したら四メートルでも二メートルでもいっしょである。

「それにしても、何にたとえたらいいかな……ペンキを塗るときのハケの動きに似ているっていうか、とにかく前に進むように作られているはずの船が、真横にずれながら進むっていうのは、日本でもここだけで見られる光景じゃないんですか。いや、世界でも珍しいかな。でも、さっきから風が急に強くなったり急に弱くなったりと、けっこう荒れているんですよ。だいじょうぶかな、これ……」

自分に向けられているカメラを意識して、つねに笑顔は浮かべながらも、東田はどうしても口元がこわばってくるのを抑えられなかった。

たしかに、湖面を走る風は、かなり気まぐれな様相を呈しており、そのたびに帆の調節が慌ただしく行なわれていた。

東田は不安そうにその様子を見ながら、周りの状況にもチラッと目をやった。

湖岸や観光船のデッキからは、ファンの女の子たちがオペラグラスなどを片手に、東田の乗った帆曳船から目を離さない。

（この船がひっくり返って、もしも湖に放り出されたら、泳げないおれはきっとパニックになってしまう。そして、そのぶざまな格好をファンに見られたら……まずいな）

東田の船べりをつかむ手にも、自然と力が入ってきた。

「さてと……折本さん」

彼はレポートを早く終わらせようと、打ち合わせで決めてあった質問をだいぶはしょって、結論を急いだ。

「どうですか、本日の成果は。ここまで引っぱってきたら、網の中にもだいぶ魚がたまっているんじゃないかと思うんですけど。ぼくの好きな佃煮《つくだに》のモトが……ねえ」

きょうは、単に走ってみせるだけでなく、帆曳漁の模様を再現することになっていたので、東田はそうたずねた。

「いや、もうちょっとやらんと」

老船頭は、東田の気持ちなど知らず、相変わらずボソッと短い返事を返した。

「そんなこと言わずに、いちど網をあげてみてくださいよ」

「………」

「ね、お願いしますよ」

「じゃあ……たぐってみるかね」

船頭は日焼けした顔に仕方なさそうな表情を浮かべると、ふたりの息子に向かってあごをしゃくった。

およそ七十メートルほどある引き綱の先に、魚を取り込むための長さ二十メートルの網がついている。

水中に隠れたその網の位置は、黄色に塗装されたウキ代わりの石油缶によって知ることができた。

船頭の長男と次男とが、すばやい手つきで網をたぐり寄せていくと、黄色の石油缶がどんどん船のほうに近づいてきた。

「さあ、来ましたよ。おっ、おっ、水の中から網の姿が浮かび上がってきました。なんだか、きれいな色が見えますねー。これは大漁かな。折本さん、いまの季節ですといちばんとれるのはワカサギあたりですかね」

「ワカサギ？」

「ええ」

「ワカサギの旬など、とっくに終わったよ」

またボソッと言われて、東田は鼻白んだ顔になった。

「あ、そうですか。じゃ、いまだと何が」

「いろいろだね」

「……いろいろ……ですか」

かみ合わない会話に東田が困り果てたそのとき、東南東の風がいちだんと強まって、帆曳船が大きく横ずれした。

思わず東田は後ろにひっくり返りそうになり、両足を突っぱった。

と、次の瞬間、一転して北のほうから突風が湖面を走ってきた。

順風をいっぱいにはらんでいた白い帆が、急にしぼみ、風の乱れにバタバタと大きな音を立ててはためいた。

そこへ、水中を引っぱってきた網の抵抗力が重なり、船は急ブレーキをかけたように、反対方向に揺らいだ。

バランスをとるために、船頭の折本はとっさに舵《かじ》を操った。

が、網に何かが引っ掛かったのか、水中の抵抗は想像以上に大きかった。

反動で、東田が前につんのめった。

「あーっ」

体を硬くしていたため、船の揺れに柔軟に対応できず、彼は一声叫ぶと、頭からもんどりうって水の中に落ちた。

観光船のデッキで見ていた女の子たちが悲鳴を上げた。

ライフジャケットを着ていたおかげで、すぐに水面に浮かび上がったが、それでもカナヅチの東田はあわてた。

「助けてくれ」

恥も外聞もなく、彼は水面をたたいて叫んだ。一瞬のうちに帆曳船との距離が開いたことが、東田をよけいにあせらせた。

溺れる者は藁《わら》をもつかむ、というたとえどおり、東田は、帆曳船の帆柱から水中の漁網中央部に向かって伸びた引き綱を、がむしゃらにつかんだ。

「それをつかんだらいかん！　放せ」

折本は怒鳴った。

「啓二、拾ってやるから落ち着いてそこに浮かんでろ」

伴走するモーターボートから、ディレクターの野村も大声を張り上げた。

が、パニック状態の東田は、聞く耳を持たなかった。

彼は、高さ九メートルを超す帆柱の突端から伸びた綱に全体重をかけて、水の中からはい上がろうとした。

その重みで、帆曳船がぐらりと傾いた。

そこへ最悪の方向から、ふたたび突風が吹いてきた。

あっというまに帆曳船は横倒しになり、乗っていた折本たち親子三人が、あいついで湖に投げ出された。

「この馬鹿たれが」

覆いかぶさってきた巨大な帆をかいくぐり、水面に顔を出した折本耕平は、立ち泳ぎをしながら若いタレントに罵声を浴びせた。

「綱にぶら下がればどうなるか、わからんのか」

「たのむ、助けてくれ」

東田は折本の罵声を無視し、新たな叫び声をあげた。

「助けてくれよ」

その声は、極度の恐怖に裏返っている。

「救命胴衣を着ているくせに何をいってるんだ」

「そうじゃない……そうじゃないんだ」

東田啓二は必死に首を振った。

「この下……ぼくの足に……」

「網がからみついたのか」

突き放すような船頭の問いかけに、東田は何度か口をパクパクさせ、やっとの思いでかすれ声を出した。

「網がからみついたんじゃなくて、手が……人の手が……」

「なに」

折本がけげんな顔をして水中をのぞきこんだ。

彼の顔色が変わった。

「お、お、おい、死体じゃないか！」

日ごろめったなことでは動揺を見せない折本が、激しくうろたえた。

彼は、ふたりの息子に向かって大声を張り上げた。

「たいへんだ、死体が網にかかっとるぞ」

同時に、モーターボートからも東田のマネージャーがメガホンを使って叫んだ。

「死体だぞー」

その声に、観光船から見守っていた見物客が、デッキに鈴なりになった。

「啓二、おまえの真下に人間が……裸の男が浮かんできているんだ」

東田は頭から水をしたたらせながら、目をむいた。

口を開けた。

手をバタつかせた。

「おい、ちゃんとカメラは回しているな」

ボートの上では、ディレクターの野村がクルーに唾を飛ばしていた。

「はい、ずっと回してます」

カメラマンが答えた。

「こいつは帆曳船の取材どころじゃなくなったぞ」

野村はビデオ・エンジニアを押しのけて、カメラと直結しているカラーモニターにかじりついた。

「すごいな……大スクープじゃないか。衝撃の映像だぞ、おい」

野村は、タレントが水の中に落ちていることも忘れて、激しく興奮していた。

そのとき、ファインダーをのぞき込んでいたカメラマンが叫んだ。

「あ、ちょっと見てください。死体の首に……」

「なに」

「千羽鶴です、千羽鶴が死体の首に飾られています」

「なんだって？」

ディレクターは、モニター画面に顔を近づけた。

「もっとアップで寄れ。ギリギリまで寄るんだ」

「はい」

カメラマンがさらにレンズをズームインさせると、ライフジャケットをつけた東田啓二の姿が画面からはみ出し、水面下一メートル近くまで浮上してきた男の顔が、ぐんぐんと拡大されていった。

青白くゆらめいている全裸の水中死体——その男の首周りに、金銀赤青黄色に緑と、鮮やかな色彩が踊っていた。

「ほんとうだ、死体の首に千羽鶴がかかっている……」

ディレクターは、信じられないというふうに頭を振った。

湖に放り出されていた折本は、ふたりの息子に怒鳴った。

「おまえら急いで網を引け。急いで死体を引き上げるんだ」

そう叫ぶなり、折本は転覆したまま辛うじて浮いている帆曳船の船底にはい上がった。

そして、率先して、力のかぎりに網をたぐり寄せた。

水面近くまで浮上するにつれて、ゆらゆらと輪郭の定まらなかった死体が、魔術でも見ているようにクッキリと形を成してきた。

「うわ、うわ、うわ」

片足を網にとられたままの状態で、東田啓二は水面を引きずられていった。

「おれの足をはずしてくれ」

彼の顔は引きつっていた。

「たのむから、早く助けてくれよ」

わめきちらす東田に飛びかかりそうな勢いで、千羽鶴に飾られた全裸の男が浮かび上がってきた。

網目ごしに、うつろな目が東田をにらみ、首に巻かれた千羽鶴のすきまからは、パックリと開いた喉の傷が見えた。

折本たちは、懸命の力をふり絞って、船の脇まで一気に網をたぐり寄せた。その勢いに引っぱられ、自由の利かない東田は、死体と抱き合う形になった。

真っ白な男の顔が、彼の唇にふれた。

氷のような冷たさを感じた瞬間、人気沸騰中の若手俳優は声にならないうめき声をあげて失神した。

2

「どうだった、いまの中華料理。すごく小さなお店だし、決してきれいじゃないけど、味のほうはバツグンだったでしょ」

食後のコーヒーを飲みに入った喫茶店で、美帆は千鶴にたずねた。

「ええ。とくに、美帆さんおすすめの椎茸《しいたけ》焼きそば、とってもおいしかったです」

「でしょ。あれは、あのお店の隠れたヒットメニューなのよ。冬場だと、ワタリガニの玉子煮なんかが最高なんだけど」

「そうなんですか……でも、お料理を作る中国人のおじさんが、ときどき息子さんみたいな人を叱ったりして、なんだか不機嫌そうで、ちょっとおっかない気もしましたけど」

「それがまたいい味出してるのよ。いかにも一家でガンコにひとつの味を守り通している、って感じじゃない」

「まあまあ、美帆も一人前なこと言って。あなただって最初は、あの店を知らなかったのに、私が教えてあげたら、すっかりやみつきになったのよね」

千鶴の隣りに座ったOLのドン、塚原『お母さん』操子は、そういってタバコの煙を吐き出した。

「だって、お母さんが教えてくれる店は、どこもおいしいんだもん。なにしろ、舌が肥えているから」

「ちょっと、美帆。舌も肥えてるけど、体も肥えてるっていうんじゃないでしょうね」

「言いません……本人の前では」

美帆はクスッと笑った。

「わかってますよ、あなたの性格は。……でも、そういえばウチの社長なんかも、気取らない人だから、ときどきひとりであの店にフラッと食べに行ったりしてるみたいね。ねえ、万梨ちゃん」

「ええ、ひと月に一度はいらっしゃるようですね」

操子の向かいに座った叶万梨子がうなずいた。

副社長付きの秘書である万梨子は、ヨコハマ自動車一の美人といわれるだけあって、こうやって喫茶店などに入っても、すぐに周囲の男性客の目を引いてしまう存在だった。

キュートな顔立ちでパッと華やいだ雰囲気のある美帆とは対照的に、万梨子は落ち着いた物腰から醸し出される、しっとりとした色っぽさが魅力のポイントだった。

ストレートロングのヘアスタイルと純和風の顔立ちの取り合わせが、なんともたまらないと、とりわけ役員・管理職クラスの間でファン激増中である。美帆は、そんな万梨子のことを『中年ウケする美人』と言ってからかうが、それを言うと万梨子は怒る。

だが、入社してすぐに秘書室配属となったのも、どうやら『上のほう』からの、たっての希望があったからだといわれている。

彼女は美帆と同期の入社だったが、美帆は短大出で、万梨子は四年制の女子大卒。したがって、年齢には二歳の開きがあって、万梨子は二十五歳である。

だが、ふたりはそんな年の上下などまったく意識しない大の親友だった。おたがいに、雰囲気も性格も対照的だから、かえってうまくいっているのだった。

「それにしても……」

コーヒーを一口飲んでから、操子は隣りの千鶴に話しかけた。

「杉本さんも、OL生活をはじめて三週間くらいが経《た》ったわけだけど、新しい生活サイクルに馴《な》れるのが大変でしょう」

「新しいサイクル……ですか？」

口元まで持っていったコーヒーカップをテーブルに戻して、千鶴は聞き返した。

「そう。ＯＬといってしまえば、なんだか楽そうな響きもあるけど、ようするにサラリーマンですからね」

操子は言った。

「たとえばお昼だって、みんなが同じ時間に食べに出るから、お店の前でぞろぞろと並ばないといけないし、食後のお茶を飲むタイミングもいっしょだから、こうやって空《す》いている喫茶店を探すのも一苦労。行き帰りの電車も満員だし」

「でも、そういうふうにみんなと同じっていうのが、私にとってはいちばん気が楽でいいんです」

「あら、そう」

操子は意外そうに千鶴の顔を見返した。

「タレントだったころは、周りがどんどん私を特別扱いするでしょう。さっきみたいなゴチャゴチャッとした感じの中華料理のお店だって、私は大好きなんです。でも、朝霞千鶴のイメージが壊れるからといって、街角の庶民的なお店で食事をすることはマネージャーから止められていました」

「ふーん、タレントって大変なのねー」

両手の上にあごをのせた格好で、美帆は感心しながら千鶴の話を聞いていた。

「とにかく、タレントとかアイドルとかスターとか、呼び方はいろいろあっても、結局は商品であって、人間じゃないんです」

「人間的な扱いを受けない、ってこと？」

万梨子がたずねた。

「いいえ、そういう意味じゃありません。人間としての実像は杉本千鶴の中に押し込めておいて、朝霞千鶴になったときは、企画書どおりの女の子を演じなさい、ということなんです」

「『企画書どおりの女の子』というのも、なんだかすごいわね」

操子が感想をもらした。

「でも、ほんとにそうなんです。洋服も髪形も顔の雰囲気も、しゃべり方も笑い方も、それから、ものごとに対する意見も、みんなプロダクションの考えた方向性に沿ってやらなくちゃならないんです」

「それじゃ、人形じゃない」

「いいえ」

美帆の言葉に、千鶴は首を横に振った。

「よく、世間の人は、アイドルなんてお人形だ、といいますけど、それはちょっと違うと思います。スターとして商品価値が出るためには、自分にふさわしいことだけをやっていてはダメなんです。たとえば、私は宮崎県の田舎にある牧場の娘で、何も世間を知らないで育ってきました。自分のいいところといえば、素朴な自然の中でのびのびと育ってきた点だと思います。でも、ＣＭモデルとしてデビューした朝霞千鶴にとっては、そんなことは関係ないんです。子供らしい無邪気な笑顔の合間に、ふと、大人の女を感じさせる翳《かげ》りのある表情を見せる。十五歳なのに、どこか醒《さ》めた目で人生を眺めている――これが、朝霞千鶴のあるべきイメージで、それによって、ファン層を子供だけでなく、大人にも広げられるのだと言われました」

「じゃあ、大人たちが寄ってたかって、あなたという人間を変えてしまうわけ」

「いいえ」

万梨子の問いにも、千鶴は首を振った。

「スター誕生というのは、本人とは別に、もうひとつの新しい人間を作り上げる作業だと思います。生身の自分を基礎にして、スターに変身しようとしたって、絶対にうまくいかない。これが、プロの世界の考え方です」

「へー」

美帆はわかったようなわからないような声をあげた。

「たとえば私の場合は――自分で言うのもおかしいんですけれど――顔とスタイルがいいから、オーディションで目をつけられたのだと言われました」

その言葉には、美帆たちも同意してうなずいた。

「とくに、笑顔と寂しそうな顔の落差がいい、というふうに……。私がタレントになれたのは、そこの部分に価値を見いだされたからで、性格や考え方ではないんです。本当だったら、人間の根本は、絶対に『性格』ですよね。でも、その『性格』というか『個性』は、タレントの場合、外見のイメージや売り出しの戦略に都合がいいよう、人工的に作り上げられるんです。だから、そういう意味で、タレントとしての朝霞千鶴は、『私』じゃないんです。——わかります？」

「うーん、わかんない」

美帆はまだ納得しなかった。

「結局は人形扱いされる、ってことでしょ」

「ほんとうの自分を勝手にいじられるわけじゃないから、人形になったという気はしません」

千鶴は言った。

「事務所の方針で演じるか、自分自身のポリシーで演じるかの違いはあっても、芸能界の表舞台でやっていく人たちは、みんな二つの人格を使い分けているんです。なにもアイドルにかぎらず、俳優だってロックミュージシャンだって、公式の場に出る自分は、本物の自分ではないと割り切っているはずです」

「そうなの……ずいぶん難しい世界なのね。でも、十五歳のときから、そういうことを考えながら仕事をしていたなんて、すごいわ」

と、万梨子が感心した顔で千鶴を見た。

「ほんとよ、私なんか絶対ムリ」

美帆もそう言って首を振る。

「自分のほかに、もうひとつキャラクターを作るなんて、なんか割り切れないもん」

「ですから、少しでも気持ちを割り切らせるために、芸名をつけるのかもしれません」

コーヒーを一口飲んでから、千鶴は続けた。

「最初は、人から『朝霞さん』て呼ばれるのが恥ずかしかったし、こちらから『朝霞千鶴です』と名乗るのにも抵抗がありました。なんだか、自分じゃないみたいで。……でも、あるとき気がついたんです。自分じゃないみたいだから、芸名の意味があるんだ、って」

「なるほどねー」

声を揃《そろ》えて納得するふたりを見て、塚原操子はタバコの煙を吐き出しながら笑った。

「あなたたち他人事《ひとごと》みたいに感心しているけど、いまの話の中には、普通の女の子にもあてはまる要素がいっぱいあるのよ」

「え、どういうことですか」

美帆が、千鶴から操子に視線を移してたずねた。

「たとえば、恋愛とか結婚を考えてごらんなさいよ。男の人が女性を好きになる第一要因は、見た目の印象でしょ。女だって、いまは男の外見から入っていくんじゃないかしらね」

「だけど、男は性格ですよ」

「美帆はそう言うけど、だいたい恋人どうしなんて、最初のうちは、おたがいに格好をつけてますからね。嘘《うそ》や演技もたっぷりまじえて、自分をいかに魅力的に見せるか必死でしょ。あなただって、そうだったんじゃないかしら」

「当たってる」

と、美帆。

同じ海外業務部の同僚、花井光司《こうじ》との仲は、社内でも公然の秘密ではあったが、たしかに、つきあい出した初めのうちは、花井も美帆も、自分のいいところばかり見せようとしていた気がする。

「実像とかけはなれたイメージに、おたがい惚《ほ》れ込むのだとしたら、これはスターを好きになるファン心理とさほど変わらないわよね」

操子が続けた。

「そんな感覚で結婚相手を決めてしまう危険性って、けっこうあるものよ」

「そうかあ……結婚したとたんに、ホンモノの自分が出てきて、おたがい幻滅したりね」

「とくに女の人は、結婚して苗字《みようじ》が変わるから、それこそ芸名と同じ感覚で新しい自分を作れる可能性もあるし、その新しい苗字の自分についていけないこともある……私のようにね」

「お母さんの塚原っていう苗字は、旧姓なんでしょう」

万梨子がきいた。

「そうよ」

「結婚していたときは？」

「綾小路《あやのこうじ》よ」

美帆がブッと吹き出した。

「お母さんが、綾小路さん」

「そうよ。大仰な苗字だから笑っちゃうでしょ。結婚した当初は、綾小路操子です、と人に言うのが、なんだか照れ臭くてね。いろいろあって離婚して、塚原操子に戻ったときは、元の自分を取り戻せたみたいでホッとしたわ。そういう経験があると、いまの杉本さんの話は、決して芸能界だけのことじゃないな、という気がするわね」

ひとしきり、スターづくりにおける虚像と、恋愛における虚像との共通点に花が咲いたあと、ふと話が途切れたときに、杉本千鶴は最初の話題を思い出したようにつぶやいた。

「でも、ほんとうにいまは、普通の女の子に戻れた感じでホッとしています。万梨子さんや美帆さんのほうが、よっぽどスターみたいですから」

「この子たちは特別目立つのよ」

操子は、ふたりに目をやって笑うと、ふたたび千鶴に向き直った。

「でもね、杉本さん。無理して普通にならなくてもいいんじゃないかしら」

「無理して？」

「ええ、あなたが芸能界を引退したのは、たしか六年前だったと思うけど、それでも過去は過去として切り離せない部分ってあるでしょう。みんなが学校に通っていたころ、あなたは全然別の世界にいたんですものね。それも、いちばん感じやすいころに……。華やかな世界の裏側では、いろいろと辛《つら》いことや苦しいこともあったでしょうしね。だから、いろいろな物事の価値判断が、普通に学校を卒業して就職した人たちと違っていても当然なのよ」

「……………」

「そこを無理に合わせようとすると、会社生活は長続きしませんよ。協調性に問題ありと言われない程度にマイペースを保つことは大事ですからね」

「はい」

美帆と万梨子は、操子の話を聞く千鶴を温かい目で見守っていた。

塚原操子のカンは鋭い。お母さんがこういう話し方をするときは、杉本千鶴に対して、すでに何かの危険信号を察知してのことなのだ。

「とにかく、困ったことがあったら遠慮しないで、気軽に私たちに相談してちょうだい。これは総務部長としての発言じゃなくて、同じ女性社員の仲間として言っているんだけど」

「はい」

「とりあえず、あなたより二十年くらいよけいに生きているぶん、少しは知恵もあるし……芸能界の経験はないけれど、離婚の経験はあるしね」

操子は、自分の傷をさらっと言ってのけた。

「それと、ここにいる万梨ちゃんと美帆は——まあ、本人を前にして言うのもなんだけど——性格のよさと口の堅さは保証できますから、あなたにとっても、きっといい相談相手となるはずよ」

「はい……どうもありがとうございます」

そこまで言うと、千鶴は急に口元を押えて、涙を流しはじめた。

3

千鶴の涙を見ても、すぐさま『どうしたの』などと野暮な質問をしないところが、操子たち三人のいいところである。

「そういえば、美帆」

万梨子がわざと話題をそらすように、美帆に話しかけた。

「この週末に、あなたのマンションで『明治三十六年のフルコース』を作ろうって約束していたでしょう」

「うん」

「もし、千鶴さんがよかったら、いっしょに入ってもらわない」

「あ、いいね。賛成」

美帆は笑顔でうなずいた。

「だったら、出来具合の審査員として、お母さんにも来てもらおうよ」

「なんなの、その『明治三十六年のフルコース』って」

新しいタバコに火を点《つ》けながら、操子はたずねた。

「美帆が、古本市で明治時代の料理のレシピを見つけてきたんです……ね」

「明治三十六年に出版された『最新和漢洋料理』っていう題の本で、熊本にあった女学校の舎監をやっていた女性が夏休みに料理の講習会をやったら、それがとても好評だったので、一冊の本にしたというものなんです」

「和漢洋というと、いま風にいうと『和洋中』ってことかしら」

「ええ。全部で四章に分かれていて、『本邦料理の部』『支那料理の部』『西洋料理の部』、そして『病人用食物の部』っていう構成なんです」

「それを、あなたと万梨ちゃんで再現しようというわけ」

「はい。とりあえず第一回目は、『西洋料理の部』から私たちのチョイスでフルコースを組んでみようかと思って」

「でも、明治三十六年じゃあ、そんなに豊富なメニューは期待できないわね」

「ところが」

美帆が、得意そうに目をクリッとさせた。

「ソースの種類だけでも、柿ソース、梨ソース、桃ソース、杏《あんず》ソース、トマトソース、白ソース、玉葱《たまねぎ》ソースっていう具合に、バリエーションがいっぱいあるし、お料理もローストビーフとかチッケンパイとかジャミ巻カステーラとか」

「なあに、チッケンパイとかジャミって」

「チキンパイのことですよー。それから、ジャムのことをジャミって呼んでたみたい」

「ジャミねえ」

「ジャミ巻カステーラっていうレシピは、いまでいえばジャム入りのクレープなんですけど、クレープにジャムを塗って巻くところの説明が、『巻寿司《まきずし》のごとくに巻き』とかいって、たとえ方がすごいの。明治時代だなーって感じで」

「まあまあ」

操子は笑った。

「それから、サンドイッチなんて、作るのに二時間もかけるんですよ」

「サンドイッチを二時間もかけて？」

「食パンを偶数に切って――わざわざ『偶数』って断わるところがいいでしょ――それにバターとカラシと塩を塗って、コンビーフをはさむの。で、板の上に並べて、また上から板で重しをして二時間……」

「なんだかおいしくなさそうねえ」

操子は眉をひそめた。

「だいじょうぶ、そういう危なそうなメニューは選びませんから」

「そう……若干、不安も残るけど、せっかくのご招待を断わるのも悪いし……じゃあ、おじゃましましょうか。えーと、美帆のマンションは東京の自由が丘だったわね」

「そうです。東横線の自由が丘駅で降りて徒歩五分」

「それなら、杉本さんといっしょの駅じゃない」

総務部長として、各社員の住所をだいたい把握している操子が言った。

「ほんと？　知らなかった」

美帆がびっくりした。

「いままで、ホームや電車の中で一度も会わなかったもんね。でも、けさなんか会社のエレベーターのところで追いついたから、知らずに同じ電車に乗っていたんだ。じゃあこれからは、朝、時間が合えば、いろんな話をしながら来れるね」

「……………」

「ね……？」

千鶴は両手で顔を覆い、そのすきまからボロボロと涙をこぼしていた。

「どうしたの。だいじょうぶ」

さすがに美帆は心配になってたずねた。

「私……うらやましくて……」

「うらやましいって、何が」

「部長や万梨子さんや美帆さんたちは、ほんとうに仲がいいんだなって思ったら……なんだか急に寂しくなって」

千鶴はしだいに激しくしゃくりあげてきた。

美帆は思わず周囲を気にしたが、幸いヨコハマ自動車の社員らしき客はいなかった。隣りのテーブルにいた和服姿の中年女性が、一瞬眉をひそめてこちらを見たが、美帆の視線にぶつかると、あわてて知らん顔を装った。

「私には、親友って呼べる友達が……いなかったから」

千鶴は途切れとぎれに続けた。

「誰にも悩みを打ち明けられなくて、いつもひとりで悩んでいたんです。苦しくて苦しくて仕方なかったけど……でも……」

「だったら、きょうから私たちの仲間に入ればいいじゃない。ね、そんなに自分だけの世界に閉じこもらないで」

万梨子が、千鶴の腕をそっと押えて言った。

「そうよ。もしも何か相談したいことがあったら、週末まで待たないで、今夜でも私の家に来れば。近いんだから」

美帆も身を乗り出して、千鶴に顔を近づけた。

「ありがとう。でも、いいんです……ごめんなさい、急に泣いちゃったりして」

むりやり笑顔を作りながら、千鶴はハンカチを取り出して涙をふいた。

いかにもナーバスな泣き笑いだった。

「そんな遠慮なんかしないで。悩みがあるんだったら、バーッと言っちゃえばいいのに。

この三人だったら、絶対に秘密は守るわよ」

「いいんです、美帆さん」

千鶴は青白い顔を左右に振った。

ソバージュの髪が揺れて、その合間から春の日射しが漏れたり隠れたりする。

「ほんとに……とても人に話せるようなことじゃありませんから」

操子たち三人は、その言葉に顔を曇らせた。

「もう気にしないでください。私……だいじょうぶですから」

また繰り返すと、千鶴はカップに半分残ったコーヒーをじっと見つめた。

沈黙がただよった。

「杉本さん……」

しばらく間をおいてから、操子が静かに口を開いた。

「少しずつでいいのよ」

「はい？」

「全部をいっぺんに言わなくてもいいから、どんなことで悩んでいるのか、少しずつでも打ち明けていけば、それだけ気分も少しずつ楽になっていくと思うけど」

「………」

「私だってね、自分の亭主がよそで女を作って、浮気以上の関係になっていたと知ったときは、ずいぶんと悩んだわよ」

ハッとなって、千鶴は総務部長の横顔を見た。

が、メガネのレンズが光って、操子の表情はよくわからない。

「夫の浮気という事実じたいは、悩みというよりもショックといったほうが当たっているけど、でも不思議なものでね、そんな非常事態のときでさえ、人間は格好をつけようとするものなのよ。夫に浮気され捨てられそうになっているみじめな自分を、どうやって他人の目から隠そうか、そんなことばかり考えて悩んでいたわけ」

操子はフッと笑った。

「でも、ある時点でウジウジしている自分が間違っていることに気がついたのよ。悪いのはあいつなんだ。だから、私は堂々と被害者の立場を貫けばいいんだってね。その時点から、私は悩みを隠すことをやめたの。それで、まず、いちばん信頼できる人間にその事実を話したわ。よけいな説明や、弁解や、涙は抜きにしてね。そうしたら、信じられないほど気持ちが楽になったのよ。それだけじゃなくて、次に自分がどうすればいいかということまで、はっきりと見えてきたし」

「……………」

「どうせ人の悩みなんて、他人には百パーセントわかってもらえっこないんだから、すべてを理解してもらおうとして訴えても意味がないのね。結局は、悩み相談って、自分の心の負担を軽くすることに目的があるんだから。そうでしょ」

「……はい」

「ガンは早期発見が肝心というけど、心のガンは早期告白が治療のポイントよ。これを覚えておいてね」

「それで……そのいちばん信頼できる人って、どういう立場の方だったんですか」

千鶴がたずねると、操子は彼女を見つめ返して答えた。

「息子よ」

「息子さん？」

「ええ、その当時、まだ中学生だった、ふたりの息子」

「中学生……」

「そう、十五歳と十三歳だったの。多感な時期の子供だからショックを受けるだろうとか、事情を話しても力にはなってもらえないだろうと思ってためらっていたのに、いざ話してみたら、その逆でね。私の立場をわかってもらうのに、ほんの少しの言葉をもらすだけでよかったの。だから、助かったわ。その経験からわかったんだけど、悩みを打ち明けるのに百万言を費やさなくてはいけないような相手は、相談者として不適当だっていうことね。少しの言葉を伝えただけで自分自身が楽になれるような相手——それがいちばんよ」

千鶴は、コーヒーカップを見つめたまま、じっと操子の言葉をかみしめていた。

また長い沈黙の時が流れた。

やがて、千鶴は意を決したように顔をあげた。

「……聞いてくださいますか」

操子は、黙ってうなずいた。

美帆と万梨子も千鶴を見つめた。

千鶴は気持ちを整理するように、いったん窓の外の光景に目をやり、それからテーブルの上に目を戻して、ささやき声で、しかし、はっきりと聞き取れる力強さをもって言った。

「私、六年前に……十六歳のときに、人を殺しているんです」

4

その日の昼すぎ、神奈川県警の船越警部は、多摩川から一キロほど中に入った東急《とうきゅう》田園都市《でんえんとし》線の高津駅のホームで電車を待っていた。

彼の横には、高津署の土井《どい》というベテランの刑事が立っている。

ふたりは、これから電車で多摩川を渡って東京へ向かい、世田谷区駒沢にある皆川進の自宅を訪問することになっていた。

謎の血痕を残して放置された白いブルーバードの持ち主で、現在行方がわからなくなっている自動車教習所の教官宅だ。

すでに夫人には来意を告げてあったから、船越警部の訪問を自宅で待ち構えているはずである。

船越は、失踪した皆川について、仕事関係や血縁関係などさまざまな角度から、怨恨の有無を洗い出そうと考えていた。

それに、皆川といっしょに行方不明になっている人物がいないかどうか、交友関係で心当たりがないか、そのへんを聞き出さねばならない。

「しかし、あれですなあ」

背広を着るよりはジャンパー姿のほうが似合いそうなパンチパーマ頭の土井は、馴れぬネクタイの結び目をさかんにしごきながら言った。

「自動車教習所の教官というのは、けっこう恨まれる商売じゃないんですかねえ」

「だろうね」

船越はうなずいた。

「なんといっても、安全第一をたたき込むためには、厳しくやらざるをえないだろうからら」

「いや、警部、そういうことじゃなくて」

土井刑事は首を左右に振ると、ソバ屋でもらってきた爪楊枝《つまようじ》を口にくわえた。

「教官側にも問題がある場合が多いんですよ」

「そうかな」

「じつは、うちの娘が十八になりましてね。こないだっから教習所に習いに行っているんですが、無愛想な教官に当たると、最初から最後まで何を聞いてもブスッとしていたり、ちょっと間違えると、頭ごなしに叱ったり、罵倒の仕方もひどいらしいですよ。馬鹿野郎、大学生のくせに、これくらいのこともできないのか、とかね」

「こっちは習いに行っているのだから、できなくて当たり前なんだがね。それを親切に教えるのが教官の役目のはずだが」

「そうなんですよ。そう思うでしょう、警部も」

土井は楊枝を歯の間にはさんだまま、大きな声を出した。

楊枝を歯にはさんだまま落とさずに物をしゃべれるのが『特技』だ、と土井はつまらないことを無邪気に自慢していたが、それでも本人は市川崑《いちかわこん》を気取っているつもりだった。

前歯が一本抜けた隙間に火の点いたタバコを差し込み、そのまま口を開けて自由にしゃべるという映画界の巨匠のしぐさを真似《まね》たものなのだが、こちらは爪楊枝とあって、だいぶ風格に欠ける。

「まあ教官のほうも、一年三百六十五日、助手席に乗ってヘタクソな運転につきあわされるわけだから、イライラする気持ちもわからないじゃありませんが」

「しかし、みんながみんな、そういう態度をとるわけでもないだろう」

船越警部は言った。

「ひとくちに教習所の教官といっても、やはり優秀な人と問題の多い人がいるんじゃないのかな。警察官にだって出来不出来があるように」

「まあね」

土井は、船越と顔を見合わせて笑った。

「ダメなやつはとことんダメというのは、どこの世界でも同じですよ」

「だけど、きみの娘さんも、イヤな教官に当たりたくないんだったら、感じのいい教官を選んで指名したらどうなのかな」

「あいにく、うちのが通っているところでは、指名制はないんですよ」

「ふうん」

「なんでも、以前は生徒から教官の指名を受けていたそうなんですが、いろいろ問題があったようで」

「たとえば？」

「やはり、人気のある先生というのは限られていて、そこに指名が集中するため、時間のやりくりが難しくなるのと、それから人気のない先生が嫉妬する」

「なるほど」

船越は苦笑した。

「それともうひとつ、とくに女の子の生徒に対して、教官のほうから自分を指名しなさいと言って、個人的な関係を迫ったりする場合も皆無ではないらしいです」

「いろいろあるんだなあ……」

まもなく電車がやってくるので白線の内側までお下がりください、というアナウンスを聞きながら、船越警部はぼんやりと考え事をする目つきになった。

「警部、あんまり前に出たら危ないですよ」

土井に言われて、船越はハッとわれに返った。

その目の前を、二子玉川園方面へ向かう銀色のステンレス車両が滑り込んできた。

ゆっくりと速度を落としてゆく電車の窓に、船越と土井の姿が映っていた。

「土井君」

前を向いたまま、船越は高津署の刑事に話しかけた。

「皆川進の家をたずねる前に、どうせ近くにあるんだから、彼が勤めている自動車教習所へ先に寄ってみないか。そこで、教習所の教官という職業について、少し予備知識を仕入れておいたほうがよさそうだ。どんな連中に恨まれるのか、ということも含めてね」

そう言って電車に乗り込んだとき、船越の背広の内側でポケットベルが鳴った。

「ちょっと待ってくれ」

土井を引きとめると、船越はホームに戻った。

「何かあったのかもしれない」

船越は、持っていた携帯電話ですぐ本部へ連絡を入れたが、用件を聞く彼の顔が、たちまち厳しいものになっていった。

発車のチャイムが鳴り、彼らが乗るつもりだった電車がホームを滑り出していった。

「どうしたんですか」

通話を終えた船越に、土井刑事がたずねた。

「死体が出てきたそうだ」

短いため息とともに、警部は答えた。

「は？」

「けさ九時半ごろ、霞ケ浦で男の死体が引き上げられた。全裸で、首に千羽鶴がかけられているという異常な格好でね」

「裸に千羽鶴ですって」

思わず土井は聞き返した。

「なんですか、それは」

「わからん。とにかく、その男の特徴が、行方不明者として捜索願が出されたばかりの皆川進に似ているらしいというんだ」

「なんと……署を出て、ソバを食べている間にそんなことになったわけですか」

土井は、ようやく口元から爪楊枝をはずした。

「ついでといっては何だが、どうせ皆川夫人をたずねるのだったら、そのまま奥さんを身元確認のために土浦署まで連れていってほしい、という指示だ」

「やれやれ……」

土井はパンチパーマの頭をかいた。

「いやな役回りがきたもんですな。愁嘆場に居合わせなければならないとは」

「まったくだな」

「おまけに土左衛門《どざえもん》でしょう」

「いや、死体は数時間水中に浸《つ》かってはいたが、死因は溺死ではないらしい」

「だったら、なんです」

「刺殺だよ。喉をパックリ裂かれてね」

土井刑事は船越の顔をじっと見た。

「……それじゃあ、ぴったり一致するじゃないですか。県警本部に百十番を入れてきた通報者の言葉と」

「うん、男が三人、喉から血を流して死んでいる、ということだったからな」

「ふざけた野郎だ」

土井は自分の手のひらを、もう一方の拳でパチンとたたいた。

「自分で殺して、自分で百十番して、車だけ見つけさせておいて、死体は湖の中ってわけか。それも、霞ケ浦だなんて」

「まだ、すべてをその男のせいにはできないぞ」

「しかし、警部」

土井は鼻の穴を広げた。

「ここまできたら、どう考えたって通報者が怪しいとしか思えませんよ」

「それは、もう少し状況を把握してから考えよう」

船越は慎重な言い方をした。

「とにかく、家族によって遺体が皆川進だと確認されしだい、土浦署のほうでトロール船とダイバーを出して湖をさらいはじめるそうだ。残りのふたりも、ひょっとしたら近くに沈んでいる可能性もあるからな」

「そのふたりも、千羽鶴を首に巻いて出てくるんですかね」

土井は気味悪そうに言った。

「さあね」

「いったい犯人はどういうやつなんだ。こりゃ異常ですよ」

「異常かどうかはわからんが、粘着気質であることは疑いがないだろう」

「なぜです」

「土浦署からの報告によれば、死体の首にかかっていた千羽鶴は、水に濡《ぬ》れても形が崩れないよう、一羽一羽ていねいに防水スプレーが吹きつけられていたそうだ」

5

そろそろ会社に戻らねばならない時間になったので、操子たちは中華街の一角にある喫茶店を出た。

しかし、さすがの操子も、千鶴のもらした一言にはショックを受けたようで、表情はかなり硬かった。

もちろん、美帆や万梨子にとっても衝撃は大きく、また告白をした当の千鶴にしても、気持ちが楽になるという段階では到底なかった。

昼食を終えた人たちでにぎやかに込みあう中華街にあって、操子たち一行だけは、まるで通夜帰りのように暗い顔をしていた。

「杉本さん……」

並んで歩きながら、操子は言った。

「あなたとしても、一気にぜんぶしゃべってしまいたいでしょうけど、昼休みの合間にお茶を飲みながら、という話でもなさそうだから、きちんと日を改めて話を聞きましょう」

「はい、お願いします」

うつむきかげんで歩く千鶴は、かすれた声で返事をした。

「そうだわね……続きは、この週末にみんなで美帆の家に集まるときにしましょう。きょうのところは、総務部長としては何も聞かなかったことにするわ。土曜日までは、私もよけいな推測をせずに、頭の中を空っぽにしておきます。六年前に起きたことを知るのに、あと何日か待つくらいはね」

操子は、そのことを美帆と万梨子にも念押ししようと、後ろからついてくるふたりを振り返った。

万梨子は真剣なまなざしで、操子の視線を受け止めた。

だが、美帆は——

「あ」

中国野菜を道路ぎわまで広げて売っている食料品店の前で、急に美帆は声を上げて立ち止まった。

「どうしたのよ、美帆」

つられて、他の三人もパタッと歩みを止めた。

彼女たちの真後ろにくっつくように歩いていた男が、勢いあまって千鶴の背中にぶつかってきた。

「あ、ごめんなさい」

千鶴が、振り返って謝った。

男の目と、彼女の目が合った。

紺色のジャンパーを着た、四十前後のくたびれた感じの男で、頰からあごにかけての不精髭《ぶしょうひげ》が目立った。

「急に立ち止まってごめんなさい。だいじょうぶですか」

「あ、ああ、ああ……平気へいき」

重ねて謝る千鶴から顔をそむけるようにして、男はあわてて片手を振った。

そして、まるで彼のほうが何か悪いことでもしたように、そそくさと早足でその場を立ち去っていった。

「ちょっと変ね……」

人込みの中に消えていく男の後ろ姿を見つめながら、操子は思わずつぶやいた。

千鶴にぶつかった後の、男のあわてぶりが不自然だったからだ。しかも、顔は決して見られまいとする感じで、斜めに体をかしげて逃げていった。

「紺色のジャンパーを着た男って……まさか、あの男じゃないでしょうね」

けさほど副部長の村田が報告してきた、女子社員誘拐未遂の件が思い起こされた。

「どうしたの、お母さん」

なぜか急に立ち止まった美帆を横目に見ながら、万梨子が操子にたずねた。

「え、ああ……あの男がね、ちょっと素振りがおかしかったものだから」

「いま、千鶴さんにぶつかった男？」

「そうなの。いずれ明日にでも、社内には回覧を回すけどね、どうもウチの女の子を狙っている、おかしな男がいるみたいなのよ」

「おかしな男って」

「信じられないかもしれないけど、ヨコハマ自動車のＯＬを誘拐しようと企んでいるらしいの。その男が濃紺のジャンパーを着ている、という話があったものだからね」

「誘拐……」

万梨子が不安そうにつぶやいたとき、美帆が大きな声を上げた。

「ねえ、ちょっと、すごいわ。見てみて、このニュース」

美帆は、中国食料品店の店番をしている老婆が見ていたテレビの画面に気を取られていたのだった。

「タレントの東田啓二が大変よ」

タレントと聞いて、千鶴が無意識に振り返った。

そして、美帆の視線を追ってそのテレビを見た。

たちまち彼女の顔がこわばった。

画面いっぱいに、湖の中から引き上げられた男の死に顔と、その周りにかざられた色鮮やかな千羽鶴が映し出されていた。

6

「編成部長、助けてください。すごいんですよ、反響の電話が」

東京にある総合テレビの編成部では、若手女性部員のひとりが受話器を片手に悲鳴を上げていた。

彼女の周囲だけでなく、編成部から制作部、映画部まで、同じフロアにあるセクションのほとんどの電話が一斉に鳴り響いていた。

「どうした、祥子《しようこ》。よくぞ大スクープをものにしたという励ましのお電話か」

編成部長の栗山《くりやま》は、自局のオンエアを流している壁ぎわのテレビモニターを見ながら、悠然と構えていた。

「励ましですって……冗談でしょ」

祥子と呼ばれた編成部員は、髪を振り乱しながらヒステリックに怒鳴った。

「お昼どきに、どうして土左衛門のアップを映すんだって、どれもこれも抗議の電話ばかりなんですよ」

「へえ、そうか……みんな電話の向こうでは食い入るように見ているくせに、視聴者ってやつは、まったく正義漢ぶるのが好きなんだなあ」

栗山は椅子にふんぞり返り、タバコに火を点けながら笑った。

「いいか、祥子。みていろ。いまは、テレビの近くに電話があるおばさんだけが抗議してきているけど、このワイドショーが終わったとたん、台所とか廊下とか、離れたところに電話がある連中が一斉にかけてくるから、もっと忙しくなるぞ。ああ面白かった、でもいちおう抗議だけはしておかないと、ってな」

「部長、そんな呑気《のんき》なこと言ってないで、少しは電話受けを手伝ってください。もう、みんなお昼に出ちゃったときに、こんな放送をするんだから……」

受話器を置くとすぐに次の電話が鳴る。

平身低頭して詫《わ》びを言っている合間にも、隣りの電話は鳴りっぱなし。

ようやく受話器を置くと、置いたばかりのその電話がまた鳴り出す——それの繰り返しにうんざりしながら、彼女はデスクからデスクを飛び歩いた。

それでもいっこうにフロアの電話ベルは静かにならなかった。

「おーい、編成、誰か出ろよ。抗議だぞー」

制作部のほうから、髭を生やしたディレクターが受話器を高くかかげた。

「ちょっとー、横着しないで、そっちはそっちで受けてくださいよ」

祥子もムキになっていた。

「番組は制作が作ったんでしょ」

「しらねえよ、昼のワイドはうちのチームじゃないから。そっちへ回すぞ」

「バカ、そんな融通が利かないんだったら、ディレクターなんかやめてお役所にでも行きなさいよ」

「うるせえな、こっちは忙しいんだ。ヒマな連中にはつきあってられないよ」

「エッチな週刊誌を読んでたくせに、どこが忙しいのよ」

そんな殺気立ったやりとりが交わされているとき、編成部長席の電話が鳴った。

「はい、栗山ですが」

「ちょっと、あなた、いいかげんにしなさいよ」

その声の大きさに、栗山は思わず受話器を耳から遠ざけた。

彼がいちばん苦手とする、中年主婦の声である。

「お昼ごはんの時間に、裸の死体をテレビに出すなんて、どういうことなの。総合テレビの常識を疑いますよ、ほんとに」

唾がこっちまで飛んできそうな剣幕である。

「奥さん、これはですね……」

抗議電話を部長席まで回してきた交換手を内心で呪いながら、栗山は嚙《か》んで含めるように説明をはじめた。

「べつに興味本位で放送しているのではありません」

「いいえ、興味本位です」

「いや、違います。お昼のワイドショーの中ではあっても、これは純然たる報道なんです。ニュースだと考えてください」

「ニュースだったら何を映してもいいんですか」

「そうは言ってません」

「言ってるじゃないの」

「たまたま、別の番組のために霞ケ浦で取材撮影をしていたスタッフが、偶然に死体浮上のシーンをカメラに収めたんですよ」

「だから何です」

抗議してきた主婦は、まるで聞く耳を持たなかった。

「偶然でもなんでも、非常識なものは非常識です。こんな残酷なものをお茶の間に持ち込むなんて……ほんとに、子供にどう言って説明したらいいか」

「お子さんはおいくつです」

栗山がたずねた。

「小学校の五年と三年の女の子ですよ。そういう感じやすい時期の子供に……」

「でも、小学生だったら、いまはまだ学校にいる時間じゃありませんか」

「……」

主婦は言葉を詰まらせた。

「まさか、奥さんがわざわざビデオを撮っておいて、あとからお子さんに見せるわけでもないでしょう」

「……」

「そうじゃありませんか?」

「そういう理屈はね、たくさんなの。もういいです。もう見ませんからねっ、おたくの番組なんて」

ガチャンとけたたましい音を立てて、電話は切れた。

「やれやれ……」

栗山は灰皿に置いた吸いかけのタバコをまた口にくわえ、ため息といっしょに煙を吐き出した。

「子供をダシに使って道徳観をふりまく親が多くて困るな」

そうつぶやいたとき、また彼のデスクの電話が鳴った。

「こんども抗議の電話だったら、交換に戻すよ」

独り言をもらして、栗山は受話器を取った。

「はい、総合テレビですが」

「栗山さんかね」

ドスの利いた男の声だった。

「そうですが……」

「制作部長をつかまえようと思ったら海外出張だというから、とりあえずあんたに回してもらったんだ」

声を聞いたとたん、ヤカン頭に湯気を立てている相手の顔がすぐに浮かんできた。東田啓二の所属するシャイニング・プロの広沢《ひろさわ》社長である。

栗山はまずい相手からかかってきたな、という顔をして、受話器を持ち替えた。

「これは広沢さん」

「おい、どういうつもりなんだよ、総合テレビは、え。うちの稼ぎがしらを潰すつもりなのか、おまえんとこの連中は」

　挨拶も抜きで広沢は怒鳴りはじめた。

　栗山が現場でフロアディレクターをやっていた時代からの古いつきあいなので、向こうも歯に衣《きぬ》きせぬ言い方をしてくる。

　しかし、こういう場合、こちらは他人行儀で応じたほうがよいと判断し、栗山はあくまでていねいな口調で応じた。

「いや、待ってください。今回の事件はまったくのアクシデントだったんですよ。東田君を乗せた帆曳船が、たまたま網の中に死体を引っかけて、それでバランスが崩れて……」

「そういうことを言ってるんじゃねえんだよ」

　ヤクザのようにドスの利いた声で広沢は凄《すご》んだ。

「おれが怒っているのは、なんで啓二のみじめな姿までオンエアしなくちゃいけないんだ、ってことなんだ。事件の報道なら死体だけ映しゃいいだろ、死体だけ」

　一般視聴者からの抗議とはまるで正反対の立場から迫ってきた広沢のクレームに、さすがの栗山も口をつぐんだ。

「啓二はスポーツ万能ってことで売り出したのに、あれじゃ、泳げないことがバレちまったじゃないか。それも、みじめったらしく助けてくれとあわてふためいているところを……。だから、俳優稼業ってものを理解しないバラエティ班の連中に啓二を貸すのはイヤだって言ってたんだよ。おかげで、あいつのイメージはガタガタだぞ」

たしかに、それはまずかった、と栗山も内心で舌打ちした。

「おかげで、今後のCM契約にだって大きな影響が出るのは間違いないぞ。金に換算したら億単位の損害かな。それを、どうやって補償してくれるんだ」

「広沢さん、そんなところまで話を広げられても」

「なんだと」

プロダクションの社長は、さらに凄みを利かせた。

「啓二を主役に持ってきたドラマが大ヒットしたおかげで、おたくも編成部長として局内でデカい顔ができるんだろう」

「おかげさまで」

「啓二だけじゃない、昔からウチのトップクラスのタレントは、必ずあんたの局に優先してスケジュールを切ってやったじゃないか。そうやって、総合テレビのシンパとして協力してきたのに、よくも恩を仇《あだ》で返してくれたな」

「仇だなんて、そんなつもりは」

「だいたい、栗ちゃんよ。あんたがそこにいたんだったら、編成部長の権限で、啓二が映っている場面をなぜカットさせなかった」

「いや、編成部長といっても、前もって生放送の内容を細かくチェックするわけじゃありませんから」

「この野郎、他人行儀に白《しら》を切りやがって……逃げるつもりなのか」

「逃げはしませんよ」

受話器を肩と首の間にはさんだまま、栗山は灰皿にタバコを押しつけた。

「とにかく社長、この件については、いちどゆっくりお会いして話をしましょう」

「いちどゆっくり、なんてことじゃだめだ。きょうじゅうに会おう。あんただけじゃなくて、今回取材を担当したディレクターもだ」

プロダクションの社長は、相手に有無を言わせなかった。

「担当ディレクターといいますと、野村のことですか」

「そうだ。あいつにも知らん顔はさせないぞ」

「彼は、まだ現場にいると思いますよ。ビデオだけ支局からマイクロで送ってきたんです。本人はさっきまで土浦署で事情聴取に応じていたようですから」

「そんなことはわかってるよ。警察では、マネージャーと啓二もいっしょだったからな。それよりあんたは、啓二が入院したことを知っているのか」

「入院？」

「水を極端に怖がる啓二が、あれだけ怖い目に遭ったんだ。精神的にも肉体的にもダメージは大きかった。警察の聴取が終わりしだい、急遽《きゆうきよ》、病院に運ばせたよ。なにしろ、総合テレビさんは冷たいから、現場のディレクターはそういう手配をしてくれなかったもんでね」

「それは知りませんで、失礼しました……で、どちらの病院へ」

「いまさら結構だよ、見舞いなんて」

「いえ、そうはいきません。うちの局の仕事で事故に遭われたんですから、知らないというわけには」

「いいや、いまさらおたくに見舞いに来られても、かえって啓二の具合を悪くするばかりだ。それよりも、われわれはビジネスライクな話を詰めようじゃないですか。え、編成部長」

広沢は電話口で、怒りを含んだ低い笑いを漏らした。

7

「もしもし、すみませんけど、アルバイトの荒木さんをお願いしたいんです。荒木英作さんです……私は杉本と申しますけど」

テレビの画面を見て顔色を変えた千鶴は、美帆たちを先に行かせて、自分は近くの公衆電話に飛びついた。

電話した先は、大学の講義に出るよりもポルシェの維持費を捻出するのに懸命な英作が、アルバイトとして勤めているガソリンスタンドだった。場所は、甲州《こうしゅう》街道に近い環状八号線沿いにある。

英作は、なかなか電話口に現われなかった。

それを待つ間にも、千鶴はこみあげる胸苦しさのため、何度も喉元に手を当てた。

「もしもし」

男の声が出た。

「あ、荒木くん？」

「いや、大沢《おおさわ》といいますが」

「あ、ごめんなさい」

あわてているので、他人と英作の声を聞き違えてしまった。

「荒木にご用ですか」

「そうです」

「彼は交替で食事に出て、まだ戻っていないようなんですが……あ、ちょっと待ってください。帰ってきました。おーい、荒木」

そのあと、彼女からだぞ、と受話器を押えながら言う、くぐもった声が聞こえた。

「はい、荒木です」

英作の声を耳にしたとたん、千鶴は自分の声が、そして手足が震え出してくるのを抑えられなかった。

「もしもし……私」

「ああ、千鶴……さん」

英作の声はふだんと変わりなかったが、周囲を意識してか、口調はやや改まったものになっていた。

「どうしたの、昼間っから」

「テレビ……見た？」

「テレビって」

「東田啓二……千羽鶴……」

千鶴の言葉は、ほとんど会話になっていなかった。

「東田啓二って、タレントの？」

「そう」

「それが、どうかしたの」

「どこかの湖で落ちたの。そしたら、死体が出てきて」

「ちょっと待ってよ。落ち着いてしゃべってくれないと、何のことだか、さっぱりわからないじゃないか。東田啓二が死んだっていうの」

「そうじゃなくて……彼が誤って湖に落ちたら、ちょうどそこに男の人の死体があったの。裸の死体が。その様子を、いまテレビでやっていたんだけどね……死体の首に千羽鶴が……巻かれていたのよ」

「千羽鶴？」

「そうよ。あなただったら、それがどういう意味かわかるでしょ」

「………」

「わからないの」

「ああ」

「嘘よ。だって千羽鶴は……」

千鶴は歯をカチカチと鳴らして、ようやく続きを言った。

「朝霞千鶴のトレードマークだったじゃない。必ずファンからもらっていたマスコットだったじゃない……千鶴っていう名前に引っかけて。親衛隊だったあなただって、いくつもいくつも作ってくれては、コンサートやファンの集いのたびに私にくれたでしょう」

「もちろん覚えているけど、その事件と結びつけるのは考えすぎだよ」

英作は、ひそひそ声で続けた。

「たしかにあの当時は、千羽鶴といえば朝霞千鶴、というふうに連想を働かせる人間も多かったかもしれない。だけど、人気タレント朝霞千鶴は六年も前に引退しているんだ」

「でも……」

「たまたま死体の首に千羽鶴がかかっていたからといって、どうしてそれを自分と結びつけようとするんだ。おかしいじゃないか。何か思い当たることでもあるの」

英作の言い分はもっともだ、と千鶴は思った。

あの手紙を受け取ってからは、何もかも昔のことと結びつけて考えるようになっているのだ。あの手紙さえ来なければ……。

「だいたい、その死体はどこの誰なんだよ。わかっているの」

英作がきいてきた。

「テレビでは、いま身許《みもと》を調べているところだって言ってたわ」

「まあどっちにしたって、千鶴とは絶対に関係のない話だよ」

「だけど、死体の首に千羽鶴なんて」

千鶴はまだこだわっていたが、英作はそんな彼女を叱るように言った。

「千羽鶴は、なにも朝霞千鶴の専売特許じゃないんだよ。たとえば、こう考えてみたらどうなんだ。その男は、何か重い病気にかかっていて、生きていくのがイヤになって自殺を図った。お見舞いにもらった千羽鶴を首にかけてね」

「そんなんじゃないわ」

なおも千鶴は言い張った。

「死体の顔をテレビで見たとき、私、すぐにわかったの」

「なにが」

「その男は……私たちがゆうべ多摩川で見た、あのブルーバードの中で死んでいた人だったのよ！」

一瞬、間があった。

「荒木くん、聞いているの」

「……ああ」

英作は、少し遅れて返事をした。

「湖から引き上げられた死体は、白いブルーバードの助手席で喉から血を流して死んでいた人とそっくりだったの。間違いないわ。あなただって、あとでテレビを見れば、きっとそうだって思うから」

「ばかな」

英作は低い声で否定した。

「そんなことはありえない」

「ありうるわよ」

「よく聞けよ」

かぶせるように英作が言った。

「ゆうべ、というよりも、きょうの午前二時にだよ、多摩川の土手沿いに止めてあった車で死んでいた男が、どうして朝になって霞ケ浦で発見されなくちゃいけないんだ。おれたちは、ちゃんと警察に知らせたじゃないか。そうだろ。車の止まっていた場所まで正確に教えたんだ。だから、いまごろ三人の死体は、県警のどこかに運ばれているさ」

「でも、あのことは全然ニュースで報道されないのよ。新聞でもテレビでも」

「きっと何かの事情があって、警察が報道管制を敷いているんだ」

英作は決めつけた。

「そうかもしれないけど、警察がまだ死体を見つけていなかったとしたら……」

「そんなことがあるわけないだろ。そもそも最初に携帯電話から百十番をしたのは、千鶴自身なんだぜ。ちゃんと1・1・0と押したんだろ」

「もちろんよ。まさか百十番の間違い電話なんかしないわ。あなたに電話を渡すときに、百十番ですっていう声も聞こえたし」

「そして、おれはきちんと事件を報告した」

「ええ、そうよ。そこまでは確かなことだけど……それでも、警察が死体を見つけていなかったとしたら」

「いくらなんでも、警察はそんなにマヌケじゃないよ」

「だって、あの顔は……ほんとうに車の中で見た男の人だったんだもん」

話しているうちに恐怖がこみあげて、千鶴はついに泣き出した。

中華街を行き交う人々が、何事があったのかと不審そうな顔で彼女を眺めていったが、千鶴の涙は止まらなかった。

「ね、どうして私の周りで変なことばかり起きるの。どうして？」

「変なことばかりって……あの手紙のことを、まだ気にしているのか」

「だって、だって」

「千鶴、落ち着けよ、そんなに興奮しちゃだめだ。とにかく、後でゆっくり話そう。そろそろ昼休み時間も終わりだから、会社に戻らないといけないだろうし……また、夕方あらためて会社のほうに電話をするよ。いいね」

「うん……」

千鶴は、仕方なくうなずいて電話を切った。


腕時計を見ると、もうすぐ一時になるところだった。

早く会社へ戻らないと昼休みが終わってしまう。だが、涙に濡れた顔をみんなに見せるわけにはいかなかった。

千鶴は通りがかりにあったホリデイ・イン横浜に立ち寄り、そこの化粧室に飛び込んだ。

鏡に映った自分の顔と向き合うと、千鶴は、気持ちを落ち着かせようと、何度も深呼吸を繰り返した。

荒木の言うとおり、きっと考えすぎなのだ――懸命にそう思い込もうとした。

（六年前に犯した過ちを、思い切って塚原部長に打ち明けるつもりになったことで、いまは気が高ぶっているだけ。それだけよ。霞ケ浦で発見された死体は、私が見たこともない人。千羽鶴だって、荒木くんが言ったように、病気見舞いでもらったものかもしれない。そう、あの男の人は、病気を苦にして霞ケ浦に飛び込んだのよ。私とは何の関係もないわ）

やがて、呼吸が整うと、千鶴はバッグから化粧道具を取り出して目の周りを整え、口紅を引き直した。

（千鶴、落ち着いて）

彼女は、もういちど自分に言い聞かせると、パチンと音を立ててバッグの口金を閉じた。

その瞬間、千鶴は目を見開いて、鏡の中の自分と見つめ合った。

(霞ケ浦ですって？)

千鶴は、とんでもないことに気がついた。

(たったいま私は、霞ケ浦で発見された死体は……というふうに、心の中で思った。だけど、なぜ霞ケ浦などという具体的な地名が思い浮かんだのだろう)

事件を報道する店先のテレビは、さほどボリュームを上げていなかったし、途中から見たので、東田啓二が溺れそうになっていたあの湖が、なんという場所なのか、千鶴にはわかっていなかったのだ。

それなのに、どうしてそこが霞ケ浦だと決めつけてしまったのか。

(荒木くんが言ったんだわ)

千鶴は愕然《がくぜん》となった。

《多摩川の土手沿いに止めてあった車で死んでいた男が、どうして朝になって霞ケ浦で発見されなくちゃいけないんだ》

たしかに、彼はそう言った。どうして霞ケ浦で発見されなくちゃいけないんだ、と……。

だが荒木は、千鶴が電話をかけてはじめて事件のことを知ったのだ。その彼が、千鶴さえ知らなかった霞ケ浦という場所を、なぜ口にできたのか！

「まさか、荒木くんが……」

激しいめまいが千鶴を襲った。

8

車ごと失踪した自動車教習所教官の皆川進は四十五歳である。だから船越警部は、その妻の絹子《きぬこ》も四十前後だろうと思い込んでいた。

ところが、駒沢公園に近い自宅マンションをたずねてみると、彼らを迎えたのが、もっと年配の女性だったので、はじめ警部は、それが皆川進の姉なのかとさえ思った。

しかし、その女性は警部たちに深々と頭を下げると、自分が妻の絹子だと名乗った。

カナリア色のカーディガンに、赤を主体としたチェックのスラックスと、着ているものは若々しかったが、頭はだいぶ白くなっており、顔にも老いを感じさせる皺《しわ》が深く刻み込まれていた。夫よりもだいぶ年上なのは明らかだった。

目元は泣き腫らして真っ赤になっており、悲報を聞いたショックがありありと現われていたが、若いころはさぞ美人であったろうと思われる上品な顔立ちをしていた。

それだけに、船越警部にとっても、肩を落とした夫人の姿はいっそう痛々しいものに感じられた。

その一方で、船越は夫妻が住んでいるマンションの豪華さに、思わず目を見張らずにいられなかった。

すぐ近くに駒沢オリンピック公園を臨む、恵まれた環境に建つ三階建ての低層マンションは、シックなレンガ造りの外観を持ち、建物全体でわずか十二戸しかなく、しかも一戸一戸の広さが二百平方メートル以上はあろうかという贅沢《ぜいたく》なものだった。

建物内部に各戸が独立した玄関を持ち、そこから部屋にあがると、いきなり三十畳はあろうかというリビングルームが広がっている。

大理石のテーブルや革張りのソファ、それにサイドボードやライティングデスクなど、リビングに配置されたさまざまな調度品は、洒落《しやれ》たアンティーク調で統一されていた。

さらに、夫妻の住まいは一階だったので、緑鮮やかな芝生を敷き詰めた専用庭が南向きに設けられており、そこから春の日射しが部屋の中に差し込んでいた。芝生の一角には、子供の背丈ほどもある陶器でできた犬の置物も飾られている。

立派なお住まいですなあ、と言いかけたが、そんな場合ではないと思い直し、船越警部は土井刑事とともに、すすめられたソファにとりあえず腰を下ろした。

お茶は結構ですと断わったのに、絹子夫人は紅茶でも淹《い》れますわと言って、いったんキッチンに引っ込んだ。

その間、船越と土井は無言のまま、あらためて広々としたリビングを見回した。

自動車教習所の経営者というのならばともかく、一教官の給料ではとても住めないような超高級マンションである。

これは皆川家の財産関係を洗い出す必要がありそうだな、と船越はピンと感じた。

土井も同じことを思ったらしく、意味ありげに船越に目配せをした。

そこへ、ポットとティーカップを持って絹子が戻ってきた。

「このたびは、どうもよくない知らせが舞い込んできまして、間違いであればよいと思っているのですが」

紅茶が注《つ》がれたあと、船越が重苦しい口調で切り出すと、絹子は、すでに覚悟は決めたという口調で、きっぱりと言った。

「もう、私があらためて遺体を確認に行く必要はございませんわ」

「なぜです」

「さきほど総合テレビのワイドショーで、事件のことをやっておりましたでしょう。たまたまそれを見ておりましたが、湖から引き上げられたのは、間違いなく主人でした」

「テレビで死体が映されたんですか」

電車で移動中だったため、総合テレビの一件を知らなかった警部は、びっくりして聞き返した。が、皆川の妻から事情を聞かされて納得した。

「なるほど……しかしですね、奥さん」

こんどは土井刑事が口をはさんだ。

「テレビで見たからそれでよし、というのは、ちょっとまずいんですよ。やはり、土浦署のほうに一度ご足労いただきませんと」

「いいえ、あれだけ顔が大映しになったんですもの。絶対に間違いはございません」

「しかし」

「とても私にはできません。あんなむごたらしい死体をじかに見るなんて。ショックは一度だけでじゅうぶんです。あれが主人だと、テレビを見てわかったときのショックだけで……」

その声は、かすかに震えていた。

「そりゃ、わかりますが……そうですな、どなたかご主人の肉親で、奥さんの代わりに確認してくださる方がいらっしゃったら、それでも結構なんですが」

と言って、土井はじっと絹子の答えを待った。

「兄がおりますけど」

「ご主人の？」

「はい」

「その方はどちらに」

「氷川台《ひかわだい》に住んでおります」

「氷川台というと、練馬《ねりま》の」

「ええ、少年鑑別所の近くになりますが」

「なるほど。それで、お兄さんはどこかの会社にお勤めなんですか」

「いえ、画家なんです。といっても、売れない油絵をコツコツ描いては、人に頼んで画廊の片隅に置いてもらっている程度ですけれど」

船越は、夫の兄に対する絹子の物言いに、少し軽蔑のニュアンスが含まれていることに気がついた。

これだけ立派なマンションに住んで恵まれた暮らしをしていれば、経済的に恵まれない義兄を下に見てしまうのも無理はないかもしれない。

だが、彼女の夫、皆川進にしても自動車教習所の一教官としての給料だけでは、とてもではないが、これだけの暮らしを維持できるはずがない。

「おいくつですか。そのお兄さんは」

土井がたずねた。

「主人より三つ上で四十八です。でも、そんな具合ですから、結婚もせずにいまだに独身でおります」

「お名前は何とおっしゃるんです」

「皆川俊一《しゅんいち》です」

「どんな字を」

「俊敏の俊に、数字の一を書きます」

「なるほど」

手帳に鉛筆を走らせながら、土井は続けた。

「もちろん、今回の件はお兄さんにご連絡なさったんでしょうな」

「電話はいたしました。でも、留守にしているのか、応答はございませんでした」

その答えを聞いて、船越と土井は同じことを考えた。

白いブルーバードの中で殺された可能性のある三人の人物——その中に、皆川の兄が含まれているかもしれない、というひらめきである。

「ちなみに、ご主人のお兄さんの住所を伺えますか」

「はい」

絹子はすらすらと義兄の住所を述べた。

それを書き留めながら、船越警部はさりげない口調でたずねた。

「ところで、大変失礼ですが、奥さんはおいくつでいらっしゃいますか」

「五十六でございます」

ほう、というふうに警部はうなずいた。

「そうしますと、ご主人より一回り近く年上でいらっしゃいますね」

「……はい」

絹子はうつむいて答えた。

「おふたりの間には、お子さんは」

「おりません」

「結婚なさってどれくらいになります」

「五年と少々になります」

「は？」

船越は聞き間違えをしたのではないかと思って、もういちどたずね直した。

「何年前に結婚なさいましたか、とお聞きしたのですが」

「ええ、ですからおよそ五年前と申し上げました」

「といいますと……」

聞きづらそうに口ごもる船越に、絹子は悲しげに言った。

「私も主人も再婚でございます」

「そうですか」

船越は、再婚に至るいきさつをすぐにでも知りたかったが、とりあえずはその質問を控えようと思った。

が、警部が気遣うまでもなく、意外にあっさりと、絹子のほうからそのへんの事情を話しはじめた。

「私と主人は、教習所の生徒と先生という関係でした」

「では、奥さんは免許を取るために駒沢公園自動車教習所に通っていらした」

「はい。じつは前の主人と死別しましてから、ふと思い立ちまして、車の免許でも取ってみようかと、年も顧みず教習所に通い出したのでございます」

「そこに、いまのご主人が教官として勤めていらっしゃったわけですね」

「ええ」

絹子は、あいかわらず下を向いたまま、うなずいた。

「なにしろ私は年も年ですし、気が弱いものですから、怒りっぽい先生とか、何をたずねても黙っている先生とか、失敗するとわざと聞こえるように舌打ちをする先生とか、そういう先生に当たりますと、もう怖くて怖くて、うまく運転に集中できませんでした。でも、主人は違っておりました。とても親切で、わかりやすくて、とにかく優しゅうございました。それで、特別にお願いしまして、途中から主人を指名にしてもらいました」

「なるほど。で、その縁で結婚なさったと」

「はい」

そのころのことを思い出したのか、絹子はまた涙ぐんだ。

「当時、主人もやはり前の奥様と別れて、独り者に戻ったばかりでした。そうした寂しさがお互いを引きつけたのだと思います」

気を張り詰めているせいか、皆川絹子は意外なほど冷静であり、話もきわめて筋道が通っていた。

だが、そのことが、かえって船越警部には不自然に感じられた。普通なら、夫が死んだとわかれば、もっと取り乱していいはずである。

そう思っていたら――

「おふた方は、私を疑っていらっしゃいますでしょう」

いきなり先回りをされたので、船越も土井もうまい言葉が返せなかった。

「普通の奥様ならば、自分の主人が死んだとなると――それも、殺されたかもしれないとなると、もっと泣き叫ぶことでしょうね。私もショックは受けましたし、悲しみも襲ってきました。でも、どこかで醒めた気持ちがあることはどうしようもないんです」

夫人の告白に、船越と土井は顔を見合わせた。

「そんな自分がとても冷酷な人間に思えて、おふたりがいらっしゃるまでの間、私はずっと自己嫌悪に陥っておりました。きっと……私は主人を愛していなかったんですわ」

そういって、絹子は顔をそむけた。

しばらくの間、ふたりの捜査官は、意味もなく部屋の天井を見上げたりしていた。

「奥さん」

やがて、船越がポツンとつぶやいた。

「話のついでといってはなんですが、少しばかり立ち入ったことをお伺いしてもよろしいでしょうか」

絹子は、うっすらと目尻ににじんだ涙を薬指でぬぐうと、船越のほうに向き直った。

「なんでしょう」

「このお住まいはずいぶん立派なものですが、これはご主人の……」

「いいえ、前の主人から相続したものでございます。前の夫は、輸入家具を扱う店を経営しておりまして、それなりの財産もありましたので」

それで、船越はようやく納得した。

と同時に、皆川進が十一歳も年上の絹子と結婚をしたのは、ひょっとすると、財産が目当てだったのかもしれない、という気がしてきた。

「で、このマンションの名義はどうなっていますか」

「私名義でございます」

絹子は膝の上に両手をそろえて答えた。

「その他に、やはり前の主人から相続しました軽井沢《かるいざわ》の別荘や、現金や株券など、いくばくかの財産がございますけれど、いまの主人は、そうしたものにまるで関心を持っておりませんでした。ですから、私名義の財産に手をつけようとすることなどは、まったくございませんでした。……ほんとうに、いまどき珍しいほど欲のない人だったんです」

またも、こちらの質問意図を完璧に把握した答えが返ってきた。しかも、もはや皆川進の死亡は確定事項として、夫のことを語るときには、すでに過去形が用いられている。

船越警部の心の中で、警戒警報が点滅した。

「他に何かお話ししておくことがございましょうか」

こんどは絹子のほうからたずねてきた。

「そうですね……まあ、もう少し伺いたいこともありますが、なにはともあれ、やはりわれわれといっしょに土浦署のほうへお越し願いたいのです」

船越は姿勢を正して言った。

当面、この夫人の言動を、注意深く観察しておく必要があると思ったのだ。

「さきほど土井刑事も申し上げましたように、霞ケ浦で発見された死体が、皆川進さんであるかどうか、この確認を急がねばなりません。つきましては、どうしても奥様にその役をお引き受けいただかざるを得ないのです」

「どうしてもでしょうか」

「はい」

警部は、選択の余地はない、というふうにキッパリと答えた。

「気の進まない作業であることは重々承知しております。ですが、ぜひともご協力をお願いいたします」

船越と土井は揃って頭を下げた。

「わかりましたわ」

絹子は、目を伏せて言った。

「でも私、主人の死体を見たら、その場で気を失ってしまうかもしれません。そのときは、どうぞよろしくお願いいたします」

9

四月二十一日の晩は、関係者にとって、まさに『眠れない夜』となった。

土浦署で、絹子夫人によって皆川進の遺体確認をすませた船越警部と土井刑事は、夜遅くなってから高津署に戻ってきた。

すでに、署内には捜査本部が設けられていたが、はじめのうちは、いったいどこの署でこの事件を扱うべきか、関係者の間でもめる一幕もあったほど、特殊な事件形態であった。

まず最初に、午前二時すぎに神奈川県警本部に男の声で百十番があり、多摩川沿いの道路に停車しているブルーバードの中で、男が三人死んでいるという通報があった。

すぐにパトカーが駆けつけてみると、高津署管内の新二子橋手前に、たしかに該当する車が止まっており、傷害もしくは殺人事件を暗示するような多量の血痕が発見された。

だが、死体はどこにもない。

続いて、夜が明けた午前八時。こんどは東京都世田谷区駒沢に住む皆川絹子から、昨夜から夫である皆川進が帰宅しないということで、玉川署に捜索願の届け出があった。

つぎに午前九時半ごろ、首に千羽鶴をかけられた男の全裸死体が、茨城県霞ケ浦の水中から発見された。これは、土浦署管内の出来事である。

そして、午後になって、それがブルーバードの持ち主で、捜索願の出されていた皆川進の遺体であることが確認された。

最初、神奈川県警に百十番してきた男は真実を述べていたのか、それとも死体が三つあったというのは嘘だったのか、いまのところ断定はできなかったが、九十秒間のうちに三つの死体を隠すことは不可能であるという判断から、通報時には、死体そのものは車には乗っていなかったと、捜査陣はとりあえずの推論を下した。

しかし、死体が乗っていようといまいと、犯行があったとみられるのが車の中である以上、『犯行現場』はどこにでも移動が可能である。

つまり、『事件の発生地点』は特定することができなかった。

犯行は、最後に止まった多摩川沿いの路上で行なわれたのかもしれないし、世田谷区駒沢にある被害者宅付近での出来事かもしれない。あるいは、もっと全然別の場所だったという可能性だってある。

しかし『動く犯行現場』にこだわっていたのでは、いつまで経っても埒《らち》があかないので、関係各署が協議した結果、捜査本部は神奈川県警高津署に置かれることになった。

だが、真夜中近くになって、さらに新たな出来事が持ち上がった。

こんどは警視庁のお膝元ともいうべき、地下鉄霞ケ関《かすみがせき》駅の地上出入口の陰から、青いビニールシートに包まれた男の全裸死体が発見されたのである。

死体は少なくとも死後二十四時間以上は経過しているものとみられ、喉の中央にパックリと無残な傷が口を開けていた。

そのことから直接の死因は、頸動脈《けいどうみやく》切断の失血によるショックとみられた。

そして、その傷を隠すように、男の首には、色とりどりの折り紙で折られた千羽鶴がかけられていたのである。

＊＊＊

自由が丘のマンションに帰宅した杉本千鶴は、ドアを内側からロックすると、服を着たままベッドの上に倒れ込んだ。

長い一日だった。

荒木英作のポルシェで夜のドライブに出たのは、きのうのことだった。でも、あれからもう何日も時が過ぎてしまったかのような錯覚さえ覚えてしまう。

千鶴の頭は混乱していた。

約束どおり、夕方英作から電話があったが、きょうは会いたくないと言って断わった。とても、彼と会う気分にはならなかった。

そのころになって、ついに例の多摩川沿いの事件が、霞ケ浦で発見された死体と関連して大々的に報道されはじめたのである。

とくに霞ケ浦での死体発見は、人気俳優の東田啓二もからんだ衝撃的な映像として茶の間に紹介されたとあって、千鶴が帰途につくころには、駅売りの新聞スタンドのビラはこの事件一色になっていた。さらに、駅構内や街頭などに飾られた大画面のテレビにも、この事件を伝えるニュースを見ようと、通勤帰りのサラリーマンなどが殺到していた。

家にたどり着くまでの間、千鶴は得体の知れない恐怖心から、なるべくこのニュースには触れまいとしてきた。

夕刊紙をスタンドで買ったものの、中身を見る勇気がでなかった。家に帰ってからも、テレビをつけるのが怖かった。

だが、正確な情報を知らないほうがもっと不安だということに気づき、千鶴はおそるおそるニュース番組のチャンネルをつけてみた。

事件の詳細を伝えるキャスターの言葉を聞きながら、千鶴は自分の耳を疑った。

霞ケ浦で発見された男の死体は、やはりあの白いブルーバードの持ち主である皆川進という男だったが、百十番通報を受けてからわずか九十秒後に警察が駆けつけたとき、車の中には死体が乗っていなかったというのだ。

九十秒といえば、自分たちがその場を立ち去ったのと、ほとんど入れ違いにパトカーがやってきたことになる。

では三つの死体は、英作が百十番をしてから警察が駆けつけるまでの、ほんのわずかな間に、どこかへ忽然《こつぜん》と消えてしまったというのか。

まさか、死体が勝手に歩き出したとも思えない。

報道によれば、霞ケ浦で引き上げられた死体は、水中には三、四時間程度しか浸かっていないが、死亡推定時刻は昨夜の夕刻六時から九時の間——さらに、皆川は午後七時まで教習所にいたことが確認されているから、犯行推定時刻はもう少し狭められて、午後七時から九時の間と考えられる、とあった。

したがって、千鶴と英作が見た時点で、すでに皆川進は死んでいたことは間違いない。実は生きているのに死体の役を演じていて、ノコノコと歩いて逃げ出したというような仮定は、やはりありえなかったのだ。

そんな状況だから、警察当局は百十番通報をしてきた男が嘘をついており、現在、この男の手掛かりをつかむべく、全力を挙げている、ということだった。

つまり、英作が疑われているのだ。

だが、彼は決して嘘をついてはいない。

それは、いっしょにいた千鶴自身が保証できる。

仮に、三つの死体が誰かの手で瞬時にして隠されたにしても、それが荒木英作のやったことでないことは確実だった。なにしろ、英作は千鶴を乗せてポルシェを運転し、ちょうどその場を走り去っていたのだから――

ただ、気になるのは、英作が霞ケ浦の一件をまえもって知っていたらしいことである。

そこを怪しみはじめると、英作が誰か共犯者と手を組んで事件を起こしたのではないか、という疑いも、むくむくと頭をもたげてくる。

千鶴は顔を覆ってため息をついた。

ほんとうに、この事件は英作とは無関係なのだろうか。

いや、それよりも、自分とは絶対に無関係な出来事なのだろうか。

それとも、六年前のあのことが絡んでいるのか。

ベッドに手をつき、千鶴はやっとの思いで起き上がった。どうせ眠れないのなら、コーヒーでも淹れて、もっと頭をスッキリさせようと思った。

キッチンへ足を運んだとき、帰りがけに買ってそのまま読まずにおいた夕刊紙の一面の派手な見出しが目に飛び込んできた。

《東田啓二　大ショック
霞ケ浦で死体とキッス
首に謎の千羽鶴》

三つの文字が彼女の目を射た。

『霞』『千』『鶴』

千鶴は慄然となった。

かつての芸名『朝霞千鶴』が、そこから読み取れるではないか――

＊＊＊

「はい、眠気覚ましにどうぞ。いつもより濃いめにしたから」

万梨子は、そう言って美帆の前に淹れたてのコーヒーを差し出した。

「あ、ありがとう」

美帆はカップを口元に持ってくると、目を閉じて香りを味わい、それからゆっくりと口にふくんだ。

「万梨子が淹れてくれるコーヒーって、熱すぎないし、ぬるすぎないし、ちょうどいいね。いつも感心しちゃう」

「そう？　ありがとう」

万梨子は微笑《ほほえ》むと、自分のカップにもコーヒーを注ぎ、それを持って美帆と向かい合わせにダイニングテーブルについた。

遠くのほうで踏切の警報器が鳴り、それに続いて電車の通過する音がした。

「あれは終電？」

時計を見上げて、美帆がたずねた。

針は真夜中の零時半を指している。

「うん。日吉《ひよし》の駅を通って桜木町《さくらぎちょう》に行く最後の電車ね」

万梨子は、カーテンを閉めた窓に目をやりながら答えた。

渋谷から出る東横線の終電は、もう一本あとだったが、それはひとつ手前の元住吉《もとすみよし》どまりである。

「終電の通る音って、なんだか寂しいね」

コーヒーのカップを両手で包みこんで、美帆が言った。

「あれでポワ〜ンって警笛とか鳴らされちゃうと、もっと哀愁だろうね」

「そうよ。いまみたいに、これからどんどん暖かくなるっていう季節はいいけど、冬の冷え込む夜に聞く警報器の鳴る音は、とっても寂しいものね」

ふたりは、じっと電車の音に耳を傾けていたが、やがて美帆のほうから口を開いた。

「勝手に押しかけちゃってごめんね。なんだか、千鶴のことを考えていたら、ひとりで家にいられなくなって」

「ううん、ちょうどよかったわ。私もずっと、彼女のことを考えていたから」

いちど家に帰った美帆は、明日の出勤の支度を持って、夜遅く、万梨子の部屋に泊まりに来たのだった。

「でも、人を殺したって、どういうことなんだろうね」

美帆が言った。

「六年前といったら、彼女はまだ十六歳だよ。十六のときに、人を殺しただなんて、信じられないな」

「たぶん、あれは結果論としての言い方だと思うわ」

万梨子は静かに言った。

「結果論？」

「うん、千鶴さんが直接手を下して人を殺したというんじゃなくて、あとから考えれば、彼女のした行為が間接的に人の命を奪う結果になった、ということだと思うの。たぶん塚原のお母さんも、そう考えたからこそ、彼女の話を聞いてもあわてなかったんだと思うわ」

「そうだよね。そうじゃなかったら、とっくに警察につかまっているだろうし、私たちにだって、簡単には打ち明けられないもんね」

「それよりも気になるのは、霞ケ浦の事件よ」

「すごかったよねー、ドラマみたいだったじゃない。死体が水の中からバーッと浮かび上がってくるところなんか。でも、ドラマと違うのは、東田啓二がまるでカッコ悪かったってこと。あれで彼も大イメージダウンね」

「私が気になるのは、事件そのものじゃなくて、あのニュースを見たときの千鶴さんの反応よ。彼女、顔色を変えて泣きそうになっていたでしょう。おまけに、私たちを先に行かせて自分は近くの電話に飛びついて……あれは、普通じゃなかったわ」

「もしかして東田啓二と親しいのかな。個人的につきあっているとか」

「だけど、彼女が芸能界を引退したのは六年前で、東田啓二がデビューしたのは、つい二、三年前でしょう。その間、千鶴さんはずっと宮崎に引っ込んでいたというし」

「たしかに、普通のＯＬになりたがっている彼女が、いまさら芸能人とつきあうとも思えないもんね。じゃあ、何が千鶴を驚かせたんだろう」

美帆はほおづえをついて、難しい顔をした。

本人は唇を引き締めたつもりなのだが、そうすると、エクボがペコンとへこんで可愛《かわい》い表情になった。

「美帆、もう少しいっしょに考えてみようか」

万梨子が真剣な顔で言った。

「うん、そうしよう。私、夜ふかしはぜんぜん平気だから」

「私もよ。明日、会社で眠くなるかもしれないけど……あ、そうだ。きのうクッキーを焼いておいたのよ。それ持ってくるわね。それとコーヒーのおかわりと」

そう言って、万梨子はキッチンへ立ち上がった。

＊　＊　＊

皆川絹子にとっても、一日はまだ終わらなかった。

自分で予想していたとおり、土浦署の死体安置室で変わり果てた夫と対面したときは、そのまま目の前が真っ暗になって倒れてしまった。

司法解剖をすませた遺体とともに、彼女が県警手配のワゴン車で自宅に戻ったのは、船越警部らよりもさらに遅く、真夜中近くになっていた。

急を聞いて手伝いに駆けつけた絹子の側の親戚数人が、駒沢のマンションで彼女を待ち受けていたが、夫の兄である皆川俊一はまだ姿を現わさなかった。

その彼の行方がわかったのは、帰宅後二時間ほど経ったあとのことだった。

地下鉄霞ケ関駅の出入口近くで、またも千羽鶴に飾られた男の全裸死体が発見され、そのポラロイド写真が、警視庁から絹子宅へ届けられたのである。

「これは……主人の兄に間違いありません」

深夜訪れてきた係官にそう言うと、絹子はその場でふたたび立ちくらみを起こした。

＊　＊　＊

荒木英作も、真夜中をすぎて眠れないひとりだった。

彼はさきほどから、小さな正方形の白い紙に黒いペンで一つの文章を書いては脇へやり、また次の紙に書いて、という作業を繰り返していた。

その文章は――『私だけが知っている』。

ただし、エイプリル・フールの日に千鶴の家に届けられたものとは、文字の色も筆跡も違っていた。

英作は、もう一枚書いたところでペンを置き、ため息をついた。

さっきから単調な作業を繰り返しているため、目が疲れ、手も痛くなってきた。

なにしろ、これまで五百枚近くの紙に『私だけが知っている』という文章を書き込んだ計算になる。

英作は、片手で交互に自分の肩をもみ、首を左右に倒して疲れをとった。

「あと半分か」

そうつぶやくと、彼はこれまで書いた紙を束にして揃え、トントンと机の上で端を揃えると、それを裏返し——いや、表向きに引っくり返して、扇形に広げた。

赤、橙《だいだい》、黄、緑、青、茶、金、銀——と、鮮やかな色が渦巻き模様を作った。

荒木英作は、いちばん上にあった赤い一枚を取り上げると、それに防水スプレーを吹きつけ、乾くのを待って、おもむろに『鶴』を折りはじめた。

10

もうひとり、まったく別の理由から、興奮して眠れずにいる男がいた。

大田区下丸子《おおたしもまるこ》の準工業地帯に住む、森本茂《もりもとしげる》という四十三歳になる元・工員だった。

きょうの昼間、中華街の一角にある喫茶店から出てきた四人連れの女性を見て、彼は激しい胸の高鳴りを覚えた。

若い女性が三人と、中年の女性がひとり。

その年配の女性の襟元につけられたバッジが、彼の目に飛び込んできた。

アルファベットのYをデザイン化したライトブルーの社章——

それは、ここ何週間もの間、彼が血眼になって探し回っている女が勤めているはずの会社のマークなのだ。

あの日、彼から『幸運』をかっさらっていった女は、ヨコハマ自動車の社名入りの封筒を持っていた。

それも、新車のカタログが入っているような華やかなものではなく、ライトブルーの地に黒い文字で社名と住所電話番号が印刷された、いかにも事務的なものだった。そうした封筒を日曜日に持ち歩いていたのだから、これは仕事で休日出勤を命ぜられたヨコハマ自動車の社員に違いないはずである。

しかし、彼はその女の顔を、ろくに見ていなかった。

覚えているのは、封筒に印刷された社名と、女の足首の美しさ、それに彼女の体から香ってきた淡い花の香りだけ——手掛かりは、たったそれだけだった。

何百人といるヨコハマ自動車本社勤務のＯＬの中から、足首のラインと香水の匂いだけを頼りに、たったひとりを探し出すなど、普通に考えれば正気の沙汰ではなかったが、森本は真剣だった。

裏を返せば、森本は、ある意味で正気ではなくなっていたのだ。

彼はおよそ三週間にわたって、毎朝毎夕、出社退社時のヨコハマ自動車本社周辺をうろついて、これかもしれないと思われた何人かの女性に目をつけた。

そして、彼女たちを追って自宅まで跡をつけてみたのだが、家まで行くと、かえって本人との接触はやりにくいことがわかった。そこで、森本は日を改めて、ヨコハマ自動車の最寄り駅である関内駅で『候補者』を待ち伏せすることにした。

工場に勤めていたころ、会社から格安で購入した中古のヨコハマ自動車製軽トラックを持っていたから、それを使って誘拐同然に女性を拉致する方法に切り替えたのだ。

森本の計画は、どんどん無謀なほうへ走るばかりだったが、彼は少しもそれをおかしなこととは考えていなかった。

一億円を取り返せるならば、何でもやる——それが、森本の決心だった。

だが、目をつけていた女性の拉致に三たび失敗し、さすがにこんなやり方ではだめだと、彼も考え直しはじめていた矢先——アイデアを求めてヨコハマ自動車の周辺をぶらついた帰り、ふと立ち寄った中華街の一角で、塚原操子一行を見かけたのである。

若い三人は社章をつけていなかったが、いずれも同じ会社の人間らしい――森本はさりげないふうを装いながら、彼女たちの後ろに回り込んだ。

二十代と見られる三人は、いずれも目をひくような美人だったが、それよりもまず彼は、彼女たちの足首に目をやった。

（きれいだ）

森本は口の中でつぶやいた。

三人が三人ともきれいな脚のラインをしていたので、どの脚も、あのときの女性のものに思えて、森本は迷った。

彼は、その跡をつけながら、立ち並ぶ中華料理店のガラス窓にときおり映る彼女たちの横顔にも目を移した。

ちょっとアンニュイな雰囲気をただよわせる、ソバージュヘアの女の子。

ボーイッシュなショートヘアで、えくぼが印象的な明るい感じの女の子。

腰のあたりまでストレートに髪を伸ばしている、日本的な顔立ちの女の子。

（どいつもいい女だな）

思わず、森本は本来の目的を忘れそうになった。

が、すぐに一億円のことを思い出して、真剣な表情を取り戻した。この中の誰かが、目もくらむような幸運を、彼から奪っていった許せない女かもしれないのだ。

「杉本さん、あなたとしても、一気にぜんぶしゃべってしまいたいでしょうけど……」

年配の女性の話し声が、森本の耳にも届いた。

「昼休みの合間にお茶を飲みながら、という話でもなさそうだから、きちんと日を改めて話を聞きましょう」

「はい、お願いします」

ソバージュヘアの、少し陰のある女の子が、小さな声で答えた。

何のことを話しているのだろうと、森本は思わず聞き耳を立てた。

昼食を終えてオフィスなどへ戻る人波で混雑しているのをいいことに、彼は、四人の間に割り込むような形で、前のふたりの斜め後ろに接近した。

しばらく会話が続いたあと、突然——

「あ」

森本よりも少し後ろを歩いていたショートヘアの子が、急に声を上げて立ち止まった。

その声につられて、彼女の隣りの子も、前を行くふたりも、急に立ち止まった。

森本は勢いあまって、ソバージュヘアの女の子の背中にぶつかった。

「あ、ごめんなさい」

ぶつかられた女が、びっくりしたように振り返った。

森本の目と、彼女の目が合った。

彼女は何か謝ってきたが、森本はろくにそれを聞かず、あわてて顔をそむけると、その場を足早に立ち去った。

(いまの女だ)

彼は興奮していた。

いまぶつかった女の子の体から漂ってきた花の香り——それは、彼の鼻孔にかすかな記憶をとどめていた、あのときの香りに違いなかった。

(杉本さん……あの女は、そう呼ばれていたな。そうか、杉本か……あいつが、おれの一億円を代わりに手にしたやつなんだな。そういえば、着ている洋服もアクセサリーもOLにしては高価な感じのものだったたし、いかにも金を持っているって雰囲気じゃないか……ちくしょう、あの女だったのか)

家に帰ってからも、その興奮は収まらなかった。

夜が更けても、彼はなかなか寝つけなかった。が、妻と三人の子供たちは、そんな彼など相手にしないように、とっくに深い眠りについている。

三週間前、職場の工場長と喧嘩《けんか》をして二十年以上勤めてきた工場を辞めてからは、まだ新しい仕事も見つかっていない。

ろくに貯金もなかったから、あとふた月もすれば、その日の暮らしにも事欠くようになることは、目に見えていた。

(それもこれも、あの女のせいだ)

そう決めつけると、森本はふとんの中で拳を握り締めた。

なんとしても、あの女を誘拐して、すべてを取り戻さなければならないのだ。

第三章　雨に消えた目撃者

1

事件から四日が経《た》ち、四月二十五日の土曜日になった。

その日の午後一時すぎ、塚原操子、叶万梨子、そして杉本千鶴の三人は、約束どおり自由が丘にある深瀬美帆のマンションに集まった。

ただし、当初の目的であった『明治三十六年のフルコース』作りは、またの機会に、ということになっていた。

千鶴の告白で、料理どころではなくなってしまったからだ。

横浜市戸塚《とつか》区に住む操子と、日吉に住む万梨子はいっしょに東横線に乗ってやってきた。

それから少し遅れて、歩いてすぐの距離に住んでいる千鶴が現われた。

美帆はあらかじめ、きゅうりのサンドイッチと、蜂蜜に発酵バターを添えたスコーンを用意し、各自適当にそれをつまみながら、淹《い》れたてのアールグレイの紅茶を楽しむ、というスタイルで話をはじめた。お茶の時間にはやや早いが、いちおう英国式のつもりである。

もっとも、『紅茶を楽しむ』といっても、それは言葉のあやで、実際には四人とも、とてもそんな気分になれなかった。

「電車を降りて、はじめて気がついたんだけど、『自由が丘』って、ひらがなの『が』を書くのね」

いきなり本題に入るのもはばかられたので、操子がそんな雑談からはじめた。

「私はカタカナの『ケ』を書く『自由ケ丘』だとばっかり思っていたのに」

「いまでも、ここに住んでいても、そう書く人のほうが多いんですよ」

みんなに紅茶を淹れながら、美帆が言った。

「マンションやお店の名前なんて、いまも習慣的に『ケ』のほうを使っているところがほとんどだと思いますよ」

「でしょう。昔、駅前においしい瓶詰のカレーを売るお店があってね。渋谷に出た帰りに、たまにその店へ買いに来ていたんだけど、あのころは駅の名前も『ケ』を使っていた気がするのよ。それに、ここに来るとき、駅前の三菱《みつびし》銀行を見たら、やっぱりカタカナの『自由ケ丘支店』だったしね」

「それが複雑なんですよ。三菱銀行はいまもカタカナの『ケ』を使った『自由ケ丘支店』なのに、そのすぐそばにある、さくら銀行や富士銀行は、ひらがなで『自由が丘支店』なんです。だから、振り込みなんかのときに迷っちゃうの。道路地図でさえ、間違って書いてあるのも多いし……」

「で、どっちが正しいわけ」

万梨子が会話に加わってきいた。

「前に区役所で確かめたんだけど、住所表示は昭和四十年の元旦からひらがなの『が』に変更されたんですって」

「まあ、そんなに前からひらがなに変わっていたの。知らなかったわ」

ひとり年配の操子は、驚いたふうだった。

「じゃあ、二十五年以上経っても、昔の習慣を改めない人がずいぶんいるわけね」

「なんだか、ひらがなで書くと、新興住宅地みたいですもんね」

ほんとうは千鶴の話を聞くことが目的なのに、美帆たち三人は、なかなかそれを切り出せずにいた。

と、そんな雰囲気を察したのか、千鶴は無理に笑顔を作りながら言った。

「私がいつまでも話し出さないと、何のためにみなさんが集まったのかわからなくなりますよね」

「え？」

と、美帆は一度は聞き返したものの、まさに三人の目的はそこにあったのだから、何といって答えてよいか、彼女は困った顔をした。

「あれは六年前の秋でした」

千鶴は、よけいな前置きを抜きにして語りはじめた。

操子たちの姿勢が改まる。

「私はその日、都立大学の文化祭に招かれて、歌とおしゃべりで構成したステージをやることになっていました」

「都立大学で？」

美帆が、ちょっと驚いた顔になった。

「はい」

「じゃあ、この近くに来ていたわけなんだ」

「え、そうなんですか」

こんどは千鶴のほうが驚いて聞き返した。

「でも、たしか都立大学は世田谷区にありましたよね」

「そうよ」

「それで、近くに大きな公園があって……」

「駒沢公園でしょ」

「だけど私の記憶だと、世田谷区って、もうちょっと郊外みたいな雰囲気のところだと思っていましたけど」

美帆は、千鶴がおよそ二年間の芸能生活にもかかわらず、ほとんど東京の地理を把握していないことに気がついた。

「世田谷区とひとくちにいっても、ものすごく広いんだから。いちばん東は大田区の田園調布《でんえんちようふ》や雪谷《ゆきがや》あたりと接しているし、北は渋谷区、杉並《すぎなみ》区と隣り合わせ、西のほうは三鷹《みたか》市や調布市がすぐ隣り、そして南は多摩川をはさんで川崎市でしょう。この自由が丘だって、目黒《めぐろ》区といっても、もう目と鼻の先が世田谷区よ。知らなかった、千鶴？」

美帆は、千鶴をリラックスさせるために、『杉本さん』とは呼ばずに『千鶴』と親しげに呼びはじめた。

「都立大学なんかは、まさに世田谷区と目黒区の境界線ギリギリに敷地があったのよ。キャンパスから道路ひとつまたいだら、もう目黒区だもん。だって、東横線の駅を思い出してみて。渋谷に向かって『自由が丘』の次が『都立大学』でしょ」

「……そういわれれば、そうですよね。私、どうしていままで気がつかなかったんだろう。あの駅の名前と、大学の名前とが結びつかなかったなんて」

「もっとも、つい最近、大学は八王子《はちおうじ》に移転したから、あなたのいう深沢《ふかさわ》校舎は取り壊されてしまって、もうないの。だから、都立大学という名前の駅は残っているけど、大学そのものは、あの場所にはないのよ」

美帆が説明した。

「でも、大学がここから近いところにあったのは確かなんですね」

「うん。散歩にちょうどよい距離じゃないかな。関内駅からウチの会社に行くよりは、もう少し近いと思うけど」

「そうだったんですか……」

千鶴は愕然《がくぜん》とした顔になった。

「やっぱり……私……呪われているんです。六年ぶりに東京へ出てきたら、またこの場所に引き寄せられるなんて……」

「どういうことなの、呪われているって」

こんどは、万梨子が形のいい眉をひそめた。

「だって……二度とあの場所の近くへは戻りたくなかったのに……」

「そこで、何かがあったのね」

万梨子が続けてたずねた。

「はい」

「どんなこと」

「その日は文化祭の前夜祭だか後夜祭だか、もう忘れましたけど、とにかくステージがはじまる時間はすごく遅かったんです。たしか、夜の九時からでした」

ふだんから青白い千鶴の顔が、ますます青ざめてきた。

塚原操子は、その様子をじっとながめている。

総務部長としてのクールな観察眼と、お母さん的な温かみあるまなざしがミックスされている。

「前の仕事が早く終わったものですから、大学についたのは六時ごろでした。文化祭実行委員会の人と簡単な打ち合わせをやって、ステージとなる講堂で音合わせをして、それでもだいぶ時間が余ったので、マネージャーの人と外に食事に出たんです」

「歩いて?」

「いいえ、マネージャーさんの車で出かけました」

千鶴は美帆の問いに答えた。

「すぐ近くにイタリアン・レストランがあるので、そこへ行ったんです」

「きっと『ブイトーニ』のことね」

美帆が言った。

「名前は忘れましたけど、ちょうど大きな公園の前で、二階にあがっていくお店です」

「じゃあ、そこに間違いないわ」

「それで、スパゲティとお魚の料理を頼んでから、マネージャーの原《はら》さんが事務所へ電話をかけに行きました。そのころはほんとうに朝霞千鶴人気が爆発したという感じで、テレビ局からテレビ局、撮影スタジオから次のスタジオ、というふうに、スケジュールがびっしり詰め込まれていました。ですから、私のマネージャーは、最新のスケジュールや、いろいろなマスコミからの伝言などを確かめるために、いつもテレフォンカードと十円玉をたくさん持って、こまめに事務所に連絡を入れていました。

そのときも、事務所への定期連絡だったんですけど、原さんは電話を終えると、真っ青な顔をして席に戻ってきました。出産のために入院していた奥さんが、ひどい出血を起こして重態だというんです。『すぐに、行ってあげて』。私は言いました。『文化祭のイベントだから、私ひとりでもなんとかなるわ。終わったらタクシーを呼んでもらって、渋谷の寮にまっすぐ帰りますから』。そう言いました」

千鶴はソバージュにした髪の毛をかきあげ、片手で胸元を押えてから続けた。

「原さんは、私のことを気にしながらも、自分の車で病院へ飛んでいきました。その後、しばらく私は席にいたんですけど、とても食事をする気にならなくて、スパゲティを半分食べただけで店を出ました。コンサートがはじまるまでは時間がまだあったし、大学は歩いてすぐの距離でしたから、私は少し近所を散歩することにしました。そんなことって、タレントになってからほとんどありませんでしたから……」

紅茶で喉を潤してから、彼女は話を先に進めた。

「でも……寄り道なんかしないでまっすぐ大学に戻ればよかったんです。そうしていれば、あんなことに巻き込まれずにすんだのに……」

いよいよ話が核心に入ってきそうなので、美帆と万梨子は姿勢を改めて座り直した。

「時刻は七時半を過ぎていて、もうあたりは真っ暗でした。でも、原さんの奥さんのことで気持ちが沈んでしまったので、なんとなく気分転換をしたくなって、私は道路を隔てた向こう側のスポーツ公園へ歩いていきました。カップルの姿が何組かありましたけど、暗いので、私を見ても『朝霞千鶴』だとは気づかなかったようです。私は、陸上競技場の周りをぶらぶら歩きながら、その先の階段を下りて、補助競技場と書かれた奥のほうへ進みました。でも、そのあたりから急にアベックの姿もなくなって、ずいぶん寂しい雰囲気になったので、私はUターンして戻ろうとしました。そのとき、男の人から声をかけられたのです」

千鶴は声を詰まらせた。

「お嬢ちゃん、きれいな千羽鶴だね、って」

「千羽鶴？」

万梨子がきいた。

「ええ、朝霞千鶴のトレードマークが千羽鶴だったんです。そのときも、文化祭の実行委員の大学生から首にかけてもらっていたんですけれど、食事に出てからは、すっかりそのことを忘れていました」

「そう……」

千羽鶴と聞いて、すぐに万梨子は、霞ケ浦と霞ケ関で相次いで発見された男の変死体のことを思い浮かべた。

美帆も操子も同じだった。

三人とも、千鶴がなぜ事件を報道するテレビを見て顔色を変えたのか、これでようやく察することができた。

それにしても、被害者のひとりである自動車教習所の教官は、まさに駒沢公園のそばに住んでおり、しかも教習所もすぐ近くにあるという事実に、彼女は気づいているのだろうか——万梨子は、そっと千鶴の顔色を窺《うかが》いながら、話を聞き続けた。

「私は知らん顔で足を速めました」

千鶴は伏せ目がちに言った。

「顔を合わせると、もっとからんでこられると思ったので、とにかく急いで大学へ戻ろうと思いました。それに、ポツポツと雨も降ってきましたし……でも……」

彼女は短いため息をついた。

「とても自分に腹が立つのは……私、すごい方向音痴なんです。大学と公園はほとんどくっついているくらいの距離なのに、食事に出るときはマネージャーさんの運転する車だったので、歩いて帰ろうとしても、正しい道がわからなくなってしまって……おまけに、後ろからは変な男の人が、あいかわらずついてくるし……。変態っぽい感じでハアハアと息をする音が、私の背中のところで聞こえるくらいに近づいてくるんです」

「やだ……」

美帆は顔をしかめた。

「それで、気持ちばかりあせっちゃって。どっちがどっちか正しい方向がわからないまま、狭い路地に入り込んでしまったんです」

「千鶴さん、そのとき十六だったんでしょう」

万梨子は『千鶴さん』というふうに『さん』を付けて呼んだ。

ザックバランな美帆と、おしとやかな万梨子の違いである。

「ええ、十六でした」

「それならば、気が動転してしまうのもわかるわ。まだ、高校一年ですもんね」

「……はい。あとから考えれば、大声を出すとか、道路を走っている車に助けを求めるとか、いくらでも方法はあったんです。でも、そのときの私は、全然そうしたことに考えが及びませんでした。逃げなくちゃ、逃げなくちゃ、と暗い裏道をグルグル回っているうちに、ポツポツと降っていた雨が急に激しい土砂降りに変わりました。ハッと気がつくと、人通りのない路地に、ずぶ濡《ぬ》れになった私とその男の人の、ふたりだけになっていたのです……」

2

「ついてこないで」

勇気を奮い起こして後ろを振り返ると、千鶴は、かすれ声で言った。

「おねがいですから、変なことをしないでください」

男の黒いシルエットは、土砂降りの雨に煙っていた。

よれよれのトレンチコートの襟を立てた身長の低い男であるが、顔つきまではよくわからない。

ずっと向こうにある水銀灯の明かりは、雨のカーテンに遮られて、たよりない乳白色の光をにじませている。

「お嬢ちゃん、いくつなんだ。中学生か？　え、それとも高校生か」

男の声はしわがれており、酒に酔っているようでもあった。

「おじさんと遊ばないか。気に入ったんだよ、あんたの顔がね。脚も長いしなあ」

男は手を伸ばして近づいてきた。

ようやく、その表情が見えてきた。

ジャガイモのようなアバタだらけの丸い顔に、度の強そうな丸いメガネをかけており、唇はひどく分厚かった。こちらへ差し出された手の甲は毛むくじゃらで、指の背まで剛毛が生えている。そこに雨が当たって、ピチピチと音を立てて撥《は》ねていた。

千鶴の恐怖心はますます募った。そして、嫌悪感も……。

「やめてください」

千鶴は後ずさりした。

「ここでやめるくらいなら、最初からついてこないよ」

男の声は、奇妙に平坦《へいたん》だった。

「おじさんはね、若い子が大好きなんだ。大人はだめ。大人は汚ないからねえ」

男のメガネには水滴がびっしりとついており、その奥にどんな目つきが隠されているのかわからない。

しかし、十六歳の千鶴にも、その男が正常な神経を保っていないことだけは、はっきりとわかった。

恐怖と緊張と興奮で固く閉ざされてしまった喉に力を込め、千鶴は思い切り叫び声を上げようとした。

それより一瞬早く、男が飛びかかってきた。

キャッという小さな悲鳴をあげるのが精一杯だった。抵抗する間もなく、千鶴は男に押し倒されて、道路脇の草むらに引きずり込まれた。

雨にぐっしょり濡れた千羽鶴が、男と揉《も》み合ううちに、ちぎれて地面に散らばった。

「さあ、もういい加減におとなしくするんだよ」

男はトレンチコートのベルトをするっと抜いて、両端を手にクルクルと巻きつけた。

（殺されるかもしれない……）

千鶴の恐怖はピークに達した。

怖い思いをしたときの癖で、喉がつまりそうになった。

そのとき、彼女の耳に大歓声が聞こえた。そして、大拍手。つづいて、大きなボリュームでロック音楽がはじまった。

それで、千鶴は気がついた。

すぐ目の前の塀の向こうは、大学のキャンパスなのだ。あれは、千鶴のステージよりも三つか四つ前に登場する学生バンドのはずだ。

（ああ、あの塀さえ乗り越えられれば、助かるのに……）

だが、そんな彼女の希望を打ち砕くように、男はいったんベルトを片手にまとめると、千鶴の襟首を引っぱって、さらに背丈の高い草むらの中へ連れ込んだ。

ベージュ色に枯れかかった雑草が、彼女の周りを三百六十度取り囲んだ。さきほどの路地からも、完全に視界は遮られてしまっている。

もうここで何があっても、通りがかりの人にもわからない。

尻餅をついた格好のまま、彼女は男を見上げた。

「ねえ……おねがい……たすけてください……何もしないで」

懇願する千鶴を見下ろす男は、だめだよというふうに、ゆっくりと首を左右に振った。

ますます激しさを増す雨のために、男の前髪はメガネのレンズにべっとりと貼りつき、そこから滴が分厚い唇のほうへ流れ落ちていく。

その雨水を、男はぺろりと舌を出して味わった。

千鶴は、化け物を見るような思いで、そんな男の一挙一動を見つめていた。

「さあてと、とりあえず楽になってもらおうかな」

メガネのレンズに貼りついた前髪を指でつまみあげると、男は地面に片膝をつき、千鶴の顔をまじまじとのぞき込んだ。

「可愛《かわい》い子だなあ。もっと顔をよく見せて。……あれ？　泣いているのかい。怖くないよ、おじさんは。ぜんぜん怖くないからね」

いやらしい含み笑いをしながら、男は両手でコートのベルトをピンと張った。

それが、千鶴の目の前に近づいた。

彼女の首に、ベルトが触れた。

その瞬間、ゴッという鋭い音がして男のメガネが吹っ飛んだ。

草むらに落ちていた大きな石を拾いあげ、千鶴がそれを思いきり男の側頭部にたたきつけたのだ。

男は、頭に手をあてうめいた。

ギザギザになった石の角で皮膚が切れ、そこから生温かい血が噴き出していた。

「おい……」

男は、怒りをこめて千鶴に凄《すご》んだ。

メガネの下に隠されていた目は、はれぼったい瞼《まぶた》に覆われて、開いているのか閉じているのかわからないほど細い。

「よくも、やってくれたな」

歯をむき出して、男が襲いかかってきた。

「いやーっ」

叫びながら、千鶴は男の顔めがけて、また同じ石で殴りかかった。

こんどは、男が難なくそれを手で払いのけた。

だが、その拍子に草むらのぬかるみに足をとられ、男は勢いよく尻餅をついた。

千鶴はガクガクと震える脚を必死に動かし、その場から立ち上がって逃げようとした。

そうはさせまいと、男は尻餅をついたままの姿勢で、彼女の足首をつかまえた。

「やだってばー」

千鶴は相手を足で蹴飛ばすと、握りしめていた石を、もう一度男の頭にふり下ろした。

気味の悪い湿った音がして、男の手がゆるんだ。

千鶴は、二度と後ろを振り返らなかった。

細い道に沿ってキャンパスの正門に駆け戻ろうと、彼女は草むらから勢いよく路地に飛び出した。

そのとき、強烈な光が彼女の全身を照らし出した。

と同時に、濡れた路面で急制動をかけるジャーッという音がした。

あと、二、三メートルというところまで迫ってきた車の白いヘッドライトに照らされて、千鶴はびっくりして立ち止まった。

やっと車一台通れるほどの道幅に、乗用車が突っ込んできたのだ。

まともに正面からライトを浴びせられているので、どんな車なのか、どんな人間が運転しているのか、千鶴にはわからない。

ただ、光の向こうで、ウィーン、ウィーンとワイパーが定期的に動く音が、激しい雨音に混じって聞こえてきた。

何秒間そこに立ち尽くしていたか、千鶴にはわからない。

ハッとわれに返ると、彼女は弾《はじ》かれたように車に背を向け、一目散に、その場を逃げ出した——

3

「それで……どうなったの」

息詰まるような話の展開に、美帆も万梨子も操子も、口をはさむことを忘れて聞き入っていた。

いま、千鶴が一息いれたので、ようやく美帆が口を開いてたずねることができたのだ。

「千鶴はそのままキャンパスに戻ったわけ？」

「はい」

「でも、ずぶ濡れで泥まみれの格好だったんでしょう。学生たちに何か言われなかった？」

「食事をしていたレストランから雨の中を走ってきたら、途中で滑って水たまりに突っ込んだ、ということにしたんです。学生たちはとくに怪しみもせず、気を遣ってくれて、バスタオルなどを用意してくれました。それで私は、すぐに女子更衣室を借りて体の汚れを落とし、衣装に着替えて、とにかく予定のステージをなんとかこなしました。その時点では、変な男に襲われたというショックだけだったので、後になって震えはきましたけど、とりあえず文化祭のステージでは、気持ちを張り詰めて、いつもどおりに乗り切れたのです」

「ところが、その男が……」

いままで黙っていた塚原操子が、真剣なまなざしで千鶴に問いかけた。

「その男が怪我《けが》だけではすまなかったのね」

「ええ」

千鶴は唇をかみしめた。

「そのころの私は、毎日の新聞に目を通す習慣はありませんでしたし、テレビを見るヒマもなかったので、あの男の人が大変なことになったとは、しばらくの間、まったく知りませんでした。それに、マネージャーの原さんは、奥さんの容体が峠を越えるまで三日ほど仕事を休んでしまったので、文化祭の日のことを改めて話題にするチャンスもなかったのです。

もしも、その日か翌日に原さんと顔を合わせていれば、きっと変な男に襲われたことを報告していたと思うんです。でも、翌日から別のマネージャーと、沖縄方面にCM撮影の仕事で出かけたりしているうちに、あの夜のことは、少しずつ忘れかけていました。

ところが、沖縄から帰った次の日……」

だいぶ間をおいてから、千鶴は続けた。

「私は、渋谷公会堂で行なわれたテレビの公開歌番組に出演していました。お客さんを入れての録画撮りでした。二時間ほどのステージを終えて楽屋に戻ってみると、私あてに花束が届いていました。でも、それが……真っ黒な花束だったんです」

「真っ黒な花束ですって」

操子は腕に立った鳥肌をさすった。

「はい。花も黒なら、包んでいる紙も黒でした。よく見ると、それはドライフラワーにした薔薇《ばら》を黒く染めたものでした。そして、黒い花束の中に白い封筒がポツンとひとつ入っていました。黒と白の取り合わせが、とっても気持ち悪かったんですけど、思い切って開けてみると、一枚のカードと新聞の切り抜きが入っていて、そのカードには真っ赤なインクで、たった一行、『私だけが知っている』と書かれてありました」

「私だけが知っている？」

美帆と万梨子が同時に声をあげた。

「それだけでは何の意味かさっぱりわかりませんでした。つぎに私は、新聞の切り抜きのほうを見ました。それは、あの出来事があった翌日の朝刊で、社会面の片隅に出ていた小さな記事を切り抜いたものでした。世田谷区深沢の路上で、男の人が殺されているのが見つかったという内容のものでした」

殺されたのは熊平徹《くまひらとおる》、四十三歳。

事件現場に近い水道設備会社に勤めている男で、同僚と軽く酒を飲んで別れた後、災禍に遭ったものとみられている。

死因は、鈍器による脳挫傷。ただし、凶器そのものは発見されていない。

ズボンのポケットに入れてあった財布等が手つかずのまま残されていることから、警察では怨恨か、あるいは何か偶発的なトラブルに巻き込まれたものとみて捜査を進めている——

「そんな記事を読んで、私は心臓が止まりそうなほどびっくりしました。男の人の写真こそ出ていませんでしたが、時間帯からいっても場所からいっても、その人は、私を追いかけてきた男に違いないのです。つまり私は、あの男の人を殴り殺してしまったのです。しかも、それを誰かに見られていた……。その日撃者が、黒い花束といっしょに、私にあてて脅かすような手紙をよこしてきたのです」

いまさらながらに、そのときの恐怖を思い起こしたように、千鶴はブルッと身震いした。

「私……相手を何度か石で殴ったから、怪我はさせたかもしれないと思っていましたけど、まさか死んでいたなんて……」

千鶴の目から涙がこぼれた。

「そのことを知ってからは、毎日毎日が恐怖の連続でした。いつ、警察が取り調べに来るか、いつ、知らない人間が脅迫に来るか——寮にいても仕事先にいても、近くにある電話のベルが鳴ったり、部屋のドアをノックされたりすると、悲鳴をあげそうになるくらい心臓が縮み上がりました。でも、このことは誰にも相談できません。マネージャーにも、事務所の社長さんにも、両親にだって言えることではありませんでした。私が人を殺してしまったと知ったら、うちの母なんて、とても……」

千鶴は言葉を途切らせた。

「だけど、千鶴。自分のしたことは正当防衛だって主張する手があったのに」

「美帆、それは無理よ。千鶴さんは、まだ十六だったんだもの。そんなことまでとても考えが及ばないわ」

「そうかあ」

美帆と万梨子のやりとりがあってから、また三人は千鶴の言葉を待った。

「……それから一週間がすぎ、十日が経っても、警察も来なければ、新しい脅迫の手紙も来ませんでした。でも、私の神経は限界にきていました。もうこれ以上、東京にいて芸能界の仕事を続けていくのは無理でした。とにかく、田舎に帰りたい。田舎に帰って、父の牧場で馬や牛に囲まれ、すべてを忘れて暮らしたい――それが、願いのすべてでした」

「やっとわかったわよ」

操子がうなずいた。

「そうした事情があったのなら、芸能界を突然引退するほんとうの理由なんて、絶対に他人には説明できないわね」

「はい……六年間、誰にも言えずに苦しんできて、いまはじめて、自分以外の人に打ち明けるんです」

「それは辛《つら》かったわね。可哀相《かわいそう》に……」

操子は、黙ってしばらく考え事をしていたが、やがてバッグの口金を開けてタバコを取り出した。

「美帆、あなたの部屋は禁煙？　もしそうだったら、ベランダに出て吸うから、遠慮なく言ってちょうだいね」

「ええ、ごめんなさい。ここ、禁煙室なんです」

「いいわよ。ヘビースモーカーの私がいけないんだから……じゃ、ちょっと外に出さしてもらうわよ」

「はい……あ、お母さん。ガラス戸は開けたままでいいですよ」

「そう？」

「天気はいいし、第一、ガラス戸を閉めて外で吸われたら、なんだかいじけているみたいで、こっちが気を遣っちゃうじゃないですか」

「そんなもんかしらね」

　操子は美帆の言葉にちょっと微笑《ほほえ》んでから、持参した携帯用の灰皿を持って、マンションのベランダに出た。

　美帆の部屋は五階だが、坂の上に建っているので、比較的見晴らしはいい。

　周囲の風景を眺めながら、操子はゆっくりとタバコをくゆらしていた。が、しばらくして、ふと思いついたように、部屋の中へ顔を向けた。

「ところで杉本さん、『私だけが知っている』という手紙をあなたに届けたのは、そうすると、通りがかりの自動車に乗っていた人、ということになるわね」

「たぶんそうだと思います」

　部屋の中から千鶴が答えた。

「では、車に乗っていた人物は、目の前に飛び出してきた女の子を一目見て、タレントの朝霞千鶴だとわかったわけね」

「そのころは、けっこう顔も売れていましたし、首にトレードマークの千羽鶴をかけていましたし」

「千羽鶴ねえ……」

　操子は、空に向かって白い煙を吐き出した。

「で、その車に乗った人は、あなたを轢《ひ》きそうになって急停車し、逃げていくあなたを見て不審に思い、そばの空地を見たところ、男の死体を発見した、と……」

「そうかもしれませんし、もしかしたら、そのときは気がつかなくても、翌日の朝刊を見て、これは朝霞千鶴が犯人だ、ということになったのかもしれません。新聞の記事には、誰が死体を発見したのかまでは書いてありませんでしたから」

「でも、変だわね」

操子が首をかしげた。

「あなたが襲われたのは、都立大学のキャンパスから道路ひとつ隔てた空地だったんでしょう」

「ええ」

「そこで男の変死体が発見されれば、当然、その夜やっていた文化祭にも目がつけられるでしょうに。文化祭には、その学校だけでなくて、いろいろなところから人が集まるし、お酒が入ったりすると、トラブルも起きる可能性もある。当然、警察は聞き込みに来るんじゃないかしら。そうすると、その夜、泥だらけになってキャンパスに戻ってきた朝霞千鶴のことが話題になりそうなものだけど……それと、もうひとつは千羽鶴ね」

「どういうことですか」

千鶴がきいた。

「土砂降りの雨が降っていたのだから、あなたが首にかけていた千羽鶴も、ずぶ濡れになってしまっていたでしょう。なにしろ折り紙で作られているんですものね」

「ええ」

「そんな状態の千羽鶴をかけたまま、男に倒されたり引きずられたりすれば、当然、その千羽鶴はちぎれて落ちたりしたんじゃないかしら」

「はい、実際に大学に駆け戻ったときには、半分以上がなくなっていました」

「そのちぎれた部分は、結局、男に襲われた草むらに残されたわけよね」

「あ……」

いままで、千鶴はそのことに気づいていなかったらしい。操子に指摘されて、呆然《ぼうぜん》とした顔になった。

「発見された死体の近くに千羽鶴が散乱していれば、警察は当然、それに気づいたでしょう。そして、すぐ隣りの大学では朝霞千鶴のコンサートがあり、その当人が、ちぎれた千羽鶴を首にかけたまま、泥だらけの格好で外から戻ってきたとしたら……」

「ほんとだ。千鶴が疑われなかったほうがおかしいくらいだよね」

美帆が不思議そうな顔で言った。

「いったい、どういうことなのかしら」

「こういう考え方ができるわね」

タバコを吸い終わると、操子はベランダから部屋の中に戻ってきた。

「まず考えられるのは、男の死体が発見されたのがその空地ではなく、多少離れている場所だったということね。つまり、男は殴られた後、何十メートルか自力で歩いて、そこで倒れてしまった。だから、ほんとうの現場である空地に警察の目が向かなかった、という可能性よ。……杉本さん、あなた、その届けられた新聞の切り抜きを、まだ持ってる？」

「いいえ、気持ち悪いから、もう捨ててしまいました」

「そう……それなら、図書館で新聞の縮刷版を調べて、もう少し詳しい情報をつかんだほうがいいわね。死体が発見された場所はどこなのか。事件を通報した人は誰なのか」

「通報者まではわからないんじゃないかな。警察に直接きくとかしないと」

「何いってるんですか、美帆。警察にたずねようものなら、いままで杉本さんが秘密にしてきたことを、悟られてしまうだけですよ」

「あ、そうか。ごめん」

美帆は、ペコちゃんのような形に舌を出した。

「ねえ、事件のあった場所がここから近いのなら、実際に行ってみない」

万梨子が提案した。

「え、あそこへ行くんですか」

千鶴はひるんだ。

「とても私……」

「千鶴さんは気が進まないかもしれないけど、その夜、何が起こったのかを、もういちど確かめ直してみたほうがいい気がするの」

「万梨子、それはないんじゃない」

美帆が反対した。

「ただでさえ、千鶴は忘れたいことなのに、またその現場へ行くなんて、残酷だよ」

「ううん」

ふだんは何ごとにも控えめな万梨子が、珍しく自説を主張した。

「ここまで千鶴さんが話してくれたのなら、過去の真実をはっきりさせるべきだと思う」

「過去の真実？」

美帆が聞き返した。

「うん。いま、塚原のお母さんの話を聞いて、ふと思ったんだけど、どちらにしても、男の死体は、キャンパスから、はるか遠い場所で見つかったわけじゃないでしょ。だからこそ、千鶴さんは自分のやったことに思い当たったんだし」

千鶴はうなずいた。

いまとなっては、新聞の記述を正確には覚えていないが、『都立大学のキャンパスに近い深沢〇丁目の路上』といったような表現であった気がする。

「そうなるとね、警察って、その周辺を徹底的に捜索していると思うの。千鶴さんが泥だらけになったように、その男の人の服にだって泥や草が付いていたはずでしょう。そこから推測して、当然、近くの空地だって調べているにちがいないわ。だったら、ちぎれた千羽鶴が見つかっていても、おかしくないでしょう。それなのに、ぜんぜん千鶴さんに疑惑が向けられなかったとしたら……」

美帆も操子も、そして千鶴も、万梨子が何を言い出すのか、じっと待っていた。

万梨子は、整った日本風の顔に真剣な表情を浮かべ、ポツンとつぶやいた。

「その男の人は、千鶴さんのせいで死んだのではないのかもしれないわ」

4

同じころ、神奈川県警の船越警部は、高津署の土井刑事とともに、駒沢公園自動車教習所を訪れていた。

土曜日の午後とあって所内のコースはなかなか混雑しており、白とグリーンのツートンカラーの車体に大きな番号の書かれた教習車が、あちこちで外周、坂道発進、車庫入れ、縦列駐車などの練習をしている。

土井と船越は、通された応接室の窓から、しばらくその光景をながめていた。

「こういうところにお伺いしますと、なんだか昔を思い出して懐かしいものがありますね」

所長の村山昭之輔《むらやまあきのすけ》に向かって、船越警部が言った。

「免許を取って二十何年経っても、教習所時代の大変だったことは、なかなか忘れないもんです」

「そうですか。いや、うちには警視庁や神奈川県警のお巡《まわ》りさんも、けっこう生徒さんで来ていらっしゃるんですよ。あの生徒さんは警官なんだよと教えても、一般の生徒はなかなか信じなくてね。警察官であっても、こういう公認教習所で運転の練習を積まなければならないのはいっしょなのに、どうやら世間では、お巡りさんには専用の秘密教習所でもあると思われているようですよ」

所長の村山は大声でハハハと笑った。

学生時代に柔道の選手だったというだけあって、船越と並んでもひけをとらない体格の持ち主だったし、声も大きかった。

「それにしても、私などが通っているころに比べたら、自動車教習所もずいぶん様変わりしたでしょうね」

船越が続けてたずねた。

「そうですね、ゲームセンターの機械みたいなものでシミュレーションをやるようになったり、所内にかぎってですが、教官は同乗せずに生徒ひとりで乗らせる無線教習車があったり、免許そのものの種類でもオートマチック車専用ができたりと、たしかにこの十年でいろいろ変化はありました」

「お、あれはベンツじゃないですか」

パンチパーマ頭の土井刑事が驚いた声を出した。

「おたくにはベンツの教習車があるんですか」

「ええ、190といういちばん小さいタイプを五台ほど用意しています。もっとも、これはすでに免許を取得した人が、左ハンドルに慣れるためのものでしてね。なにしろ、最近ではいきなり外車に乗る人が多いですから。とくにこのあたりですと、三十から四十くらいの年齢で免許を取る奥様で、いきなり最初の車がベンツ、BMWというケースがざらにあります。ベンツ教習の生徒さんの大半は、若いお嬢さんや奥さんですね」

「そういえば、ベンツに初心者マークを貼って、街中でおろおろしている女性ドライバーがいますからなあ。許せんなあ、あれは」

何が許せないのか、土井は半分本気で怒っていた。

「ところで前にもお聞きしましたが、四月二十日の皆川教官の行動を、もういちど確認させていただきますと……」

表情を改めて、船越警部が捜査資料を手元で広げた。

「いつもどおりに、朝八時に出勤されて夜の七時まで、この教習所にいたということになっていますね」

「はい、ごらんのとおり記録もありますし、同僚たちの証言もあります」

村山所長は、あらかじめ用意しておいた皆川進のタイムカードを土井たちに示した。

「しかし、あれですね、八時から七時までとは、ずいぶん勤務時間が長くはありませんか。いや、べつに私たちは労働省の回し者ではありませんから、そのへんはザックバランに現状をお聞かせねがいたいんですが」

所長の顔に警戒の色が浮かんだのを見て、船越はすかさずそう言った。

「皆川君は残業の常連だったんです。あまり好ましいことではないんですがね」

村山は、タイムカードを指しながら、弁解がましく言った。

「うちの場合、昼休みの一時間をはさんだ朝八時から午後の四時までが基本労働時間で、それ以降は残業扱いになっております。あくまで、定時は八時から四時なんです」

「どこの世界も人手が足りませんからねえ」

「そういう部分もありますが、正直に申しますと、残業手当を見込んだうえで、いまの給料に満足している、という者も多いものですからね。働きすぎはいかんと言われても、それは建て前で、残業させてやるのも親心。まあ、残業といいますのは、形を変えた福利厚生みたいなものなんですよ」

「なるほど」

船越警部は、所長の言い分に納得した。

警察官とて、世の中のために役に立ちたい、という大義名分ばかりだけで働いているのではなく、給料の額も気になるのは一般サラリーマンと同じである。

これはあまり知られていないことだが、神奈川県警採用の警察官というのは、全国でもトップクラスの給料をもらっている。天下の警視庁採用よりも給与ベースがいいのである。だから、どうせ警官になるなら神奈川県警とばかりに、毎年の採用試験には全国から応募者が集まり、その倍率はかなり高いものになっている。

「それで、午後七時以降の皆川さんの行動については、どなたもご存じないようですね」

船越は、さらに質問を続けた。

「はい。皆川君はひとりで自分の車に乗って、ここを出まして――例の白いブルーバードです――で、そのあとのことは、ちょっと私どもにはわかりませんが」

「しかし、皆川さんの自宅は、この教習所から歩いてすぐの距離ですね」

「はい。すぐそこに見えておるマンションです」

村山は、教習所のコース越しに垣間見《かいまみ》える三階建てのマンションを指さした。

「いわゆる職住接近のきわめつけみたいなもんですな」

「そうしますと、車で出勤されたのは、その日が特別だったというわけですか」

「いや、以前は歩いて来ておりましたが、このごろでは毎日車で来ましたね」

「それはなぜです」

船越はこだわった。

「たった百メートルの距離を車で来るというのは、どうも納得できませんね。仮に、仕事を終えたあと車を使う用事があるならば、いったん家に取りに戻ればいいわけですから」

「私らもそう言ったんですが……」

所長は、もごもごと言葉を濁した。

「何か事情をご存じでしたら、包み隠さずおっしゃっていただけませんか」

船越は、教習所の所長を大きな目で見据えた。

「ええ……あの、これは私から聞いたことにしないでくださいよ」

「もちろんです」

「実はですね……」

言いにくそうに、所長は口を開いた。

「皆川君は、最近、あまり奥さんとうまくいっておらんかったのです」

「ほう」

船越は横目で土井刑事と視線を合わせた。

「それでもって、皆川君は絹子さんに隠れて、どうもいろいろな女性とつきあっておったようなんです。そのデートの折りに車を使っているようで」

「なるほど、それで、いちいち自宅に車を取りに戻る手間を省きたいわけですな」

「でしょうね。ただし奥さんはプライドの高い人ですから、外泊などしようものなら、たちまち離婚を申し立てられる。だから、皆川君はこそこそ浮気をしては、そっと夜中に帰宅する、そんな調子でやっていたらしいんです。その彼が連絡もなしに自宅に戻らなかったのですから、奥さんも心配になって、すぐ警察に届けたのでしょう」

「所長は絹子夫人のことをよくご存じなんですか」

「ええ。もうそちらでお調べになっておられると思いますが、皆川君と奥さんの絹子さんは、いわば当校が取り持つ縁でして……」

「そのいきさつは聞いております」

「いまから五年前、皆川君が四十、奥さんが五十一のときに、ふたりは結婚したわけですが、じつは、私と家内がそのときの仲人《なこうど》だったのです」

「そうなんですか」

「ふたりとも再婚で、奥さんは前のご主人と死別されており、皆川君は……彼の浮気がもとで、最初の奥さんと離婚をしておりました」

「浮気ですか」

「ええ……それがその……非常に申し上げにくいんですが、うちに通っていた生徒さんと、まあその、抜き差しならない関係になってしまいまして」

「では、いまの奥さんと知り合ったのと同じような……」

「いってみれば、そういうことなんです。ただ、誤解されると困るんですが、皆川君は手当たりしだいに女性の生徒に言い寄るといった教官ではなく、むしろわが校の模範教官とでもいうべき存在だったのです」

教習所の沽券《こけん》にかかわると思ったのか、所長は、しきりに故人をかばった。

「ただ、なんといいましょうか、逆に生徒さんから言い寄ってくるケースが多かったわけです。皆川君は教官として大変優秀だったうえに、なかなかハンサムでしたし、人柄も温厚で、家柄も申し分なく……」

しだいに、言うことが仲人の挨拶のようになってきた。

「ともかく、生徒さんと不倫をして、前の奥さんとはダメになったということですね」

気の短い土井が、横から所長の言葉を遮って、手っ取り早く結論づけた。

「ええ、まあ、そうなりますか」

所長は土井のほうに視線を移してうなずいた。

「で、それは何年前のことです」

土井がたたみかけた。

「いまの奥さんと結ばれる三年ほど前でした」

「つまり、いまから八年前という計算になりますが」

「そうですね。皆川君もまだ若かったですから」

「で、その奥さんはどうしておられます」

皆川進になんらかの恨みを抱いている人物をリストアップするとしたら、当然、この前妻も候補に入ってきそうだった。

「三つになる子供を連れて、カナダかどこかへ移住してしまったようですよ」

「カナダへですか」

「すっかり日本にいるのがイヤになったらしいです。彼女は、皆川君から慰謝料も何も取らなかったんじゃないですか。裏切った男から、いまさら金など貰《もら》いたくないなどと、えらく威勢のいい啖呵《たんか》を切って別れたそうですからね。不謹慎な話ですが、皆川君にしてみれば大助かりといったところでしょうよ。なんせ、その奥さんは実家が大金持ちでしたからねえ」

「実家が大金持ち？」

土井が聞きとがめた。

「まあ、こういっちゃなんですが、皆川君には玉《たま》の輿《こし》志向がありました。いや、男の場合は『逆玉』というんですか。とにかく、資産があるかどうかが、つきあう女性の条件みたいなところがありました。最初の奥さんも、いまの奥さんもそうですからね」

そう言って、村山所長は目と鼻の先に見える豪華なマンションに目を向けた。

「そうしますと、最近の浮気相手もこちらの生徒さんだったと」

「いやいや、とんでもない」

所長はあわてて手を振った。

「仲人の手前、そこまでやられちゃかないませんからな。少なくとも、うちの生徒さんではありませんよ」

根拠のない決めつけ方だったが、いちおう船越も土井も納得した顔をした。

「ところで、所長。皆川さんの性格なんですが、当然、こちらに適性検査のデータが残っているはずですね」

「ええ、もちろんです……しかし、さすがに警察の方ですな。そこに注目されるとは」

村山は感心したように言うと、事務の女性を呼んで、皆川進の資料を持ってくるように言いつけた。

公安委員会公認の自動車教習所に入った生徒は、実技の教習前に、必ず適性検査というものを受けさせられる。これは、教官の資格を取ろうとする者も同じである。

この検査はすべて筆記による回答方式をとってはいるが、短時間のうちにパターン認識の能力をみたり、ロールシャッハ・テストを含むさまざまな心理テストなどを組み合わせたもので、受験者の運動機能、身体的・精神的健康度、社会的成熟度、性格特性など十六項目にわたって五ないし三段階の評価がなされるものである。

さらに、この各項目の評価組み合わせにより、男女それぞれ四十四のパターンに性格が分類され、受験者がどんなタイプの人間であるのか、一目瞭然にわかるようになっている。

この性格分析は非常に的を射ているとの評価も高いため、捜査当局が検挙した犯人の性質を知るため、免許を取得した教習所を通じてこのデータの問い合わせをすることは、意外に知られていない事実である。

四十四のパターンにはそれぞれ記号がつけられているが、これらは男女ともに基本六パターンの組み合わせとなる。

それを列挙してみると——

◎P型＝偏執質（過信性性格）……………強気、自信家で自己中心的。
◎N型＝神経質（過敏性性格）……………弱気、敏感で内省過剰型。
◎H型＝ヒステリー質（顕示性性格）………勝気、華やかで嫉妬深い。
◎Z型＝躁鬱《そううつ》質（同調性性格）……………開放的であり、明朗で物静か。

◎S型＝分裂質（内閉性性格）…………複雑な性格、非社交的で生真面目。
◎E型＝テンカン質（粘着性性格）………融通のきかないがんばり屋。
というふうになっている。

これらの記号を最高で三つまで組み合わせて、その人間の性格を的確に表現する方式になっているが、暴発性、自己中心性、虚飾性などの犯罪にかかわりやすいメンタルな要素が、見事なまでにあぶり出されるといわれている。

教習所の教官は、毎時間入れ替わりに乗ってくる不特定多数の生徒を、ただ漫然と教えているのではなく、必ずこのデータを把握し、予備知識としてその生徒の性格をつかんだうえで指導にあたっているのだ。

そして、教官は教官で、自分の適性検査の結果が、上司なり所長なりに渡って、教官としての評価の参考資料にされているわけである。


「えーと、これが皆川君の適性テストの結果ですね」

村山所長は事務員から受け取った診断書を、船越と土井の前に置いた。

「ここの頭に『17』という数字が打たれてありますが、これが分類番号で、こちらにある指導の手引きと対比してみますと……『17』はH・S型ですね。性格のパターンは『見たところ明るく、人あたりもいいが、心の中には冷たいところがあり、他人を軽蔑する傾向がある。失敗しても人のせいにしがちである』となっていますね」

言ってから、所長はウーンとうなってしまった。

「いやあ、彼はこんな性格だったかなあ。このデータには目を通していたはずなんですが……そうだったかなあ……こういうタイプだとわかっていれば、仲人を受けるさいに、いろいろ奥さんにもアドバイスできたんですがねえ」

思わぬところで部下の性格をじゅうぶんに把握していないことを露呈し、所長は複雑な表情で腕組みをしたまま、すっかり黙りこくってしまった。

5

土曜日の午後なので学校の授業もなく、またガソリンスタンドのアルバイトもオフの日に当たっている荒木英作は、愛車の真っ赤なポルシェを駆って、常磐《じょうばん》自動車道を北に向けて走らせていた。

隣りの助手席には、生真面目そうな顔立ちの女子大生が乗っていた。

黄色のトレーナーにチェック柄スカートをはき、セミロングの前髪部分をトレーナーとお揃《そろ》いのヘアバンドで止め、理知的な額を出している。

デートだというので、いまはメガネをはずしているが、かなり度の強い近視のため、バッグの中にはいつも黒ぶちの、ガリ勉タイプのメガネが入っていた。

彼女は太田絵美《おおたえみ》といって、英作と同じ大学に通う一年後輩である。

絵美がリラックスしていないのは、膝にきちんと揃えて置いた両手が堅く握りしめられていること、リクライニングできるシートをほとんど直角に立てたまま、背筋をピンと伸ばした格好で前を見つめていること、などから容易に察せられた。

ドライブを楽しむというには、あまりにもぎこちない雰囲気である。

もちろん、彼女のそうした様子には、運転する英作も気づいていた。

「どうしたの」

英作は前を向いたまま、絵美に声をかけた。

「さっきから、ぜんぜん楽しそうじゃないみたいだけど」

「ううん、そんなことないです。ただ……男の人と二人きりでドライブするのってはじめてだから、ちょっと緊張しちゃって」

絵美は恥ずかしそうに笑った。

「そうなのか……。でも、そんなふうに言われると、かえってこっちが緊張しちゃうな」

英作も笑った。

が、口元だけが笑っていて、目は笑っていない。

「荒木さんにドライブに誘ってもらえるなんて……私、いまでも信じられない」

　絵美はつぶやいた。

「同じゼミにいて、すてきな人だなって、いつも思っていたけど、私、臆病だから、なかなか声をかけることができなくて……」

　太田絵美が、いまどき珍しいほど純情な子で、しかも、英作に対してほのかな思いを寄せていたことを、彼は前々から気づいていた。だから、ドライブの誘いをかけると、信じられないという表情をしながらも、彼女は一も二もなくついてきた。

　純朴であるという点では千鶴と共通するところがあったし、しゃべり方も、やや改まったときの千鶴のそれによく似ていた。どうも自分の好みは、基本的にこういうタイプなのだな、と英作は思った。

　しばらくの間は千鶴から離れて、この子が自分のガールフレンドであるかのように周囲には思わせておこう――英作はそういう作戦をとることにした。

　自分と千鶴をつなぐ糸は、誰の目に見えてもいけない。千鶴を、そして自分自身を守るためにも、当座はふたりは離れているべきだった。

　もっとも、ここ数日間は、千鶴のほうから彼に連絡をとってくることはまったくなかった。そのことが、英作には少々気掛かりではあった。

「これからどこへ行くんですか」

絵美がたずねてきた。

「霞ケ浦だよ」

「霞ケ浦？」

絵美は少し不審そうな表情を浮かべた。

「私、筑波山《つくばさん》のほうへ行くのかな、と思っていたけれど……」

いま走っている常磐自動車道の左の方角に、筑波研究学園都市があり、さらにその北方には、標高八七六メートルの女体山《にょたいさん》と八七〇メートルの男体山《なんたいさん》から成る筑波山が控えている。

不動峠《ふどうとうげ》・風返峠《かぜかえしとうげ》を通ってこの筑波山へ向かって伸びる表筑波スカイラインは、通称パープルラインと呼ばれ、スピード狂には絶好のトライアルコースで、かつてはオートバイに乗った若者たちが大挙して深夜の暴走を繰り返したため、いまではこの有料道路を含め、周囲の道路数箇所は二輪車通行禁止の措置がとられている。

英作は、そんな話を行く道すがら絵美に聞かせてきたので、これからポルシェを飛ばして、その筑波山に向かうのだと彼女が思ったのも無理はない。

「湖よりも山のほうがよかったかな」

英作がたずねた。

「ううん、私はどっちでも……湖を見るのも好きよ」

絵美は急いで首を振り、すべてあなたが決めたとおりにして、という目で英作を見た。

「じゃあ、よかった。きょうは、きみの写真をいっぱい撮るつもりで来たんだ」

英作は、後ろに置いてある一眼レフカメラを指した。

「ほんとに」

絵美は目を輝かせた。

「ああ、ほんとだよ。ほら、フィルムもたくさん買ってあるだろ」

「うれしい。だったら、こんな子供っぽい服にしなければよかった……」

絵美は、黄色いトレーナーとチェック柄のスカートを指した。

「いいんだよ、それで。じゅうぶん可愛いじゃないか」

英作は絵美の服装をほめながらも、内心では、そんなことはどうでもいいと思っていた。

きょうの目的は別にある。

絵美をデート相手として引っぱりだしたのは、単独行動では他人の目に不自然に映ると困るからだった。なにしろ、霞ケ浦の湖岸で『落とし物』を探さなければならないのだ。

その落とし物は、別に失《な》くしても惜しいものではなかったが、他人に見つけられては困るものだった。とくに、警察には……。

それを探すには、ひとりでウロウロするよりも、女の子を連れていたほうが人目を引かなくていいのだ。

まさか相手がそんなことを考えているとも知らず、太田絵美はポルシェの助手席で、突然やってきた幸せを、じっくりとかみしめていた。

6

美帆のマイカーであるヨコハマ自動車製の軽自動車に乗って、四人はすぐ近くの駒沢公園に向かった。

すでに千鶴は、エイプリル・フールの日に、ふたたび『私だけが知っている』と書かれたカードを受け取ったことを三人に告白していた。

「あの手紙は、六年前、渋谷公会堂の楽屋に黒い花束を届けたのと同じ人が送ってきたんです。いまになって、また私を脅そうとしているんです」

軽自動車の助手席に乗った千鶴は、悲愴《ひそう》な声で訴えた。

同じことはすでに荒木英作にも相談していたが、彼の存在は、まだ操子たちには打ち明けていなかった。

「だけど、なぜ六年経ったいまになって、思い出したように千鶴を脅したりするのよ」

ハンドルを握りながら、美帆がたずねた。

「たぶん、私がヨコハマ自動車に入ったという記事が週刊誌に出たから、それで思い出したんじゃないでしょうか」

「まったく、マスコミもそっとしておいてくれたらいいのにねえ。せっかくこの子が、杉本千鶴として新しい人生をはじめようというのに」

後部座席の右側に座った塚原操子が、うんざりした声を出した。

「でも、お母さん。いま、美帆が言ったことって、重要な気がするわ」

操子の隣りに座った万梨子が言った。

「もしも、その目撃者が千鶴さんを脅迫するつもりなら、六年前に、もっと徹底的にやっていたと思うの。それが、千鶴さんの楽屋に黒い花束とカードを送った一回きりでしょう。そのあと長い空白の時期があって、六年ぶりにまた脅迫をはじめるなんて、ちょっと信じられない。今回のは、ただのイタズラじゃないかしら」

「いいえ、『私だけが知っている』という文句まで同じなんですから、絶対にあのときの人に決まっています」

千鶴は硬い表情で言い張った。

そんなやりとりを終える間もなく、美帆の車は駒沢オリンピック公園の駐車場に滑り込んだ。

「あーあ、軽自動車に四人も乗ってたから重かった」

エンジンを止めて美帆がつぶやくと、

「悪かったわね。とくに右後ろのタイヤが減ったと言いたいんでしょ」

と、操子が応じる。

千鶴の気持ちを楽にさせようという気もあったが、基本的に彼女たちは明るい。

車を置くと、四人は駒沢通りの上にかかる連絡歩道橋を渡って、陸上競技場のほうに向かった。

「懐かしいわねえ」

後ろを振り返って、操子が言った。

「あの屋内競技場は、東京オリンピックのとき、大松《だいまつ》監督の率いる東洋の魔女がバレーボールで金メダルをとった場所よ。あなたたち覚えている？　相手がソ連で、六回もマッチポイントを繰り返して、最後は向こうのオーバーネットで決まったの」

「そんなこと聞かれたって、東京オリンピックのころなんて、まだ生まれてませんよ。ねー、万梨子」

「うん」

「えっ、そういう計算になるの」

操子はびっくりした顔になった。

「美帆は子供だから、そんなものかしらと思うけど、万梨ちゃんも東京オリンピックのときに生まれてなかったなんてねえ。意外だわ」

「どういう意味ですか、それ」

と、美帆はふくれる。

屋内競技場とは道路をはさんだ反対側、四人の行く手には、右手に陸上競技場、左手に体育館が見えた。そして中央左手奥には、寺院などで見られるような塔の形をした、管制塔と呼ばれる背の高い建物が立っている。

土曜日の午後とあって、家族連れやカップルが、バドミントンやテニスに興じたり、犬を散歩させたりしていた。

キャンキャンとしきりに犬の鳴き声がするのでそちらを見ると、幼稚園くらいの男の子が操るラジコンカーに、スコッチテリアがまとわりついていた。

ピンクのリボンをつけたテリアは、勝手に動き回る小さな車に追いかけられて、びっくりして逃げたり、逆に吠えながら追いかけたり、チョコチョコとせわしなく走り回っている。

平和でのどかな光景だ。

「思い出してきました……」

千鶴は、六年前にタイムスリップした目つきになった。

「あの夜、レストランを出た私は、この広い歩道橋を渡って、こうやって右手に陸上競技場を見ながら歩いていたんです……」

千鶴が話しはじめると、他の三人は、歩きながら自然と彼女の周りを囲むようになった。


「おい」

教習所での聞き込みを終え、新玉川線の駒沢大学駅へ歩いて向かう途中で、船越警部は土井刑事の袖を引いて引き留めた。

「悪いけど、ここで待っていてくれないか。時間はとらないから」

「どうしたんですか」

土井刑事は、けげんそうに警部の顔を見た。

「知り合いがいたんだ。ちょっとだけ声をかけてくる」

そう言いおくと、船越は堂々たる体躯《たいく》を揺すって、陸上競技場前の広場を走った。

地面に落ちていたエサをついばんでいた鳩《はと》が、一斉に羽音を立てて舞い上がる。

「おーい、塚原さん」

野太いその声に、前を行く女性たちがびっくりして振り返った。

「まあ……船越さんじゃありませんか」

操子は心底驚いた顔をした。

「どうしてこんなところに」

「あなたこそ……あ、なんだ、あのときのコンビまでいっしょじゃないか」

船越は、美帆と万梨子の顔をかわるがわる見て笑顔になった。

「これはこれは、ミス・ヨコハマ自動車のみなさんに、こんなところでお目にかかれるとは、嬉《うれ》しいやらびっくりするやら、ですな」

「すみませんね、私まで『ミス』扱いにしていただいて」

操子は、警部におどけたお辞儀をしてみせた。

船越と彼女たちは、ちょうど一年前、ヨコハマ自動車を巻き込んだ猟奇的な連続殺人事件のときの捜査官と当事者という関係である。

あのとき、美帆や万梨子はじゅうぶんに怖い思いをさせられたし、操子は操子で、彼女のふとした言葉が、船越警部に事件解決のきっかけとなる大きなヒントを与えたのだった。

「それにしても塚原さん、横浜でならともかく、駒沢公園でお会いするとは不思議な偶然ですな」

「私の家がすぐ近くなんです」

美帆が即座に横から答えた。

「たまには、こっち方面で会って、みんなで食事でもしようと」

「ほう、そうですか。このあたりも、なかなかいい環境ですからね」

そう応じながらも、船越の目は、少し離れたところに遠慮がちにたたずんでいる千鶴を捉えている。

その視線には、操子も美帆も万梨子も気がついていたが、千鶴を船越に紹介すべきかどうか迷っていた。

場合が場合だけに、相手が神奈川県警捜査一課の警部だと知ったら、千鶴がどんな反応を示すかわからなかった。その反応から、船越によけいな興味をひかせてもいけない。なにしろ、この警部は体は大ぶりにできているが、神経はなかなか細かいのである。

「ところで、船越さんこそ珍しいですわね。神奈川県警の警部さんが駒沢公園にいらっしゃるなんて」

すかさず操子が先手を打ってたずねた。

「いや、私はちょっと……」

と、答えかけた船越をさらに制して、

「あちらでお連れの方が待っていらっしゃるのね」

と、操子は、所在なげにこちらを見ているパンチパーマの土井刑事に目をやった。

「あ、ああ、彼ですか」

内心、船越はしまったと思いながら、何食わぬ顔をつくろった。

「あの男は、こっち関係の者でしてね」

警部は、片方の頬を人差し指で切るしぐさをした。

「天気のいい土曜日だというのに、ああいう連中と歩かなきゃならないんですから、刑事も因果な商売です。……ま、とりあえず先を急ぎますので失礼」

あわてて話を切り上げると、船越警部は『こっち関係の者』が待っているところへ早足で戻っていった。

その後ろ姿を見つめながら、操子はつぶやいた。

「優秀な警部さんなのに、正直者だから嘘《うそ》はへたね」

「どういうことですか」

万梨子がたずねた。

「あの連れの人は一見暴力団風だけど、きっと刑事よ」

「えーっ、あの顔で？」

万梨子と美帆が異口同音に叫んだ。

「だいたい船越さんのいる捜査一課は、殺人事件のような犯罪を専門に扱う部署なのよ。ヤクザだ暴力団だといった類いは、捜査四課の仕事だわ」

神奈川県警の組織は警視庁のそれに準じて、捜査セクションは大きく四つに分かれ、一課と四課は操子が語ったとおりの分担になっている。ちなみに、二課は知能犯、三課は盗犯を主な捜査対象とする。

「だとすると……あの人たちは、横浜からここまで来て、何か事件を調べているんですか」

万梨子が、スッと細い眉をひそめた。

「たぶんそうでしょうね。ああやって、二人一組で聞き込みに歩くのが捜査の基本でしょ。片方が県警の警部だから、もうひとりは、事件の所轄署の刑事かもしれないわね」

去年の事件ですっかり警察の事情に詳しくなった操子が、そう解説した。

「だけど、ここは東京都ですよ」

万梨子が異議を唱えた。

「だから、この辺は警視庁の管轄じゃないんですか」

「いいえ、日本の警察は『発生地主義』といってね、被害者がどこに住んでいようと、犯人がどこへ逃げようと、事件の起きた場所を管轄する警察署が、その事件の捜査を担当するのが原則なの。だから、県警の船越警部が、東京で聞き込み捜査をしていても、少しも不思議はないのよ」

「つまり、事件そのものは東京都内で起きたのではなく、神奈川県警のどこかの警察署管内で発生した、ということですね」

すっかり刑事ドラマ風になって、美帆が難しい顔をしてたずねた。

「そういうことね」

「それも、捜査一課ということは殺人事件……」

そこまで言ったとき、美帆は千鶴の顔色が真っ青であることに気がついた。

「どうしたの、千鶴」

「あの人たち、きっと、多摩川沿いの車のことで調べに来たんです」

千鶴は握りしめた拳を口に当てた。

「そして……もうすぐ私のところにも、警察が調べに来るはずです。千羽鶴のことに思い当たったら、きっと……」

とうとう千鶴は、英作とふたりで目撃した、車の中の三つの死体のことまで打ち明けようという気になっていた。


「警部も隅に置けませんな。あんな美人の子が知り合いだなんて」

自分のことをどう言われていたかも知らないで、土井刑事が船越に言った。

「いや、彼女たちはヨコハマ自動車の社員でね。以前、うちで取り扱った事件がきっかけで顔見知りになったんだ」

土井との関係を悟られないよう、操子たちに背を向け、つとめてさりげない態度を装いながら、船越は答えた。

「なにしろ、あのときは地元の大企業ヨコハマ自動車を巻き込んでの大騒動だったからな」

「ああ、例の事件ですか。あれは県警じゅうで有名ですからね」

土井はうなずいた。

「それにしても、こんなところで朝霞千鶴と会えるとは思いませんでしたね。ついでにサインでも貰ってくれればよかったのに」

「サイン？」

船越は聞き返した。

「ええ」

「誰か有名人でもいたのか」

「だから朝霞千鶴ですよ」

「アサカ・チヅル」

「あれ、知らなかったんですか。いま警部が立ち話をした相手の中に、髪の毛をくしゃくしゃっと縮れさせた子がいたでしょう」

「あの子だけは初対面だったんだ。向こうも紹介してくれなかったしな。ちょっと陰があるけれど、男心をそそるようなところがある子だと思ったが」

「そりゃあそうですよ。だいぶ前になりますが、朝霞千鶴といえば、一世を風靡《ふうび》した美少女タレントですから。覚えていませんか」

「そういえば、そんなタレントがいた記憶もおぼろげにあるが……」

船越は一瞬だけ後ろを振り返った。

「で、いまの子がそうなのか」

「ええ、最近ヨコハマ自動車に入社したという記事が、週刊誌やスポーツ紙に出ていましたからね」

「ふうん」

船越は口をとがらせたが、すぐにまた元の表情に戻った。

「ま、地元企業に美女がたくさん入るのは結構なことだよ。御園生部長にでも話したら、じゃあ、どこかで一日署長でもやってもらえと言うかもしれん。……だが、そんなことよりも、こっちは皆川兄弟を殺した殺人犯を追っかけなきゃならんのだ。加害者の首に防水加工をほどこした千羽鶴を飾るような、どこかで脳ミソの歪《ゆが》んでしまった犯人をな。可愛い女の子の話は、それが片づいてからだ」

7

常磐自動車道の土浦北インター、または桜土浦《さくら》インターで高速を降り、東方にしばらく走ると、霞ケ浦の西の玄関口ともいえる土浦市の中心地に入る。

湖から一キロと離れていないところには常磐線の土浦駅があり、時間帯によっては、近未来志向の特急列車『スーパーひたち』が停車する。始発駅上野からの所要時間は、わずか五十分足らずである。

こうした高速自動車道と特急ダイヤの整備で、土浦市に住む若者たちは、かつては都会に遊びに出るといっても、せいぜい柏《かしわ》市どまりだったのが、いまでは週末のみならず、平日の夜からでも、気軽に銀座《ぎんざ》・赤坂《あかさか》・六本木《ろっぽんぎ》といったところに繰り出すようになった。

おかげで、地元商店街の中でも若者相手の店は、かなりの苦戦を強いられるようになったが、茨城県警土浦署の平尾《ひらお》巡査部長も、その影響を蒙《こうむ》ったひとりだった。

県警からもらう給料だけでは、育ちざかりの女の子を四人もかかえてやっていけないと、数年前に、妻が実家の援助を得て、土浦駅の近くに若い女性向けの『ブティック』を開いたのである。

店の名前は、妻の名をそのままとって『ブティック・マキコ』。

どうせだったら、『マキコ』でなく『マキ』にしたほうが洒落《しゃれ》ていないかと、平尾は助言もしてみたのだが、『ブティック』を『ぶちっく』としか発音できないお父さんの意見は聞けません、と、妻と娘の連合軍にアイデアを一蹴されてしまった。

それでも当初は楽観主義者の妻の計算どおり、それなりに店もにぎわっていたが、皮肉なもので、土浦の街が開ければ開けるほど、客足はどんどん遠のき、いまでは倒産は時間の問題となってしまった。

だいたい、クソ生意気な若いやつらに頭を下げるような商売をはじめたのがいけないんだ、と、いまになって平尾は妻にあたったが、いくら騒いでも後の祭りである。

私生活がそんな状況にあったから、張り込みをしていた土浦港の駐車場に一台の真っ赤なポルシェが滑り込んできたとき、平尾は、そこに乗っていたのが学生らしい若いカップルであることに、まず腹を立てた。

自分の給料では遠く手が届かない高級外車を、どうしてあんな若造が……と思っただけで、ムカムカしてきた。とにかく、いまの平尾にとって、若い連中はみんな敵なのである。

ポルシェのドアが開くと、運転席からは、いかにもいま風のヘアスタイルをした男が姿を現わした。

そして、レディ・ファースト然と、助手席に回ってドアを開ける。

そこから降りてきたのは、黄色のトレーナーにチェック柄のスカートをはいた女の子で、彼女が遊び慣れていない子であるのは、平尾の目にも明らかだった。

そんな純朴そうな子を、あの男がポルシェをエサに――そう思うと、また平尾の頭に血が上った。

だが、若い男はそんなことを知るはずもなく、女の子と手をつなぎながら、笑顔で平尾のいるほうに近づいてきた。

殺人犯は必ず現場に戻る――というのは、昔から言い伝えられてきた捜査上の定理のようなものだが、茨城県警土浦署の捜査陣は、その法則を信じて粘り強い張り込みを続けている最中だった。

そもそも、今回の事件に関しては、神奈川県警と茨城県警の間で、ちょっとした縄張り争いのようなことがあった。

神奈川県警側は、霞ケ浦から引き上げられた皆川進の死体について、これは多摩川沿いに放置されていた被害者所有の車の中で殺害されたのちに、湖に投棄された公算が強く、したがって、本件は神奈川県警高津署が取り扱うべき事件であると主張した。

一方、茨城県警サイドは、湖底にあった死体と多摩川沿いのブルーバードとの関連性は認めながらも、被害者が霞ケ浦周辺においてではなく、多摩川沿いの路上周辺で殺されたと断定するに足る確証はないとして、この事件の発生地を霞ケ浦西岸域と解釈し、土浦署を所轄とするよう求めてきた。

こうしたやりとりがあったのも、ひとえに死体の発見が、人気俳優東田啓二のからむ派手な状況で行なわれ、しかもテレビで放映されて世間の耳目を一手に集めてしまったからである。

こうなると、大型事件の早期解決によって点数を稼ぎたい茨城県警としては、これは地元の事件だと主張してみたくもなるわけだ。

だが、第二の被害者である皆川俊一の死体が、東京都千代田《ちよだ》区霞ケ関で発見されるに及んで、やはりこれは車が遺留されてあった多摩川周辺の某所で殺害が行なわれ、その死体のひとつが霞ケ浦に、ひとつが霞ケ関に棄《す》てられた、とする説が有力になってきた。そして結局、警視庁の意見も、担当は神奈川県警とする方向に固まり、高津署に特別捜査本部が置かれることになったのである。

だが、土浦署には意地っぱりな捜査官も多く、ともかく表向きは神奈川県警に協力する形をとりながら、独自で捜査チームを設け、情報の収集にあたっていたのだった。

その後の調べで、死体は土浦港よりもやや北寄りの湖岸から投棄されたのではないかとの見方が強くなっていた。

だが、もしも犯人が現場に戻ってみたいと思うなら、霞ケ浦西浦と呼ばれる西側一帯を遊覧する観光船に乗り込む可能性が高いのではないか——平尾巡査部長はそう考え、とりあえず十日間の予定で観光船の乗客を監視することを提案し、自らをその担当にしてくれるよう上司に申し出た。

そして、火曜日の夜に上司の同意を得て、水曜日から張り込みを開始、きょうで四日目になる。

彼の張り込み場所は、土浦港の一角にある遊覧船の切符売場だった。

遊覧船運航会社の協力を得て、平尾はこのブースの中で、決まりのジャンパーを着て正規の職員になりすましている。

霞ケ浦高速遊覧船は、土浦港を出て、旧予科練沖から出島村沖へぐるりと半周し、ふたたび土浦港へ戻ってくる一周三十分のコースで、始発は午前九時三十分。以降、三十分ないし一時間おきに出航し、最終の出発が夕方五時である。

その間、ひとりで客を監視しているのだから、四十なかばの平尾にとっては、なかなか骨の折れる作業だったが、それでも彼は執念を燃やしていた。

ここは人里離れた山奥などではなく、観光地である。観光地であるからには、犯人にとっても現場に戻ってきやすいはずである。『彼』もしくは『彼女』は、必ず観光客のような顔をして、ここに戻ってくる——平尾はそう確信していた。

きょうは天気のよい土曜日なので、人出も多かった。

すでに六便が出航しており、本日七便目の出航は、あと十分後の午後二時半である。

そこへ、赤いポルシェの男がやってきたのである。

若い男は、切符売場に立ち寄る前に、自動販売機で缶コーラを一本買い、プルトップのリングを引き抜いてグイと一口飲んでから、連れの女の子にそれを渡した。

純朴そうな女の子は、彼が口をつけたコーラを、そのまま飲んでよいものかどうか迷っていたが、いったん口元まで持っていき、やはり思い直したように、その手を下げた。

「どうしたの、喉が渇いてたんじゃないの」

と、男が言う。

「え、ええ」

と、女の子は、手にした缶コーラを、意味もなく揺らしながら口ごもった。

「ぼくが飲んだコーラじゃいやかな」

「そんなことないです」

女の子は急いで首を左右に振った。

そのやりとりを見ながら、平尾はまたむかついていた。

と、その男が窓口のほうにやってきたので、平尾はあわてて素知らぬ顔を作った。

「えーと、大人二枚ください。次の船は、二時半ですよね」

若い男は、意外とていねいな言葉遣いだったが、平尾はつっけんどんな調子でいった。

「お客さん、そこにポルシェを止められると困るんだけどね」

「え、でも、ここは駐車スペースでしょう」

「そこは関係者用で、船に乗るお客さんのパーキングはあっち」

平尾は窓ごしに右のほうを指さした。

「あ、そうですか。じゃ、いま止め直しますから。とりあえず、大人二枚お願いします」

男は千円札を二枚出した。

「ふたりで二千六十円だよ。消費税込みで、ひとり千三十円だから」

「六十円ですか……えーと……ねえ、絵美ちゃん。細かいのあるかな」

男は小銭を持っていないらしく、女の子に六十円を借りようとした。

黄色いトレーナーを着た女の子は、片手にふたの開いた缶コーラを持ったまま、バッグを開けようとした。

その拍子にコーラがこぼれて、男のズボンに茶色い液体が飛び散った。

「あ、ごめーん。ごめんなさい」

女の子はあわてた。

「いますぐハンカチを濡らしてきますから。早くふかないとシミになっちゃう」

「ああ、大丈夫だよ。このズボンは防水スプレーをかけているから」

（なに）

男の言葉に、平尾巡査部長はビクンと反応した。

(防水スプレーだって?)

切符を手渡すと見せかけて、平尾は売場ブースの中から伸び上がり、若い男の下半身に目をやった。

こぼれたコーラは、ズボンの上で小さな水玉を作ってコロコロと転がり落ち、薄いグレーの生地にはシミひとつ残らなかった。

「ほらね、なんともないだろう」

男は女の子に向かって笑ってみせた。

「ぼくはそそっかしいから、新品のときにかぎって、ズボンによく飲み物をこぼすんだよ。だから、防水スプレーは必需品なんだ」

平尾の頭の中では連鎖反応が働いていた。

(防水スプレー——濡れても破れなかった千羽鶴——死体——湖——観光船……考えすぎかもしれないが、当たっているかもしれない)

とっさに、平尾は男に言った。

「やっぱりポルシェはそこに止めておいていいよ」

「え、いいんですか」

切符を受け取りながら、男は意外そうな顔をした。

「ああ、ほんとはあっちの駐車場に入れといてもらいたいんだけど、高そうな車だからね。特別ここに置かせてやるよ」

平尾は笑いながら言った。

不思議と、さきほどまでの腹立たしさはどこかへ消えていた。

(こいつのナンバーをチェックして、すぐに所有者の照会をしないと……)

そう思いながら、平尾は急に親切な言葉になって相手に言った。

「あと十分たらずで出航ですから、早めに船のほうへどうぞ」

若い男はうなずいた。が、ふたりはすぐには船に乗らなかった。乗り場近くで、遊覧船をバックに写真を撮りはじめたのである。

なんとなく男の態度が不自然だった。

よく見ていると、シャッターを押す合間に、男はしきりに芝生《しばふ》の植込みの中をのぞき込んでいるのだ。

まるで、何か落とし物を探しているような格好である。

その様子を、平尾巡査部長は売場の陰でじっと観察していた。

彼は、はやる心を懸命に抑えた。

(これはもしかしたら……もしかするぞ)

神奈川県警を出し抜く手柄を立てられるかもしれない。そう思いながら、平尾は男の止めた真っ赤なポルシェに視線を移した。

8

船越警部が県警本部に戻ったのは、すっかり日が落ちてからだった。

駒沢公園自動車教習所を訪問した後、そのつぎに練馬区氷川台にある皆川俊一宅周辺の聞き込み捜査に回り、さらには地下鉄霞ケ関駅の死体発見現場へも立ち寄った。体力では誰にも負けない船越も、県警本部に着いたときには、さすがに少々疲労を覚えていた。

その船越を、御園生刑事部長が待ち構えていた。

「やあ、ごくろうさん」

部長席から片手を上げる御園生に、

「あれは、まだ出てきませんかね」

と、船越はたずねた。

『あれ』とは、第三の死体のことである。

遺留された白のブルーバードの状況から、被害者は三人である線が濃厚と思われている。

「いや、まだだね」

首を振ってから、御園生は船越に自分の前の椅子をすすめた。

「いまのところ、それらしき連絡はどこからも入っていない」

「……そうですか。では、私のほうのご報告ですが、本日は土井刑事と一緒に、まず皆川進の勤務先だった教習所の所長をたずねました。それで……」

「その前に、ちょっといいかな」

顔も手足も細身にできている御園生は、のしかかるように前のめりになってくる船越を、片手で制した。

まるで、船越の体重に押し潰されそうになるのを防ごうとしているふうにみえる。

「じつは宿題ができたんだ」

船越が椅子に落ち着くのを待って、御園生は言った。

「宿題……ですか？」

「ああ、それもかなり難しい問題だ。偏差値の高い生徒じゃないと、とても解けそうにないんでね。それで、きみに持ちかけているわけだが」

そう言う御園生刑事部長の顔に、冗談めいた色はなかった。

「どういうことでしょう」

「逆転の発想はありえないだろうか」

御園生は、いきなりそう切り出した。

「逆転の発想？」

「じつは、例の白いブルーバードの件を百十番通報してきた男のことなんだが……」

船越はまだ質問の意図がよくわからずに、じっと上司の顔を見つめていた。

「われわれは、事件が起きてから丸五日間、ひとつの大前提を崩さずにやってきた。それは、百十番通報があったとき、通報者が言うような三つの死体は、すでにブルーバードの中にはなかった――すなわち、通報者はその点で嘘をついていた、という前提だ」

「もちろんです」

船越は口をへの字にして肩をすくめた。

「もちろん、彼は嘘をついていますよ。その大前提は絶対に間違っていません。あそこの道路は、夜中とはいえ車の往来が途絶えることがありません。そんな場所で誰にも気づかれず、しかも、わずか九十秒足らずのうちに三つの死体をかき消すという芸当ができるはずもない。できたら、そいつはマジシャンですよ」

「ところが、そのマジックを使ったやつがいるらしい」

「なんですって」

船越は眉根を寄せた。

「いったい、どんな魔法を使ったのか、それを考えるのが、きみに与えられた――いや、ひとりに責任を負わせてはいかんな――われわれに与えられた宿題なのだ」

「部長」

椅子に深く腰掛けていた船越は、また前のめりになった。

「教えてくださいよ。何があったんです。新しい目撃者でも出てきたんですか」

「そのとおり」

いつもの癖で、ボールペンを片手でくるくる回しながら、御園生はうなずいた。

「匿名の男が携帯電話を使って百十番通報してきたとき、いっしょの車に乗っていたという女性が現われた」

「ほんとうですか」

船越は、信じられないといった顔で大声を出した。

「もう、ここに来てもらっているんだ。早速きみに会わせよう」

唖然《あぜん》とする船越を尻目に、御園生はデスクを離れると、部屋の奥の衝立《ついたて》で仕切られたコーナーへ歩いていった。

船越も弾かれたように椅子から立ち上がり、御園生の後に続く。

衝立の曇りガラスの向こうに、女性らしい人影が映っていた。

その向こう側へ回り込んだ船越警部は、あっと言ったきり、しばらくは言葉をつぐことができなかった。

「塚原さん」

ようやく警部はつぶやいた。

「またあなたですか……」

「ついさっき、お会いしたばかりなのに、きょうは妙な日ですわね」

ヨコハマ自動車総務部長の塚原操子は、笑顔を作らずに、船越に向かってきょう二度目の挨拶をした。

そして、一歩脇へ退くと、自分の陰に隠れていた若い女性を警部に引き合わせた。

「きみは……」

船越は、硬い表情をしたソバージュヘアの女性を見てつぶやいた。

「たしか、元タレントの朝霞……なんとかという……」

「『元タレント』はおやめになってくださいね。彼女、いまではれっきとしたウチの社員ですので」

柔らかに注意してから、操子は続けた。

「名前は杉本千鶴といいまして、今年の新入社員なんです」

操子の紹介で、千鶴はこわばった顔つきのまま、軽く頭を下げた。

「じつは、彼女のほうから、警察のみなさんに聞いていただきたい重要な話があると、突然言い出したものですから、ともかく急いでこちらへ連れてまいりましたの」

9

「千鶴、どうしてるかなあ」

テーブルの上にほおづえをつきながら、深瀬美帆がつぶやいた。

「塚原のお母さんがついているから大丈夫よ」

と、答えながら、叶万梨子も不安そうである。

「ねえ、千鶴は警察にどこまで話すつもりなんだろう」

美帆がきいた。

「どこまでって？」

「多摩川沿いの道路に止めてあった車の中で、三人の男が死んでいたのを見た、ということだけだよね。それとも、霞ケ浦から引き上げられた死体に千羽鶴が飾られていたのは、タレント時代の自分と関係があると思う、ということまで話すのかな」

「わからないわ。ただ……」

万梨子は首を振りながら言った。

「そこまでいくと、必然的に、六年前の出来事に触れないわけにはいかないわ」

「でしょ。でもそうなると、千鶴は殺人を告白することになるのよ。六年前だったら、時効にもならないじゃない。へたしたら、あの子、刑務所に入れられちゃうよ」

美帆は悲痛な声を出した。

「そこは、塚原のお母さんがちゃんとリードするわよ。そのために、千鶴さんに付き添っていったんだから」

「それはそうだけど」

「それに、県警の御園生さんも船越さんも、おたがい知らない仲じゃないんだし……。心配しないで、とにかくここで待っているしかないわよ」

「そうだね……でも、待つ身はつらいね。時間の経つのが遅くて……」

美帆は壁の時計を見上げた。

ふたりは、さきほどから美帆の部屋に残って、操子からの連絡を待つことになっていた。

彼女たちの横には、手をつけずに残されたサンドイッチとスコーンが置いてある。すでに、サンドイッチのパンは、カサカサに乾いて反り返っていた。

「それにしても千鶴って、ほんとにとんでもない事件に巻き込まれちゃったみたいね」

美帆がため息をもらした。

「ほんとね。あの子、センが細そうだから、どこまで精神的に耐えられるか、そこが気になるけど」

万梨子も顔を曇らせた。

「とにかく、千鶴の話を総合してみると、こうなるよね」

気分を変えるように、美帆は大きな声を出した。

彼女の手元には、これまでの話をメモにまとめあげたものがある。美帆は、それを読み上げた。

「いい？　箇条書きで読むわよ——
①千鶴は六年前の雨の夜、都立大学のキャンパスのすぐ裏手の空地で、痴漢らしい男に襲われ、その男の頭を石で何度か殴って逃げ出した。
②そのとき、路地に入ってきた車にヘッドライトを浴びせられた。たぶん、この車に乗っていた人物が、のちに千鶴に妙なカードを送った『目撃者』らしい。
③数日後、熊平徹という名前の男の死を伝える新聞記事の切り抜きと、『私だけが知っている』と書かれたメッセージカードが、黒い花束とともに、コンサートに出ていた千鶴の楽屋に届けられた」
「そういえば、千鶴さんたちが県警に向かったあと、美帆といっしょに図書館へ行って、新聞の縮刷版でその記事を確かめたでしょう」

万梨子が割り込んだ。

「それによれば、熊平徹が死んでいた場所は、千鶴さんが襲われた空地から百メートルほど離れた地点になっていたわよね」

「うん」

「つまり、男は千鶴さんに殴られた後、百メートルほど歩いて死んだ、ということになる……のかな」

「たぶんね。それがどうしたの」

「ちょっとね……」

万梨子は小首をかしげた。

その拍子に、ストレートロングの髪の毛がサラサラと肩から胸に流れ落ちた。

「まあいいわ。先を続けて、美帆」

「オーケー。じゃ、続きをいくね――
④千鶴はその切り抜きを見て、自分が殴ったせいで男が死んでしまったことを、はじめて知る。彼女は大変なショックを受けた。が、そのことを両親にも事務所関係者にも打ち明けられず、ひとりで思いつめたあげく、突然、芸能界の引退を宣言した――とりあえず、ここまでが六年前の出来事なんだけど」
「意見を言ってもいい?」

万梨子が手を挙げた。

「どうぞ」

「さっき彼女がいるときにも言いかけたんだけど、私、熊平という男が死んだのは、必ずしも千鶴さんのせいじゃないと思うの」

「もっと詳しく説明して」

「ひとつには、いくら石を使ったにしても、十六歳の少女だった千鶴さんの力で、大の男を殴り殺せただろうか――これが根本的な疑問ね。それともうひとつは、千羽鶴よ」

万梨子は言った。

「雨に濡れてちぎれた千羽鶴が、警察の目に触れていれば、当時人気絶頂で、千羽鶴をトレードマークにしていた美少女タレント朝霞千鶴との関連性を疑われても不思議ではないと思うのよ。だって、ちょうど死亡推定時刻のころに、彼女はすぐ隣りの大学構内で歌っていたわけだから」

「でも、男が倒れていたのは、空地から百メートルも離れたところよ。そんなところまで警察が調べるかなあ」

「当たり前じゃない。警察の捜査は徹底しているのよ、美帆。テレビの報道で見たこともあるでしょう。戸外で変死体が発見された場合は、百メートルどころか、一キロや二キロにまで捜査の範囲を広げて、しらみつぶしに周囲を調べることもあるのよ。まして、犯行現場としておあつらえむきの空地があったんだから、そこを警察が調べないはずがないわ」

「すると、警察はちぎれた千羽鶴を見つけたけれど、それと男の死とを結びつけて考えなかった、ってこと？」

「そうかもしれないけど、別のケースも考えられるわ」

「どんな」

「誰かが、千鶴さんを助けるために証拠を消したのよ。つまり、警察が捜索するよりも先に、現場に落ちていた千羽鶴を拾った人間がいた」

「誰が」

「荒木英作」

万梨子はズバリと、その名前を言った。

「それ、月曜日の夜中に、千鶴を乗せてポルシェを運転していた大学生でしょう」

「そう。三人の死体を見つけて警察に知らせた男よ」

「なぜ彼だと思うの」

「当時、彼は千鶴さんの親衛隊だったのよ。文化祭のコンサートに応援に来ていたとしても不思議はないわ」

「それはそうだけど」

「荒木英作は、愛する朝霞千鶴をつねに追いかけていた。親衛隊として堂々とついていくときもあれば、こっそり彼女を見守っていることもある」

万梨子は一気に話した。

「あの夜も、彼はずっと千鶴さんの後をつけていた——そう仮定したらどう？　彼女がレストランに入っている間は店の外で待ち、出てきたらまた追う」

「じゃあ、万梨子。彼は、千鶴が襲われたとき……」

「すべてを物陰で見ていた——飛躍かもしれないけど、そんな気がしているの」

万梨子の言葉に、美帆はほっぺたをペコンとへこませて考え込んだ。そして、言った。

「だけど、千鶴を助ける者は誰もいなかったのよ。ファンだったら、千鶴のピンチをどうして助けなかったの」

「当時の彼の年を考えてみて」

万梨子は言った。

「千鶴さんが十六なら、ひとつ年下の英作は十五よ。中学三年でしょう。目の前で、千鶴さんが痴漢に襲われたとき、とっさに行動に出られなくても無理はないわ。その年齢では、正義感とか責任感といったものが、どれくらいしっかりしていたかわからないじゃない」

「………」

「それに、彼女に内緒で後をつけていたうしろめたさもあって、すぐ助けに出るきっかけを失ったんじゃないかしら。あるいは、ほんとうに千鶴さんが危ないとなったときに、はじめて飛び出すつもりだったのかもしれないしね」

「で……千鶴が逃げたあと、彼はどうしたと思うの」

「男を殴り殺したのよ」

「ええっ」

美帆は大きな声を出した。

「彼が男を殺したわけ？　千鶴さんじゃなくて」

「そう考えれば、男の倒れていた場所が空地から百メートルも離れていたことや、警察が千鶴さんに不利な証拠を見つけられなかったことの説明がつくと思わない？　直接、千鶴さんを助けてあげられなかった親衛隊員の少年荒木英作は、自分の優柔不断さに腹が立って仕方なかった。その怒りを、すべて痴漢の中年に向けたのよ」

万梨子の推理は、断定的な迫力があった。

「千鶴さんに逃げられた男は、土砂降りの雨の中、痛む頭を抱えてフラフラと歩きだした。そのあとを少年が追う。雨の降りが激しかったから、足音も聞こえなかった。そして、百メートルほど行ったところで、男はいきなり少年に殴りかかられた。こんどは、さっきと違って、殴り下ろすパワーが違っていた……」

美帆は、両手で頬を押えて、万梨子の推理に聞き入っていた。

「男に致命傷を与えると、少年は千鶴さんが襲われた草むらに引き返し、ちぎれた千羽鶴などを拾い集めた。だから、警察はタレント朝霞千鶴をこの事件に結びつけられなかった。もちろん……」

息をついで万梨子は言った。

「六年前の出来事だけからは、ここまで連想するのは飛躍かもしれないけれど、六年経ったいま、また彼女の周りに起こった出来事——謎のメッセージカードがまた届いたことや、荒木英作といっしょに死体を発見したことと関連させると、いまの考え方がいちばん真実に近いんじゃないかという気がするわ」

「すると、『私だけが知っている』というカードを届けたのは、六年前もいまも、荒木英作だったというわけ？」

「ううん、彼はそんなことはしないと思う」

万梨子は否定した。

「大好きな千鶴のために行動する少年が、そんな思わせぶりな行為で彼女を脅すはずがないでしょう」

「じゃあ、誰」

「通りがかりの車よ、それに乗っていたのが皆川進だったら？」

10

土浦署の平尾巡査部長は、署内の小部屋で、上司である北野《きたの》警部と膝をつき合わせて検討会議に入っていた。

「おまえが直感的に怪しいと思った真っ赤なポルシェの所有者は、陸運局にナンバーを照会してわかったよ」

組んだ足を揺すりながら、北野警部が言った。

「何者でした」

「荒木英一郎《えいいちろう》という男で、東京都世田谷区の上北沢《かみきたざわ》に住んでいる。車検証に登録された住所をもとに、さらに調べたら、彼は五十五歳の会社社長であることがわかった。外車を輸入販売する会社を自分で経営しているようだ」

「すると、私が見たのは……」

「たぶん、その男のドラ息子だろうな」

警部は歪んだ笑いを浮かべた。

「荒木には子供がひとりしかいない。英作という二十一歳の大学生だ」

「なるほど……年齢的にいっても合いますね」

「で、おまえさんが彼を怪しいと思ったカンが、正しそうだという裏付けを、ひとつずつ検討してみようか」

「はい、全部で三点なんですが」

平尾は小さな手帳をチラと見て、またパタンと閉じた。

「まず第一点は、彼のズボンに防水加工が施してあったことです。それも、買ったときから防水加工されていたのではなく、彼が自分でスプレーを吹きつけた——連れの女にそう話していたのが引っかかったのです」

「例の千羽鶴だな」

「ええ」

「第二点は？」

北野は目を閉じて先をうながした。

「乗船前に、彼は女の子の写真を撮る格好をしながら、しきりに芝生の植込みをのぞき込んだり、あるいは、何かを落としたふりをして、そこにしゃがみこんだりしていました。あまりにその動作が不自然なので、じっと目をこらして見ておりますと、彼は何か小さな物を見つけて拾いあげると、すばやくそれをポケットにしまいこみました」

「なるほど」

「私は、彼らといっしょの船に乗り込みましたから、植込みの点検は、彼らが遊覧船から降り、港を去った後になってしまいましたが、こんなものが灌木《かんぼく》の陰に落ちていました」

平尾巡査部長は、保管用のプラスチックの小袋に入れられた小さな紙を、北野警部の前に差し出した。

紙の三方は直線のまま残っていたが、もう一端がギザギザに破れている。名刺くらいの大きさの紙を、端のほうでビリッと引き裂いたという感じである。ただし、紙の厚みはあまりない。広告のチラシなどに使われる程度の薄さで、片面は白だったが、もう片面には四色刷りの印刷がほどこされていた。

「これは何だね」

表裏から透かして見ながら、警部はたずねた。

「たぶん、ポケットサイズのティッシュペーパーに入れ込んだ、宣伝用のチラシの切れ端ではないかと思うのですが」

平尾は、妻がブティックを開店したときのことを思い出していた。

あのときは、開店キャンペーンとして、『ブティック・マキコ・オープン』と書いたチラシ入りの宣伝用ティッシュを大量に作り、土浦駅前や店の前などで、道行く人々にばらまいたものだ。

お父さんも休みのときはティッシュのばらまきを手伝ってよ、と妻に言われたが、公務員が届け出なしに他の仕事を手伝うわけにはいかない、こんなところを上司に見られたらどうするんだ、と杓子定規《しゃくしじょうぎ》なことを言って断わり、またしても、お父さんは冷たい、と妻と娘に白い目で見られた記憶がある。

それはともかく、この紙は、そういったポケットティッシュに差し込まれる宣伝チラシの断片に思われてならなかった。

「すると、その若い男が植込みの中から拾いあげたのは、このティッシュの本体のほうだった、と」

「ええ。その一部分が、まだ灌木の陰に残っていたというわけです。あの植込みの中には、ときどき子供が入り込んで遊んだりしていますから、踏んづけられて一部がちぎれたんじゃないでしょうか。それに、今週はまだ清掃の人間が入っていないそうですから」

「ふむ……で、この小さな断片から、何か手掛かりが読み取れるかね」

「警部、印刷されたほうの側をよく見てください」

平尾はプラスチックの袋の上から指さした。

「そこにわりと大きくカタカナで『……カー』と書いてあるでしょう」

「ああ、『カー』というのは車の『カー』かな」

「たぶん、そうだと思います。というのも、ちぎれた部分のギリギリのところに、車のイラストがあるでしょう」

平尾の言うとおり、車の後部バンパーとタイヤらしき絵が残っている。

「そして、イラストの脇に『……26(代)』とあるのは、電話番号の末尾の部分だと思われます」

「ほう……」

北野は平尾に目を向けた。

「すると、これは『なんとか・カー』という名前の会社が、宣伝用に作ったポケットティッシュということか」

「でしょうね」

「しかし、調べたところでは、荒木英一郎の経営している外車輸入販売の会社は、その名前を『株式会社アウトバーン』というようだが」

「警部、もうひとつヒントが残されているんですよ。ほら、下の部分に『……捨てOK』とあるでしょう」

「うん……何を捨てるのかな」

「これは『乗り捨てOK』のことだと思うんです」

「すると、レンタカーか」

北野は目を光らせた。

「ええ」

平尾は自信を持ってうなずく。

「『なんとかレンタカー』という名前の会社で、電話番号の末尾が２６。しかも、乗り捨てサービスができるくらい、全国に営業所のネットを持っているということです。ここまでわかれば、会社の特定はそう難しくありませんよ」

「なかなか、おまえも名探偵だな」

北野警部はニヤッと笑った。

「たしかに、ポルシェを乗り回すほどの金持ちの坊やが、地面に落ちていたポケットティッシュなどを拾うはずがない。また、以前落としたのを思い出したにしても、特別な理由がないかぎり、わざわざそれを拾いに東京からやってくることもない」

「特別な理由がなければ……ね」

「こいつは匂うな。……死体を運ぶのにレンタカーを使ったか」

「ありうるでしょう」

「それはありうる」

北野警部は大きくうなずいた。

「仮に彼を容疑者扱いすれば、皆川進兄弟を殺したのは、皆川が所有するブルーバードの中だったが、死体を遺棄するための運搬には、別にレンタカーを手配した——こういう構図が見えてくるが……。しかし、彼を怪しいとする三つの確証のうち、最後のひとつは何なんだ」

「遊覧船に乗ってからの態度です」

平尾巡査部長は、男の行動をさらにさぐるために、職員が同乗するという格好で、その遊覧船にいっしょに乗り込んだのだった。

「警部もご承知かと思いますが、あの遊覧船は土浦港を出ると、まず湖の南側に沿って進みます」

「知っているよ。予科練のあった場所に近づくと、船内に歌が流れてくるんだよな。『わーかーい血潮の予科練のー、なーなぁつぅボータンは桜にいーかぁりー。きょうも飛ぶとおぶぅー、霞ケ浦にゃあ、でーっかい希望の雲が湧くぅー』っと」

「警部、耳に片手を当てて歌っている場合じゃありませんよ」

「いや、失敬。しかし、ああいう歌を流しても、いまの若いもんはピンと来ないだろうが」

「まあね。ところで、男の話ですが」

「ああ、そうだった、そうだった」

北野警部は、また表情を改めた。

「遊覧船は、最初は南側の部分を西に走り、だいぶ行ったところで北へ進路を変え、出島村方向へ進みます。しばらく行くと、こんどは東に向きを変え、筑波山などを眺めながら土浦港へ戻る——こういうルートです。しかし、その男は女の子と連れ立って後部デッキに立ったまま、つねに一定方向だけを見ているんです。どちらの方角かおわかりですか」

「わかったよ」

警部は言った。

「皆川進の死体が引き上げられた方角だろう」

「ええ」

平尾はうなずいた。

「おい」

北野は顎に手を当てて笑った。

「こいつは神奈川県警の先回りができるかもしれないな」

11

深瀬美帆の家に塚原操子から電話があったのは、七時を回ったころだった。

「待ちくたびれちゃったわ。お母さん。ずいぶん時間がかかったんですね」

「十分や二十分で終わる話じゃありませんからね」

そう答える操子の声にも疲労感が漂っていた。

「で、どうなったんですか」

受話器を握りしめて美帆がたずねた。

「杉本さんは、すべてを警察に打ち明けたわよ」

「すべてって、六年前のことも？」

「ええ」

美帆は、そばで様子を窺っている万梨子と顔を見合わせた。

「ということは、熊平徹を殴り殺したことも……」

「そうよ。そこまで話してしまわないと、一生自分はあの夜の出来事から逃れられない
——そう言って、彼女は泣きながら告白したわ」

「それじゃ……千鶴は殺人の罪で逮捕されちゃうんですか」

「すぐには、そうはならないでしょうね」

興奮しかかる美帆をなだめるように、操子は静かな声で応じた。

「六年前の事件は警視庁玉川署の管轄だから、船越さんたちがどうこう言える立場ではないようだけど、とにかく船越さんが彼女に言ったのは、『男を殴り殺した』のではなく、『殴った男が、死体で発見された』のだという、そのニュアンスの差を明確にして

おきなさい、ということだったわね」

「ニュアンスの差ですか……」

「つまり、杉本さんが男を殴ったことと、男が死んだことの因果関係が証明されなければ、彼女が殺人を犯したことにはならない。だけど、その場をすぐに立ち去った彼女が、自分の一撃によって男が死んだのか、他に原因があったのか、それを自分で証明することは不可能。したがって、安易に『私が殺してしまったんです』と言ってはいけない、というわけよ。警察の中には、必ずしも論理的な人ばかりいるわけじゃないから、と忠告してくれてね」

「だったら、万梨子の意見も警察に話してください」

「万梨子の意見？」

「ええ、待ってください。いま、彼女に代わりますから」

美帆に代わって電話口に出た万梨子は、荒木英作真犯人説を、彼女らしい穏やかな口調で話した。

「……なるほどね、その考え方は、すぐ御園生さんと船越さんに話しておきましょう。まだ県警本部を出てすぐのところにいるから」

操子は、万梨子の話を聞き終わるとそう言った。

「で、船越警部たちは、百十番した荒木英作についてどう思っているんですか」

万梨子がきいた。

「今晩か、遅くとも明日には、なんらかの話を聴くことになるだろうと言ってたわ」

「霞ケ浦から引き上げられた死体は、彼が殺したものなんでしょうか」

「そこまで結びつけるのは、まだ早すぎるでしょうね。船越さんも同意見だけど、ともかく、まず解決しなければならないのは、杉本さんの目撃談が正しいとすれば、白いブルーバードの中にあった三人の男の死体が、どうやって九十秒の間に消えたか、という謎なの」

十円玉を追加して入れる音がして、さらに操子は続けた。

「仮に、仮によ、荒木英作が三人の男を殺した犯人で、あたかも自分は事件とは無関係であると思わせるために、杉本さんを車に乗せて、発見者の立場を演出したとするわね。でも、彼が自分の手で死体をどこかに動かすことは、物理的にいって絶対不可能よね。なにしろ、通報してすぐにパトカーは来たわけだし、彼自身はずっと杉本さんを助手席に乗せてポルシェを運転していたんだし」

「少なくとも、消えた死体のマジックは、荒木英作ひとりの手ではできない、ということですよね」

「しかも、万梨ちゃん、誰か共犯がいたにしてもよ、三つの死体をどこかへ運び出すのは、時間的にどうしても無理なの。というのも、杉本さんの乗ったポルシェは、百十番を終えたあとも、数十秒間はその場にとどまっていたらしいし、パトカーはパトカーで、現場到着の数十秒前から、白のブルーバードは目に入っていたそうなの。ただし、警察は真っ赤なポルシェまでは見ていない。ということは、ポルシェが現場を走り去って姿が見えなくなったのと、ほとんど入れ違いにパトカーがやってきたことになるでしょ。だから、犯人もしくは犯人グループが死体を動かすのに使えた時間は、多めに見積もっても三十秒そこそこ、もしかしたら十秒もなかったかもしれない。おまけに、その間だって、車の通行はあったんですからね」

「わからないわ」

万梨子はつぶやいた。

「そうなると、死体が自分で歩き出したという以外に考えられないんじゃありません？」

「まったくだわね。大難問よ」

操子は電話口でため息をついた。

「ともかく、私はいまから県警本部に戻って、万梨子の意見を伝えておくわ。そのあとは戸塚の自宅に帰ります。杉本さんは、さっき県警を出たところで別れて、これから自由が丘に戻ると言ってたわ。だから、あなたと美帆に頼みたいのは、今晩と明日一日、杉本さんのそばにいてあげてちょうだい、ということ」

「わかりました」

万梨子は返事をした。

「千鶴さんが帰ってくるころを見計らって、彼女に電話を入れます。今夜は、美帆の家に泊まりに来てもらったほうがいいかもしれないし」

と、言いながら、万梨子は美帆を振り向いた。

美帆は、もちろん、というふうにうなずく。

「じゃあ、あとのことは頼んだわね。あ、そうそう……これは総務部長としての発言になるけど……」

操子は追加した。

「もしかすると、明後日の月曜日以降しばらくの間、杉本さんは会社を休ませることになるかもしれないわ。六年前の事件のことでは、警視庁の取り調べも受けなければならないし。……でも、そうなっても、表向きは風邪《かぜ》でもこじらせて休んだことにしておきますから、二人とも了解しておいてね」

「……はい」

「それじゃ何かあったら、時間は気にしないで、夜遅くてもいいから電話をちょうだい」

念を押してから、操子は電話を切った。

12

ふたりにとっては、満足な一日だった。

荒木英作は、懸念していた落とし物を奇跡的に回収できたことで、自分の幸運を確信していた。

太田絵美は、いままで映画や小説の中の出来事にすぎなかった『恋愛』が、はじめて自分の身に訪れた幸せに震えていた。はじめてのキスには、めまいさえ覚えたほどだった。

霞ケ浦から東京の渋谷に戻って夕食をすませ、六本木に場所を移すと、英作は、絵美にはまったく縁のなかったディスコにも案内した。

黄色のトレーナーにチェック柄のスカートといういでたちの絵美は、さすがにディスコの中では浮いていた。露骨に彼女のほうを見て笑う女の子もかなりいたし、店のボーイたちも、絵美のファッションに対しては、軽んじた目を向けていた。

すっかり気後れしてしまった絵美は、英作がいくら誘っても、恥ずかしがってダンスフロアのほうへは行こうとしなかったが、時間が経つにつれて、ソフトドリンクのグラスがいつのまにかウイスキーの水割りに変わり、他人が踊るのを眺めているだけだった彼女が、英作の胸に顔をうずめてチークナンバーを楽しむまでになっていた。

夜もだいぶ更けてきて、時刻はまもなく午前零時になろうとするころ、英作は絵美に、そろそろ家まで送っていくよ、と声をかけた。

あくまでも千鶴のことしか目にない英作は、絵美をホテルに誘おうなどという気はまったくなかった。いくら遅くなっても、絵美を自宅へ送り届けるつもりだったし、彼女のほうから大胆な要求など、あるはずもないと思っていた。

だが、生真面目な後輩に一種のカルチャー・ショックを与えてしまった影響は、思いもよらず大きかった。

「私、きょうは帰りたくない」

絵美が、そう言い出してしまったのである。

送る、帰らない、というやりとりがあった後、仕方なく、英作は都心のホテルに部屋をとることにした。

だが、あくまでそれは、夜が明けるまで飲み明かすための場所、というつもりだった。

十五歳のときから、さまざまな形で関わりあってきた千鶴への忠誠は、英作の心の中で、いまも決して変わることがなかった。

太田絵美をデートに誘ったのも、千鶴を守るために、必要あってのことだったのだ。

それを忘れて、いまになって絵美と立ち入った関係になるわけには絶対にいかなかった。

英作はポルシェの中から、携帯電話を使ってあちこちのホテルに電話を入れてみた。だが、ラブホテル風に利用されるのを嫌う一流ホテルは、仮に部屋が空いていても、真夜中近くの急な宿泊希望に対しては、ほとんどの場合、丁重に断わってくる。それを受けるのは、ホテルのクラブメンバーに登録された客からのリクエストに対するときだけである。

かといって、『その手の』目的に作られたホテルなどは使う気がしなかったので、英作は、とりあえず新宿《しんじゅく》副都心にあるセンチュリー・ハイアットのフロントに直接顔を出して掛け合うことにした。

「ちょっと、ここで待ってて」

ホテルの車寄せにポルシェを止めると、英作は絵美に言い置いて、正面ロビーの奥へ姿を消した。

彼が戻ってくるのを待つ間、絵美は、きょう一日の興奮の余韻を味わいながら、さらにこのあと起きるであろう出来事を想像して、激しく胸をときめかせていた。

同性の友人からは、絵美はオクテだからね、となかばバカにされるように言われてきたが、きょう一日で、一気にみんなと同じところまで追いつけるのだ。もう、オクテだなんて言わせない――絵美の決意は固かった。

純情な子が陥る『極端から極端へ』というコースを、彼女も歩みはじめようとしていたのである。

なんでも初体験ずくめの日になるのだったら、タバコも吸ってみようかな――絵美は、ふとそう思い、ポルシェのダッシュボードを開けた。さきほど、英作がその中にラークを一箱しまったのを見ていたのだ。

タバコはダッシュボードの中に無造作に投げ入れてあった。が、彼女の目を引いたのは、その下にあった緑色の表紙をした小さな手帳である。

無意識のうちに絵美の手が伸びた。

すっかり英作の恋人気取りになってしまった絵美は、その手帳の中身を読んでみたい誘惑を抑えることができなかった。

大好きな人の、大切な秘密が、そこに隠されているような予感がしたのだ。

絵美はチラッとロビーのほうを見た。英作が戻ってくるには、まだ早すぎる。

（ちょっとだけ見せてね……）

胸をときめかせながら、絵美は思い切って手帳を開いてみた。

その中には細かい字で、何かがびっしり書かれていた。だが、かなり度の強い近視である絵美にとって、薄暗い車内で小さな字を読むのはつらかった。

そこで、彼女はバッグの中に入れておいたメガネを取り出し、それをかけて、改めて手帳に目を落とした。

《計画成功——完全犯罪》

いきなりその文字が目に飛び込んできて、絵美はドキンとした。

反射的に、ロビーの奥に目をやる。

車寄せからはフロントの様子がはっきりわからないが、まだ英作は宿泊の交渉をしている最中のようだった。

《ここまでうまくいくとは思わなかったが、計画どおりの劇的なトリックが成立した。相手が三人でやってきたのには驚いたが、予定と違っていたのはそこだけで、後は信じられないほどプランどおりの進行になった。

記録のために、最初のプランを書いておく。

【予定のシナリオ】

犯人Aは、睡眠薬を巧みに利用し、白いブルーバードの車内で、無抵抗のうちに男を殺す。そののち、Aは千鶴を伴って、自分の車（赤いポルシェ）でドライブ。偶然、死体の乗った車を発見したように見せかける。

　車の中には、Aが殺した男の死体がある。もちろん、本物の死体だ。Aは、それを助手席にいる千鶴にも見せておく。そして、携帯電話を使って百十番をする。この電話は、できれば千鶴にかけさせる。間違いなく、警察につながったことを、彼女自身にも確認させておくためである。

　連絡を受けた警察は、こちらが示した場所へ急行する。一方、Aは百十番通報を途中で切り上げて、その場を走り去る。

　パトカー到着まで、どれくらいの時間を要するだろうか。仮に五分から十分としておこう。その間に、Aは千鶴を乗せたまま、ポルシェを運転し続けているわけだ。

　ところが、現場に警察が駆けつけたときには、すでに車の中に死体はない。

　いったい、死体は誰が、どうやって、どこへ運んだのか？

　まさか、これがAひとりの手による単独犯行であるとは、絶対に誰も思うまい。

　しかし、真実は捜査陣の想像をはるかに超えたものだった。

　犯人Aは、千鶴を隣りに乗せてポルシェを運転しながら、誰の助けも借りずにブルーバードの中にあった死体を忽然《こつぜん》と消す、という離れ業をやってのけたのである。
　P.S.　被害者の数が1から3に増えたために、この死体消失のトリックは、より劇

的な効果を生むことになった》

いったい、これは何なのだ。手帳を持つ絵美の手が震えてきた。

たぶん、英作に小説を書く趣味があって、推理小説のアイデアをこうやって克明にメモしておいたのだろう。もしもそうだったら、安心なのだが。いや、絶対そうに決まっている。だって、これがほんとうのことだったら……。

《千鶴を直接巻き込むことはしたくなかったが、いざというときには、彼女におれのアリバイを証明してもらわなくてはならない。それもこれも、千鶴を守るためなのだ。いまになって、なぜ皆川進が千鶴を脅しはじめたのか、それはわからない。だけど、千鶴の秘密を知って、それを悪用する人間は生かしておけない》

絵美の顔から血の気が引いた。

『A』という仮名の犯人が、ここでは『おれ』という一人称になっている。よく考えたら、荒木の苗字《みようじ》のイニシャルは『A』ではないか。

しかも、皆川進という名前には聞き覚えがあった。

(そうだ、数日前、霞ケ浦から引き上げられた死体。その男の人の名前だわ)

絵美は、いまになって、きょうのデート場所が、惨劇の舞台であったことに気がついた。そして、湖の一点をじっと見つめていた、英作の姿も思い出した。

(まさか……考えすぎよ)

彼女は、必死に自分に言い聞かせた。

だが、次の部分に目を通した絵美は、頭が痺《しび》れるような衝撃を覚えた。

《【死体の投棄場所】

皆川進＝霞ケ浦に沈める。

二人目の男＝霞ケ関に捨てる。

三人目の男＝これは金曜日現在、まだ発見されていない。埋めたのが発見を遅らせている結果になっているようだ。

第三の死体が見つかるのは、いつのことになるのだろう》

(これはミステリーの下書きなんかじゃないわ!)

逃げよう――とっさに絵美は思った。

そのとき、視野の片隅に、こちらに戻ってくる英作の姿が映った。

絵美はあわてて、緑色の手帳をダッシュボードに戻し、フタをバタンと閉めた。

座っているのに、膝がワナワナと震え出してくるのがわかった。心臓が破裂しそうなくらい高鳴っていた。

「うまくいったよ。最初は満室だと言ってたけど、強引にねじこんで、部屋を用意してもらった」

運転席のドアを開けるなり、英作はそう言った。

「あ、あ、あの」

絵美の言葉がどもった。

「なに」

「あの、私、あの、ごめんなさい」

「どうしたんだよ」

英作は、けげんな顔で絵美を見た。

が、絵美は、前を向いたまま石のように硬い表情である。

「せっかく、部屋をとってもらったのに、ごめんなさい。やっぱり、私、帰ります」

「帰る？」

「はい」

カクンカクンというぎこちない感じで、絵美は二、三度うなずいた。

「私、さっきまで飲みつけないお酒が入っていたからボーッとなっていたので、変なことを言っちゃいましたけど、あれは忘れてください。きょうは帰りたくない……なんて、そんなはしたないこと言って」

「はしたない……か」

英作は苦笑すると、ハンドルに片手をかけ、あくまで横顔しか見せない絵美に向かって話しかけた。

「べつに、ぼくだって、今夜は変なことは考えていなかったよ。ホテルの部屋でゆっくり飲みながら話をして、少し仮眠をとったら、朝、君をちゃんと家まで送り届けるつもりだったんだから」

「そ、そ、そうですか」

絵美は、またどもった。

「どうしたの。なんだか、体が震えているよ」

「はい……寒いんです……きのうから風邪気味だったので」

「オーケー、わかった。ともかく泊まるのはナシにしよう」

「すみません」

絵美はまた頭を下げた。

「べつにかまわないよ。じゃあ、とりあえずフロントにキャンセルを言ってこよう。イヤな顔はされるだろうけどね。ちょっと待ってて。すぐ、送ってあげるから」

「あ、いいんです」

ふたたびドアを開けかけた英作を、絵美が呼びとめた。

「私、ここからタクシーを拾って帰ります」

「タクシー？」

「はい」

「なんでわざわざタクシーなんかを使うんだよ……ちゃんと送っていってあげるよ。時間も遅いし」

「いえ、ほんとに、もうここで結構ですから」

「どうしてさ」

「どうしても……」

納得のいかない返事を繰り返す絵美を、英作はじっと見つめた。

その視線を横顔に感じながら、絵美は唇を噛《か》んでうつむいていた。

「きみ……メガネをかけてるね」

ポツンと英作が言った。

「え？」

「メガネをかけてるね、と言ったんだよ」

「あ、これですか」

絵美はあわててメガネをはずそうとした。

だが、指が震えてうまくいかない。

「さっきまでは、かけていなかったじゃないか」

「え、ええ」

ようやく、絵美はメガネをとった。

「なんでまた急に」

「……」

「何か読んでいたの」

「はい……いえ、そうじゃなくて地図を……きょう、どんなところをドライブしたのかなと思って、地図を見ていたんです」

「地図？　この車には地図なんか積んでいないよ」

「あ、そうじゃなくて、あ、あ、あの……ちょっと知った顔の人が通りかかったので、よく見ようと思って」

「ふーん」

英作の顔が急に厳しいものになった。

彼は、絵美の横顔から視線をはずすと、こんどはじっとダッシュボードを見つめた。

かなり長い間そうしていたのちに、英作は右手を伸ばしてダッシュボードを開けた。

絵美の息が止まりそうになった。

だが、彼は何も言わずにラークの箱に手を伸ばすと、一本取り出してそれに火を点《つ》けた。

フーッと長い吐息とともに煙を吐き出し、そして英作はつぶやいた。

「ぼくは、ここに鍵を掛けておくのを忘れていたようだね」

13

杉本千鶴は泣きながら夜の街をさまよっていた。

自由が丘のマンションに戻った彼女を待ち受けていたのは、美帆からの電話だった。そこで、彼女は万梨子の推理をはじめて聞かされたのである。

言葉に表わせないほどの衝撃だった。

万梨子にしてみれば、六年前の出来事——痴漢行為を働こうとした男の死——は、千鶴の責任ではないという見方を示すことで、彼女の気持ちを少しでも楽にさせようと思ったのだが、これはまったくの逆効果だった。

万梨子の推理には説得力があった。ありすぎるほどだった。

その仮説をもってすれば、細かい点はともかく、大筋についてはすべての説明がついてしまう気がした。

それは胸が詰まるようなストーリーだった。

あの土砂降りの雨の夜、美少女タレント『朝霞千鶴』を心から愛した十五歳の少年が、彼女のために殺人を犯し、さらに六年後、こんどはひとりの女性として新しい人生を歩みはじめた杉本千鶴のために、ふたたび人を殺したのである。

もしも、それがほんとうだったら……。

千鶴は、この六年間、自分は重い十字架を背負いつづけてきたと思っていた。そして、一生この重荷を背負っていかねばならないと覚悟を決めていた。

ところが、万梨子の推測が正しければ、千鶴以上に罪の意識にさいなまれてきた人物がいたのだ。ほかならぬ、荒木英作である。

それなのに千鶴は、霞ケ浦の一件で英作を疑いはじめたとき、英作という人間に対して恐怖心さえ抱いてしまった。すべてが、千鶴のためを思ってなされたことかもしれないのに、である……。

(荒木くんを助けてあげなくちゃ)

千鶴はそう思った。

もしも、英作がひとりですべての責任を負おうとしているのならば、自分もその重荷を分かち合わなければならない。

たとえ、新しい人生が台無しになっても。たとえ、共犯者の立場で警察から追われる身になっても……。

千鶴は、美帆と万梨子の誘いを断わって、すぐさま英作に会いに行くことにした。

彼の自宅に電話をかけた。

時刻は九時を回っていたが、英作の部屋に取りつけられた専用のラインは、メッセージの伝言を受けつけないパターンの留守TELになっていた。

携帯電話の番号にもかけたが、電源を切ってあるか電波の届かないところにいる、というメッセージが繰り返されるばかりである。

千鶴はとるものもとりあえず、上北沢にある英作の自宅をたずねた。

彼の両親は旅行で不在で、代わりに家政婦と名乗る女性が対応に出たが、英作の行き先などについては何も知らず、自分もまもなく戸締まりをして帰るから、ということだった。彼のポルシェもガレージには見当たらない。

千鶴は仕方なく、近くの喫茶店で時間をつぶし、そこが閉店になるとバーに移って時間をつぶし、その間、何度も何度も英作に電話をかけつづけた。電話だけでなく、何度も家の前まで様子を見に行ってみた。

だが、荒木家は明かりを消してひっそりと静まり返っており、英作が戻ってきた気配はまったくない。

「こんなときに、どこに行ってるの」

思わず、千鶴は声に出した。

そうしたら、急に悲しくなってボロボロと涙が出てきた。

泣きながら、あてどもなく夜の街を歩いた。

午前二時になり、三時になっても英作は戻らなかった。

涙も涸《か》れ、疲れ果てた千鶴が、タクシーを拾って自分のマンションに戻ったのは、日曜日の夜明け近くだった。

キーを取り出して、正面玄関のオートロックを開けようとしたとき、彼女は自分の郵便受けに、白い封筒が突っ込まれていることに気がついた。

悲しみの波が引き、代わりに恐怖の波が打ち寄せてきた。

(どうして……どうして、まだ続くの……)

動悸《どうき》と息苦しさを覚えながら、千鶴はその封筒を取り出した。

宛名も差出人も書いていない、切手も貼っていない真っ白な封筒である。

もう中身は見なくてもわかっていた。

でも、開けずにはいられなかった。

真っ赤なインクで書かれた文字が目に入ってきた。

《私だけが知っている》

千鶴は、その場にくずおれて泣き出した。

第四章　運命の交錯

1

四十三歳の元・工員、森本茂は、今夜もうなされていた。

また同じ夢だ。

それも、現実どおりの……。

「1・2・1……」

不精髭《ぶしょうひげ》に囲まれた唇が、数字をつぶやく。

自分の唇である。

「1・2・1……」

もういちど同じ数字をつぶやく。

昼休みの時間を利用して、勤め先の工場の真向かいにある図書館の新聞閲覧室に座っている自分が見えている。

「1・2・1……」

森本は、縮刷版の一ページを見つめながら、三回も同じ数字をつぶやいた。

開かれたページの片隅には、彼が尻ポケットから取り出した油まみれの小銭入れが乗っており、そのために記事の一部が見えなくなっている。

その汚ない財布の端からのぞいている数字が、１２１だった。

森本は、ぎこちない手つきで、記事を覆っている財布をさらに数ミリほど右へずらした。すると、また新たに数字が現われた。こんどは３である。

「ほんとかよ……１・２・１・３だって？」

静まり返った閲覧室では、かすかな独り言のつぶやきも大きく聞こえる。すぐ隣りで同じように縮刷版を閲覧していた白髪の老人が、とがめるような視線を彼に向かって飛ばした。

夢の中に出てくるその老人の瞳は、髪の毛と同じで真っ白だ。

白い瞳に見つめられ、森本はあわてて口をつぐんだ。そして、こんどは心の中でそっと繰り返した。

（１・２・１・３……信じられない……ここまで合っているなんて）

機械油にまみれた手のひらに、汗がじっとりとにじんできた。

もういちどコラムの左端から、改めて見直してみる。

《１等　６０、０００、０００円　13組　１２１３……》

間違いはなかった。

組番号は合っている。そして、それにつづく六桁の番号のうち、頭四桁までが自分の持っている宝くじの番号と一致しているのだ。

これまでも、買った宝くじの当選番号を確かめるときは、どうせ外れるにしても、夢はなるべく長く見ていようと、番号をいっぺんに見ないで、発表された当たり数字を小銭入れなどでいったん隠し、徐々にそれをずらして確かめる、というのが森本のやり方だった。

きょうもその調子で、当選番号の発表をじわじわと見てきたのだが、ここまで数字が合っているとなると、興奮のあまり頭がクラクラしてきた。

前後賞も含めると賞金一億円というジャンボ宝くじ——彼はそれを十枚続きで二組、計二十枚買っていた。一枚三百円のくじだから、しめて六千円の出費である。妻と三人の子供を抱え、安給料にあえぐ森本の生活からすれば、決して小さな金額ではなかった。

しかし、その思い切った投資が、ひょっとすると一万倍になって返ってくるかもしれないのだ。

一千万本につき四本、すなわち二五〇万分の一という、砂浜に落ちたピンを探すような確率の一等賞が、いまや下二桁がどうであるかという百分の一の可能性まで近づいてきた。

いや、そうではない。確率はもっと高いはずだ。

手帳に書き残したメモによれば、彼が買った二十枚の宝くじの番号は、88組の118840から118849までの十枚と、13組の121370から121379までの十枚である。

片方の88組はダメだったが、13組のほうの中に一等賞金六千万円の当選番号が含まれる確率はいまのところ百分の十、つまり、一割もある。夢の大金が、まさに手の届くところまで来ているのだ。

森本の目は血走り、指先が震えはじめてきた。喉は緊張のためにカラカラである。

(神様……)

目を閉じて、日ごろ祈ったこともない神に手を合わせてから、森本はさらに小銭入れを右へ滑らせた。

次の数字が見えた。

1・2・1・3・7……

森本は口をポカンと開けたままになった。

13組の12137……そこまで合っていれば、最後の下一桁を見るまでもなく、彼が買った宝くじの中に六千万円の当選券が入っていることになる。

いや、前後賞も含まれていれば、八千万か、あるいは一億円になる。夢の一億円が自分のものになるのだ。

森本は、気持ちを落ち着けるために大きな深呼吸をしたあと、最後の一桁を見た。

1という数字だった。

13組の121371。

夢の中でも、あのときと同じように、その数字が視野いっぱいに広がって見えた。

それが、賞金六千万円の当選番号だった。

そうなると、121370と121372の前後賞も彼のものである。しめて一億円！

当たるはずがないと思っていたジャンボ宝くじの最高賞金が、わが身に転がり込んできたのだ。

（やった、やったぞ……バカヤロー、ざまあみろ。いままでおれを貧乏人扱いして鼻で笑っていたやつらを、これで見返してやることができる）

油に汚れた作業着の袖で、額に浮かんだ汗をぬぐい、こみあげる笑いを必死に抑えながら、新聞閲覧室を見回す自分がいた。

彼の興奮をよそに、十数名の利用者が黙々と縮刷版や関係資料に目を通していた。平日の昼間にこうした図書館にいるのは、学生か年配の人間が多い。いずれもこざっぱりとした身なりで、ひとり森本だけが場違いな格好だった。

だが、もはや彼に劣等感はなかった。

(こいつらはどれだけ学があるかしらないが、明日もきょうと同じ平凡な生活が待っているだけじゃないか。ところがおれは違う。一生働いても手にすることができないと思っていた大金が、おれのものになったんだ。きょうからおれは大金持ちだ。第一勧銀で手続きをしたら、すぐにあんな工場なんか辞めてやるからな)

図書館の窓の向かい側に、小さなネジ工場が見えた。二十年以上、騒音と粉塵《ふんじん》に悩まされながら、安給料で働かされてきた彼の勤め先である。

その職場との訣別《けつべつ》が、こんな形でできようとは考えてもみなかった。

(これは夢か)

夢を見ている自分が、たずねている。

(夢じゃない。本当の出来事だぞ)

と、夢の中の登場人物である自分が答える。

(現実にあったことを、おまえは何度も繰り返し夢に見ているのだ)

(どうしてだ。そんなに何度も同じ夢を見るほど、おれは嬉《うれ》しいのか)

(違う、悔しいのだ。悔しくてくやしくて仕方ないから、いつまでも同じ夢を見ている)

(なぜ?)

(だって、おまえは、その一億円の幸運を見知らぬ女に横取りされたからだ)

きれいなラインの女の脚が、当選番号の数字の上に横たわった。

13組の121371という数字が見えなくなる。

(やめろ、やめろ、おれの一億円を持っていくな、返せ)

森本は脚だけしか見えない女に向かって叫んだ。

「返せー」

「お父さん」

妻の声で目が覚めた。

「お父さん、また同じ夢なの。もういいかげんにして。そんな、当たりもしなかった宝くじのことなんて」

ほつれ毛をかきあげて、妻が眠そうな目で文句を言った。

「ばかいえ、あれはほんとうに当たっていたんだ」

暗がりの中で、森本はつぶやいた。

「手元にないのなら、外れたも同じでしょう。どっちにしても、まだ夜中なんだから、そんな話はやめにしてちょうだい。ほら、子供たちだって……」

七歳を頭にした三人の息子たちも、父親の叫び声にもぞもぞと起き出してきた——

ジャンボ宝くじの当選発表は去年の大晦日《おおみそか》にあったが、年末年始は気管支炎をこじらせて入院していたため、全快して退院するころには、森本は、大枚六千円をはたいて買った宝くじのことを、すっかり忘れてしまっていた。

そのことを、四カ月も経《た》ってから思い出し、せめて一万円でも当たっていてくれればと、図書館で新聞を引っくり返してみたら、一万円どころか、なんと一億円の大当たりだったのである。

すっかり有頂天になった森本は、昼休みが終わってもすぐには工場へ戻らず、図書館の公衆電話から第一勧業銀行に電話をして、一億円の当たりくじの引き換え方法について問い合わせをした。

十五分遅れで工場に戻ると、現場の班長に烈火のごとく怒られたが、森本はいつもの森本ではなかった。売り言葉に買い言葉で大ゲンカとなり、ついには、こんな会社なんか辞めてやると言い残して、あぜんとする同僚を尻目に工場を後にした。

ところが、である……。

「お父さん、どうしたのよ。昼間っから家に帰ってきたりして」

鼻息荒く家に戻ってきた森本に、妻は驚いた様子でたずねてきた。しかし、彼は何の説明もせずに茶の間のテレビの下にある小物入れの引出しを開けた。

二十枚の宝くじは、去年の暮れに買ったときのままの状態で、十枚ずつ袋に入れてしまってあった。

それを見ると、改めて興奮が蘇《よみがえ》ってきた。

「ねえ、ほんとに会社の仕事はどうしたのよ」

「辞めたんだ」

森本は、ややうわずった声で答えた。

「辞めたって？　何を」

「決まってるだろ、会社をだよ」

「嘘《うそ》……でしょ」

妻は、抱えていた洗濯物を畳に取り落とし、夫の横にぺたんと座り込んだ。

「いまの、冗談でしょ。会社を辞めたなんて嘘でしょ」

「嘘じゃない。ほんとに辞めたんだよ、あんなひでえ会社」

「どうしてよ……」

妻は泣きそうな声になった。

「いままで二十年以上も、何も問題もなく勤めてきたのに……いまになって辞めるなんて、私たちの生活はどうなるのよ。子供を三人も抱えて」

「一億円だ」

詰め寄ってくる妻を片手で押し返しながら、森本は言った。

「一億円？　なに……それ」

「当たったんだよ、宝くじが。大当たりだ」

「まさか」

「本気にしないだろ。おれだって、最初はそうだった」

森本は、熱病にうかされたような目で、あらぬ方角を見つめた。

「だけど、信じられないことがほんとうに起きたんだ。もう、あんな人を人とも思わない工場なんかに勤めなくても、当分食うには困らない。好きなものだって買えるし、おまえが行きたがっていた海外旅行にも出かけられるんだ」

森本は引出しに手を入れて、小さな封筒を取り出した。

最初に取り上げた袋は88組のほうだったので、それは横にどけて、もうひとつの袋を震える指先でつまみあげた。

半透明になっている袋の小窓から、番号がのぞいてみえた。

「ほら、見ろ。これだ。この中に入っているくじが、前後賞合わせて一億円の当たった13組の１２１３……」

得意そうに妻に言いかけた森本の言葉が、途中で止まった。

彼は凍りついた表情で、袋の小窓からのぞく番号を見つめた。

《07組104439》

「ばかな。番号がちがうじゃないか」

森本は大慌てで袋を逆さに振った。

中身の宝くじが、ハラハラと畳の上に舞い落ちた。

が、出てきた十枚は、組も番号もまちまちの、いわゆる『バラ』で売られたものだった。その中には、13組の121371はおろか、それに続く番号のものは一切見当たらない。

「嘘だろ、なんで当たりくじがないんだよ！」

森本は半狂乱になって、宝くじをかき回した。

もうひとつの袋も開けてみた。そちらは手帳に控えておいたとおり、88組の118840から始まる続きの番号の十枚だった。

「ああ……」

森本の脳裏に記憶が蘇ってきた。

宝くじを買ったのは、渋谷の道玄坂《どうげんざか》だった。師走とは思えない暖かな日曜日の昼下がりで、売場の周辺もたいへんな混雑だった。

森本は宝くじを買ってすぐに、その場で番号を手帳に控えた。あとで、どこかの神社に当選祈願をしようと、なにげなく番号をメモしておいたのだ。それからおもむろに、売場を離れようとしたとき、同じように宝くじを買った若い女性と勢いよくぶつかり、ふたりとも手にしていた袋を取り落としてしまったのだ。

「あ、ごめんなさい。急いでいたものですから、つい」

謝る女性の声がしたが、森本は彼女には目もくれず、すぐ道路に落ちた宝くじを拾い上げた。ツキが『落ちた』気がして、すぐに拾い上げずにはいられなかった。

女性のほうも地面にかがみ、小さな封筒を拾い上げた。

そのとき、自分の買った十枚つづきの宝くじのうちの一方が、相手のものとすり替わったのだ。そうに違いない。それ以外に考えられないではないか。

「なんてことだ、なんてことだ」

森本は声を出してうろたえた。

「お父さん……だいじょうぶ？」

夫の気がふれてしまったのではないかと、妻は心配そうな顔でのぞきこんだ。

じっさい、森本の目は、完全に宙を泳いでいた。

いつ辞めても平気だとばかりに、工場の上司とはひどい大喧嘩をしてしまった。あれだけ啖呵《たんか》を切った以上は、いまさらノコノコと職場には戻れない。

それに、なんといっても一度掌中にしたと思った一億円は、そう簡単にあきらめられるものではなかった。

13組の121370から72までの三枚は、間違いなく自分が買ったものだった。あのとき、あの女がぶつかってきて地面に落としたりしなければ、いま自分の手元にあるはずの番号なのだ。

あの宝くじは元々おれのものだ。もしも、女が一億円を手にしていたら、それは絶対にこっちへ返してもらわなければならない。それは、おれの当然の権利だ。

どうしてもあきらめきれない森本は、勝手にそんな理屈を組み立てた。

(あれは、どんな格好をした女だっただろう……)

森本は懸命に思い出そうとした。

が、なにしろ四カ月以上も前のことだったし、雑踏の中での一瞬の対面だったから、ロクに顔も見ていなかった。

背が高いのか、低いのか。髪は長かったか、短かったか。そうした記憶もない。

だが、脚の線は素晴らしくきれいだった。

それと、ぶつかったときに、微かに漂ってきた花の香りだ。たぶん、彼女がつけていた香水なのだろう。

他に、もっと具体的な手掛かりは？

あった。その女が抱えていた書類入れの封筒だ。

宝くじを拾おうと、たがいにしゃがみ込んだとき、彼女が小脇に抱え込んでいた封筒が目に入った。ライトブルーの色をしたＡ４サイズくらいの大きさで、社用に使われるものらしく、社名が印刷してあった。

《ヨコハマ自動車》

その会社名だけは、なぜか記憶にとどまっていた。もしかしたら、彼の勤める工場で使っているバンやワゴン車がヨコハマ自動車製だったからかもしれない。

ヨコハマ自動車の封筒を持った、花の香りのする、脚のきれいな若い女——これだけでは、総額一億円の当たりくじを持っていった女を探しようがない。

最初はそう思ったが、三週間にわたる執念が、ついに実を結んだ。

中華街で偶然見かけた女こそ、あのとき彼の宝くじを間違えて拾った女だった。

ヨコハマ自動車の社員で、脚がきれいで、あの香水の匂いがした。

しかも、なかなかの美人である。

森本は、それから五日間にわたって、彼女をマークしつづけた。

いまでは、もう杉本千鶴という名前までわかっていた。そして、彼女が自由が丘のマンションに住んでいることも……。

森本は心に決めた。

実行は月曜日の夜だ。是が非でも彼女をつかまえ、一億円がどうなったかを聞き出して、それを全額取り戻すのだ。

そうしたことを考えただけで、彼はまた同じ夢を見てしまうのだった。それほど、失われた一億円は、彼の脳裏にこびりついて離れなかった。

……だが彼は、自分が恐ろしい運命の知恵の輪に組み込まれていったことを、まるで気づいてはいなかった。

2

月曜日の朝、船越警部は寝不足の目をこすりながら、県警本部に出勤してきた。御園生刑事部長から『宿題』として出された問題の答えが、まだ見つからないのだ。

あの状況で、白いブルーバードの中にあった三つの死体を、わずか数十秒のうちに消すことができるか——答えはノーである。誰か第三者が手伝っても不可能なのだから、まして、荒木英作が単独でできるはずがない。

しかし、英作は土曜日の夜からポルシェごと姿を消していた。

彼の両親は旅行中で、しかも海外だという。留守を預かる家政婦は、警察の問い合わせに不安の色を隠さなかったが、『お坊ちゃま』は、よく泊まりがけでドライブに行くから、何も言わずに二、三日家を空けることは珍しくないという。

だが船越には、その英作の不在が気になった。

客観的にみれば、いまの状況では、彼の真っ赤なポルシェを緊急配備するほどの事態ではない。いずれ自宅に戻ってから事情聴取をしてもいいのだが、船越は、どうも事を急いだほうがいいような気がしてならなかった。

それに杉本千鶴のところにも、彼からはまったく連絡がないという。

「どうだね、宿題は」

先に来ていた御園生は、船越の顔を見るなりたずねてきた。

「だめですね。まったく見当がつきません」

船越は首を振った。

「これが映画の筋書だとしても、どう解決をしていいのかわかりません。まして、ドラマなどではなく、現実の出来事なんですからね」

船越は、部長席の脇のホワイトボードに貼ったままになっている、現場見取り図の前に立った。

これは、高津署に設けられた特別捜査本部に貼り出されていたものの写しである（299ページの図参照）。

「男の……いえ、荒木英作の場所の指定は正しいものでしたし、杉本千鶴もその点は認めています。ごらんのとおり、多摩川沿いの道で、国道246号と交差する新二子橋の手前で、近くにゴルフ場もあります」

「で、荒木たちは上流から下流に向けて走っていたんだな」

「ええ、多摩川を左に見ていたということでしたから。もちろん、杉本千鶴もそれは確認しています」

「だけど、おかしいな」

御園生は端正な顔を少し曇らせた。

「何がですか」

「千鶴の証言によれば、彼らは湘南方面にドライブに出かけ、深夜になってこっちへ戻ってきたというのだろう」

「ええ」

「荒木の家はどこだ」

「世田谷区上北沢です」

「千鶴の住まいは」

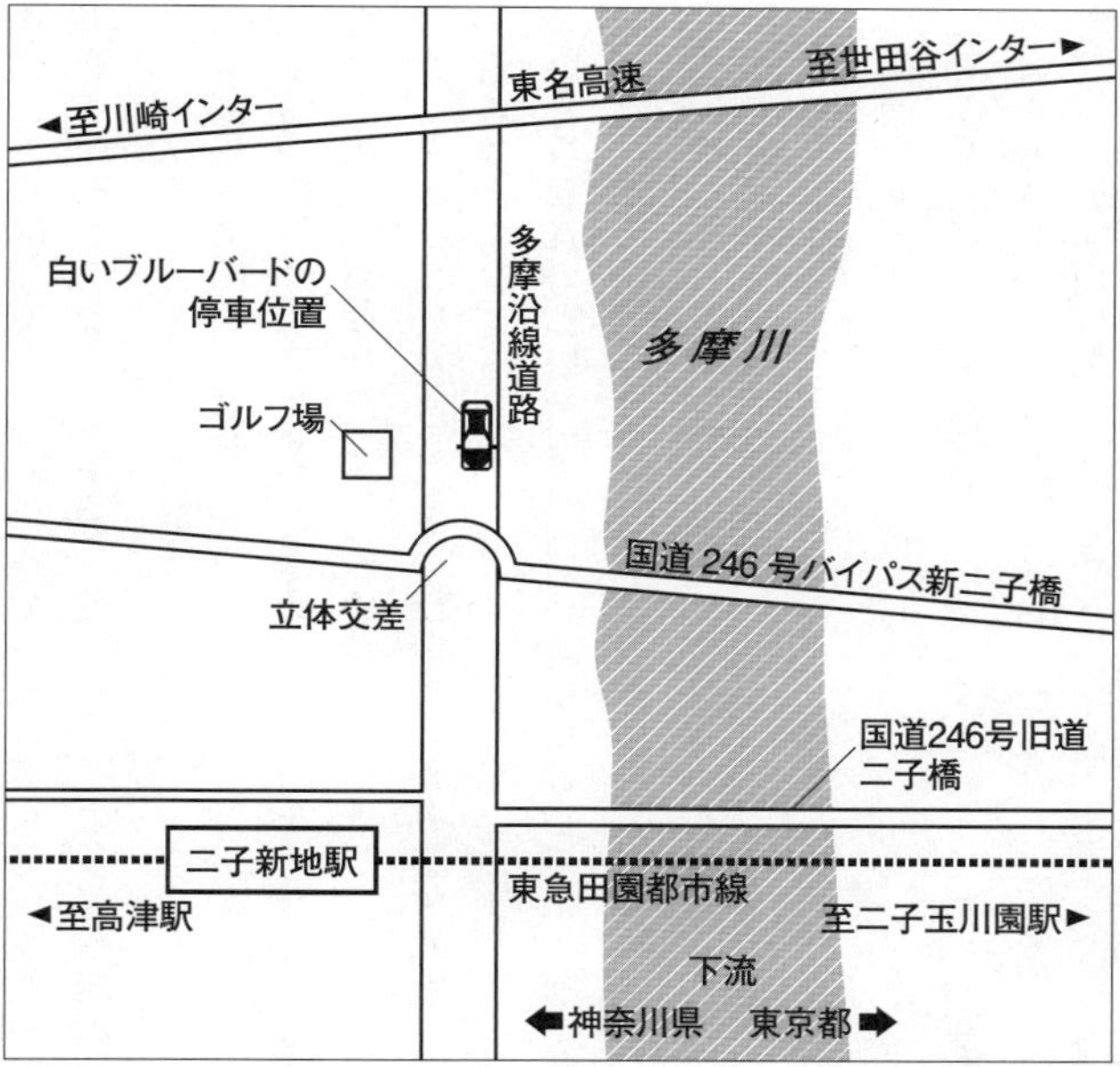

「目黒区自由が丘」

「君だったらどうするね」

御園生はホワイトボードの地図の前に立ってたずねた。

「仮に君が湘南方面から戻ってきて、女の子を送り届けるために自由が丘へ向かうとしたら、こんな多摩川沿いの道を通るかね」

「いや、絶対に通りませんね」

船越警部は首を振った。

「仮に東名《とうめい》高速を使ったとしたら世田谷インターまで行きますし、むしろ第三京浜《けいひん》を使って終点の玉川インターで降りるのがいちばん早道でしょう。どっちにしても、有料道路で一気に東京都側へ渡ってしまうのが常識ですね」

「そうだろう。どう考えても、彼らが、この多摩沿線道路を通る必要はまったくなかったわけだ」

御園生は地図を指さした。

「川沿いのドライブを楽しむために回り道をしたとも考えられるが、それにしては助手席の千鶴はずっと眠っていたわけだし」

「ずっと眠っていた、というのが引っかかりますね」

船越は言った。

「いくら夜遅いといっても、若い連中にとっては午前一時や二時まで遊ぶことはザラでしょう。まして、ふたりきりのドライブなんですからね。荒木に揺り起こされるまで眠っていたというのは、どうも不自然な気がします。ひょっとして、彼女は睡眠薬を飲まされていたんじゃないでしょうか」

「ありうるな」

御園生も同意した。

「通る必要のない道路を走り、そんなところでわざわざ起こす必要もないのに、荒木英作は千鶴を起こしている。これは、『予定どおりに』ブルーバードを発見するための手順だったかもしれない」

「しかしですよ、部長。荒木が千鶴を証人がわりに利用するつもりだったというなら、その目的はアリバイ工作以外にありえないでしょう。ということは、死体を消したのも彼自身の仕業だったということになりませんか」

「それは考えすぎだろう」

御園生は否定的な見方をした。

「わずかの間に死体を消すだけでも難しいのに、それを別の車を運転しながらやるなんて実現不可能だよ。ＳＦみたいに、彼が時間を止めたり瞬間移動できたりする超能力の持ち主だというなら別だが」

「ですが、彼のわざとらしい行動には、アリバイ工作の匂いがプンプンします。……そうだ、部長。荒木が百十番をしてきたときのテープは録音保存してありますから、もういちどそれを聞き返してみませんか」

「そうだな、そうしてみよう」

御園生がうなずいたので、船越は立ち上がって同録テープを取りに部屋を出た。

3

昼休みに塚原操子とつれだって外に出た美帆は、どちらからともなく申し合わせたように、会社の近くで食べるのをやめて、少し離れた場所へ行こうと言い出した。

もちろん、社員に聞かれたくない話をするためだ。

万梨子もいっしょに誘ったのだが、副社長に来客があるとのことで、担当秘書の彼女は会社に残っていなければならないという。そして、当の千鶴は、建て前上は病気のため休んでいることになっていた。

「じゃ、ちょっとの距離だけどタクシーを拾ってインターコンチに行きましょうか」

操子は、『みなとみらい21』地区にあるヨコハマグランドインターコンチネンタルという新しくできたホテルを選んだ。美帆が『スイカを切ったような形』と称している、独特のデザインを持ったホテルで、国際会議場などが隣接してあった。

金色とベージュを基調としたインテリアはシンプルかつゴージャスで、海外旅行をしてどこか外国のホテルにいるような気分にさせてくれる。

「上へ行きましょう。あそこなら海が眺められていいわ」

操子について、美帆は階段を上がった。

その突き当たりにティーラウンジがあり、操子が言ったように、大きくスペースをとった窓から横浜港のパノラマが楽しめた。

うまい具合にふたりは窓際の席に案内された。

すぐ向こう側に桟橋があって、そこは定期運航されるシーバスの発着場になっている。

そして、デッキの中心部には洒落《しやれ》た外観の建物があって、そこでも軽食がとれるようになっていた。

港全体が太陽の光を受けて、ダイヤモンドのように反射してキラキラ輝いている。その輝きが、テーブルに運ばれたグラスの水の中でも躍っていた。

ふたりともあまり食欲がなかったので、軽いサンドイッチと紅茶を注文してから、早速本題に入った。

「千鶴はずっと家にいるみたいですけど、私たちともあまり話をしてくれないんです。六年前の出来事が、荒木英作のせいじゃないかと言ったことが、よっぽどこたえたみたいで」

と、美帆から切り出した。

「そうね。万梨ちゃんだけじゃなく、私も勘違いしていたわ。杉本さんを助けてあげるつもりの仮説だったのに、逆に、彼女を苦しめることになるとはね」

「十五歳の少年が、十六歳の朝霞千鶴のために人を殺し、その事実を知らないまま、彼女はいままで来たわけでしょう。宮崎まで千鶴を追って愛を打ち明けながら、あの夜の真相だけは口にできなかった荒木さんの気持ちを考えたら、なんだか可哀相《かわいそう》で……」

「ただし美帆、それは万梨子の推理が正しいという前提があってのことよ」

操子が注意した。

「そうですね。まだそれが真相と決まったわけじゃないんですもんね」

「よく考えたら、万梨子の説にも疑問点はあるのよ」

「どんなところですか」

「六年前の出来事の目撃者が皆川進で、彼がいまになって杉本さんをまた脅してきたので、荒木英作が殺した——という部分ね」

オーダーが運ばれてきたので、操子はしばらく黙った。

「つまり……」

ウエイトレスが立ち去ると、操子はタバコに火を点《つ》けて言った。

「当時十五歳の荒木少年は、どうしてその車の持ち主が皆川進だとわかったのか、ということなの」

4

「いやいや、副社長、うらやましいですなあ、こんなに美しいお嬢さんを秘書になさっているなんて」

ヨコハマ自動車の副社長室に通された年配の紳士は、食後のお茶を運んできた叶万梨子を見て、にこにこ笑いながら言った。

みるからに上品そうな雰囲気の持ち主なので、万梨子をほめる言葉にもいやらしさがない。だから、万梨子もしとやかな微笑を来客に返した。

神岡《かみおか》というその男は、同じ横浜市に本社を持つ光学機器メーカーの社長で、職種が異なるだけに、副社長とはザックバランなつきあいを続けてきた人物である。というよりも、将棋仲間といったほうがいいかもしれない。ふた月に一度くらいの割合で、たがいの会社を訪れ、昼食をともにしたあと、将棋を一局指しながら雑談をするのが恒例になっていた。

いまもふたりの間には将棋盤が置かれ、序盤の駒組みの局面が展開されていた。

万梨子がお茶を持って入ってきたのをきっかけに、副社長はちょっと失礼と相手に断わって、指しかけのままトイレに立った。

すると、それを見計らったかのように、神岡が席から立ち上がった。

万梨子はちょっとびっくりしたが、老紳士は彼女に何かをしようというのではなく、いままで副社長が座っていたほうの側に立ち、相手側から局面を見つめているのである。

「お嬢さんは、将棋はご存じですか」

盤面を見つめたまま、神岡がきいてきた。

「いえ、わたくしは全然……」

「そうですか。あなたみたいな美しい女性が将棋を指したら、林葉直子《はやしばなおこ》をしのぐ人気女流棋士になりそうだが」

と、口では言いつつ、彼の目は盤上から離れない。

「先後同型の角換わり腰掛け銀か……4五歩《ふ》、同歩、3五歩、6五歩、同歩、7五歩の展開だろうなあ。しかし、副社長もプロの棋譜をよく研究しとるからなあ」

と、万梨子にはわからない将棋用語をぶつぶつつぶやいている。

「私は加藤一二三《かとうひふみ》という棋士が好きでしてね」

ふと、万梨子に目を向けて彼は言った。

「あの人は、対局中に大きな咳払《せきばら》いをしたり、中腰になってズリズリとズボンをたくしあげたり、体を揺すったりネクタイをしごいたりと、まあ相手のことを考えずに、好き勝手な動作をするわけですわ。それを嫌う人も多いんだが、ぜんぜん構わない。そこが私は好きでね。いってみれば、かつての野村捕手のつぶやき作戦といっしょですよ。これに惑わされると、相手の調子が狂ってしまう。

その加藤九段の癖のひとつに、相手が席を外したときに、こうやって敵側に回り込んで、相手の方向からじっと盤面を見下ろすというのがあるんです。つまり、敵の立場に立って局面を眺めるんですな。すると、同じ盤を見ているのに、視覚的には逆さまになるもんですから、まるで違う発想が湧いてくるんですよ。まあ、もっとも、ごらんのとおり、この序盤の局面は先手も後手もまったく同じ陣形ですから、これじゃ反対側から眺める意味はありませんがね。ただ、このポーズをやると、おたくの副社長はカッカするもんで、それが面白くてね」

老紳士はハハハと笑い声を上げた。

だが、万梨子はそんな笑い声をよそに、食い入るように将棋盤を見つめていた。

将棋のルールは知らないが、こちらの駒と向こうの駒が、まったく同じ配置に展開していることだけはわかった。中央をはさんで対称形なのである。

その形が、万梨子に何かを訴えていた。

（逆から見ると違う発想――でも、同じ形だから反対から眺めても意味がない）

そんな神岡の言葉が、万梨子の頭の中でぐるぐる回った。

「神岡さん、またそれですか。私がいやがる盤外作戦を次々に繰り出してくるから、まったくかなわんなあ。さあ、自分の席に戻ってください。頼みますよ」

トイレから戻ってきた副社長の声がしたので、万梨子はわれに返った。

急いで一礼をして部屋を下がったが、秘書室に戻った万梨子は、興奮のために胸をはずませていた。

死体消失のトリックがわかったのである。

5

「編成部長、ちょっといいかな」

総合テレビの編成制作フロアの前を通る廊下で、制作部長の庄司《しょうじ》が編成部長の栗山の腕をつかまえた。

「急用かい」

「もちろん。じゃなければ、廊下で腕なんかつかまないよ」

同期の栗山と庄司は、たがいにラフな口の利き方をした。

「急いで耳に入れておきたいことがある。報道部長のところへ来てほしい」

「報道部長？」

制作部長の手をふりほどくと、栗山は聞き返した。

「何かモメごとか」

「というよりも、ビッグニュースだ。ただし、人権にかかわることだから、取り扱いについては編成部長の意見を聞いておかなくちゃな」

「どういうことなんだ」

「面白いネタなんだ。おれとしては放送に使いたいが、報道部長は慎重な意見だ。ともかく、報道センターで話すよ。来てくれ」

　庄司は先に立って、廊下を早足で歩いた。

　ふたりが三階の奥にある報道センターに行くと、同じ部長職でもかなり年上になる青《あお》柳《やぎ》が、自分のデスクで待ち構えていた。

　彼の周囲には、たくさんのテレビモニター、無線通信機、ファックス、コンピューター、そして電話が雑然と並んでおり、報道部員がめいめいにがなり立てたり、指示を飛ばしたり、あるいは一時前のニュースのためにアナウンサーが原稿の下読みをやっていたりと、いつものことながら、ざわついた雰囲気だった。

「イタズラかどうか判断できない段階ではニュースとしては扱えないが、制作部長がワイドショーの素材としてはかまわないだろうと言ってきた。判断は編成部長の君に委ねる」

　そう言うと、青柳は栗山の前にポンと白い封筒を投げた。

　その表書きには、『総合テレビ　ニュース担当責任者様』と赤いインクで書かれてあった。

　切手には新宿中央郵便局のスタンプが押してある。

　宛先がテレビ局の場合だと、いちいち細かい住所を書かなくても、局名を記すだけで郵便物はじゅうぶん届く。

それにしても、白封筒に赤い文字というのは、みるからに普通でない感覚だった。

「なんですか、これは」

「ともかく開けてみろ」

報道部長は顎をしゃくった。

封筒の中には、罫《けい》のない白いカードが入っていた。

一枚でなく、二枚である。

そこに書かれている文字の色は、やはり赤だった。かなり細い筆跡だが、それなりに読みやすい字である。

まず、栗山は一枚目に目を通した。

《霞ケ浦で男の人の死体が引き上げられるところを映した、おたくの放送を見た者です。私は、あの事件の犯人を知っています。それは、朝霞千鶴です。むかし、美少女タレントとしてデビューした、あの朝霞千鶴です》

栗山はピクンと眉をあげて、同期の制作部長を見た。

「驚いたな。ずいぶん懐かしい名前が出たもんだ」

「だろ」

「だけど、朝霞千鶴が犯人だなんて、どうせデタラメを言うなら、もうちょっとうまい嘘にしたらどうなんだ」

「デタラメかどうか、もう一枚を読んでみろよ」

うながされて、編成部長は二枚目のカードに移った。


《最初の死体は『霞ケ浦』。

その被害者のお兄さんの死体が『霞ケ関』。

いずれも『霞』がつく場所ですね。どうしてでしょう。なぜなら、それは朝霞千鶴を表わしているからです。それに、死体の首に掛けられていた千羽鶴は、かつてスターだったときの彼女のトレードマークなのです。その事実をお忘れなく。

新聞を見ると、多摩川沿いに残された車の中では、三人が殺された可能性が強いそうですね。その三人目の死体はまだ見つかっていませんが、私にはその場所がわかります。

こんども『霞』の文字がつくところに決まっています。私は地図を一生懸命調べました。そして、正解を見つけました。

東京に近い埼玉県の都市――『朝霞市』です。そう、犯人の芸名そのままに……》

「どうだ」

　庄司が感想を聞いてきた。

「使えないな」

　栗山は首を振った。

「程度の低いゴロ合わせだ。霞ケ浦と霞ケ関から死体が発見されたから、朝霞千鶴が怪しいだって？　だったら、うちの部には霞《かすみ》という名前の女の子がいるぞ。山下霞《やましたかすみ》だ。ついでに彼女も容疑者リストに挙げておくか」

「栗山、たのむよ。堅いことを言うなって。お遊び感覚で推理ゲームを楽しめれば、昼間テレビを見ている主婦は満足するんだ」

　制作部長は言った。

「こないだのスクープ以来、あのワイドは視聴率は他局を出し抜いて絶好調なんだ。ここで一気にライバルを引き離すチャンスなんだよ。……まあ、編成部長のおまえに言うのも釈迦《しゃか》に説法だけどな」

「いくら遊び感覚でやるといっても、朝霞千鶴の名前は出せないぞ」

「わかってるって」

「彼女にアプローチするのもやめろよ。いま、彼女は何をしているんだ」

「普通のＯＬさ。こないだお昼のワイドでもちょっとだけ取り上げたが、四月からヨコハマ自動車に勤めている」

「だったら、なおまずい。ヨコハマ自動車はゴールデンタイムのレギュラー・スポンサーじゃないか」

栗山は渋い顔をした。

「だから、朝霞千鶴犯人説の部分には触れない。朝霞千鶴のアの字も出さない。それに、この匿名の手紙が届いたことも紹介しない」

庄司は、栗山が手にしている白いカードをピンと指で弾《はじ》いた。

「あくまでスタッフサイドの発想として、『霞』という字のつく場所をマークしろという構成にするんだ。それで、取材班を朝霞市に出す。第三の死体探しだ」

「おい……」

「出なくてもともと、出たら大儲《おおもう》けだ。霞ケ浦に続いて死体発見の生放送となったら、こいつは何かの賞をもらえるぞ」

「庄司……」

「もちろん、いまのは冗談だ」

制作部長は手を広げた。

「だけど栗山、ふたりで、東田啓二の事務所の連中に土下座したことを忘れるなよ。あの屈辱は忘れないからな。広沢のやつ、ヤクザ気取りですごみやがって。まったく、芸能プロの社長なんだか暴力団の組長だかわかりゃしない」

庄司は歯をむいた。

「あいつらを見返してやるには、このネタで独走スクープを続けるしかないんだ。汚名挽回《ばんかい》をしないと、スタッフの士気にもかかわる」

「その前にだ」

そこで年長の報道部長が口をはさんだ。

「この手紙のことを警察に届けなくていいのか、という問題が残っている」

「そこまで律義にやる必要がありますかね」

制作部長は、後ろ向きな意見を言った。

が、青柳報道部長は無愛想な表情のまま、低い声で続けた。

「これがイタズラでない可能性だってあることを忘れるな。もしも、ほんとうの犯人からの手紙だったらどうする」

「青柳さんは、本気で朝霞千鶴が犯人だと思っているんですか」

「ばか、おれはそこまでボケていないぞ」

青柳は後輩の制作部長を叱った。

「朝霞千鶴にかこつけた異常者の犯罪という可能性を言ってるんだ。この手紙の送り主が真犯人だからこそ、死体が朝霞市から出てくることを確信しているとも解釈できる」

「なるほど……すると青柳さんのご意見は？」

栗山がきいた。

「こうしたらどうかと思う、編成部長。庄司のアイデアはそのまま生かす。朝霞市内に死体が遺棄されているかもしれないという着想を放送でいち早くアピールしておけば、何もウチのスタッフが探さなくとも、市民や警察が血眼になるかもしれない。その結果、ほんとうに死体が出てきたりしたら、総合テレビは大手柄だ。しかし、報道部長の立場でいうと、警察とのコネクションを壊すような真似《まね》もしたくない。だから、イタズラにせよ本物にせよ、この手紙が届いたことは所轄の警察に知らせておきたい――神奈川県警の高津署にね」

栗山はフーッとため息で口をふくらませた。

「わかりました。それじゃ、青柳先輩のアドバイスにしたがいましょう」

6

「わかったわ、お母さん」

周囲を気にしながら、美帆はささやき声で言った。

「荒木少年が見たのは、自動車教習所の車だったのよ」

「自動車教習所の車？」

操子は聞き返した。

「そうよ。だって、皆川進は、当時から駒沢公園自動車教習所の教官だったんでしょう。彼は、そこの教習車で現場を通りかかったのよ。教習所の車だったら、ボディに名前が大きく書いてあるし、ゼッケンみたいな番号が車のあちこちに目立つようにペイントされているでしょ。教官ごとに乗る車が固定しているところは多いから、教習所の名前と番号さえ読み取れれば、乗っていた人間を調べることもできたはずよ」

「なるほどねえ……」

操子はタバコをふかしながら、陽光に輝く横浜港を眺め、じっと考えにふけっていた。

かまわず美帆が続ける。

「男を殺してから、荒木少年は心配になった。千鶴と鉢合わせをした教習所の車のドライバーが、朝霞千鶴の顔を知っていたら、彼女と死んだ男とを結びつけるかもしれない。だから、万一を考えて、次の日に教習所へ行き、その車の担当教官を調べ出しておいた。バイクの免許でも取りに来た十八歳の高校生という顔をしてね。実際に、目撃者は千鶴に一度脅迫めいたカードを送ってきた。でも、そのときは千鶴は誰にも打ち明けなかったから、荒木少年はその点については安心していた。ところが、六年後、東京に戻ってきた千鶴に、また脅迫者が近づいた。そこで、こんどは皆川進を……」

「ちょっと待ってちょうだい」

操子が美帆に向き直り、彼女の言葉を遮った。

「杉本さんが痴漢に襲われたのは、何時ごろのことだった」

「たしか、七時半すぎだと……」

「その時間でも、教習所の仮免練習車は走っているのかしら」

「教習所の車は、けっこう夜遅くも走っていますよ」

「そりゃそうだけど、教習所によっては、もっと早く終わるところもあるでしょう。その点を確かめないとね。それともう一点は、実際、あなたも現場を見て覚えているでしょうけど、あそこの道は、ものすごく狭かったじゃない」

「一車線ギリギリという感じでしたよね」

「そんなところを、仮免許のヨチヨチ・ドライバーが走るコースにするわけがないわ」

「だから、生徒じゃなくて、教官がひとりで運転していたんですよ」

「………」

「納得しない？」

美帆が操子の顔をのぞき込んだ。

「あなた、ここで待っていて」

操子は灰皿でタバコをもみ消すと、席を立ち上がった。

「気になるから、実際に教習所に電話をかけて調べてみるわ」

「個人的にそんなことを聞いたらヘンに思われちゃいますよ」

「車の雑誌を出している出版社ですが、教習所の特集記事を組むことになったので、と言ってたずねるのよ。商売柄、車関係の雑誌の名前ならいくらでも知っていますからね」

7

「どうしてなんです、警部、ここまで調べたのは私ですよ。何日も何日も遊覧船の切符売場に張り込んで、それでやっと見つけた手掛かりじゃないですか。そうして得た情報を、どうして神奈川県警に手渡せと」

土浦署の平尾巡査部長は、泣き出さんばかりの表情で、北野警部に不満を訴えていた。

「ボスの命令だ。さからえんよ」

北野は、首を振りながら言った。

「ボス？　誰がボスなんです。私にとってのボスはあなたですよ、警部。それとも、エリートコースまっしぐらの若殿をボスと呼べというんですか。あんな捜査経験のない若造を」

「若造でも、若殿でも、バカ殿でも、上は上だ。命令にはさからえない」

　北野自身も、不満を吐き出すように言った。

「とにかく、皆川進の事件は高津署の所轄と決まっているのだから、捜査協力の過程で得た情報はすべて神奈川県警へ回せと……。ルールはルールだから、きちんと守るようにということだ」

「協力ですって、冗談じゃない！」

　平尾は近くの椅子を蹴飛ばした。

「これは、茨城県警の土浦署の主導で進めてきた捜査なんです。協力だなんてとんでもない。あっちが何の努力もしないで、何が所轄署ですか。神奈川県警の連中が、私のように足を棒にして霞ケ浦の周りを歩き回りましたか。雨の日も、風の日も、毎日毎日張り込みをしましたか。冗談じゃない。パーッと来てパーッと帰って、あとは何かあったらよろしく……これじゃ、まるで手柄の横取りじゃないですか」

「平尾、落ち着け」

「落ち着けませんね」

「少なくとも、おれはおまえの努力を百パーセント理解しているよ。おまえの悔しさもな……。だが、ここは上の命令に従うしかない」

「だったら、情報は警部から渡してください。とてもじゃないけど、自分から説明に行くのはごめんです」

平尾巡査部長は椅子に掛けてあった背広を勢いよくつかむと、怒りを全身に表わして部屋を出ていった。

後に残された北野警部は、渋い顔で腕組みをしながら、机の上に置かれたままの、平尾の捜査レポートを見つめていた。

その一ページ目には、要約として次のように書かれてあった。
◎ヨコハマ・レンタカー（ヨコハマ自動車系列のレンタカー会社。ただし、車種は他社のも取り揃《そろ》えてある）渋谷営業所の記録によれば、四月二十日（月）午後三時から四十八時間の契約で、一台の乗用車が荒木英作（21）に貸し出されている。返却時刻は二十二日（水）午前八時三十七分。
車種は白のニッサン・ブルーバード。

この助手席と後部座席に血痕らしきもの多数あり。ルミノール反応を検出。

8

会社を休んで自宅にこもっていた千鶴のところに、荒木英作から電話があったのは、午後一時を回ったころだった。

「荒木くん！」

そう言ったきり、千鶴は次の言葉が出てこなかった。

彼女が黙っているので、英作のほうが口を開いた。だが、彼の声にも力がない。

「会社に電話をしたら病気で休んでいるというから……それで心配になって電話を……」

「荒木くん。もう、全部わかってしまったのよ」

「え？」

「私のために……文化祭の夜……」

そう言いかけたとたん、英作の息を呑《の》む音が伝わってきた。

「やっぱりそうだったのね」

千鶴はたたみかけた。

「私のために、あなたはあの男を……」

英作の沈黙で、千鶴は万梨子の推理が正しかったことを知った。

間違いであってほしいという望みを断たれて、千鶴は電話口で倒れそうになった。自分が殺した可能性が残されていたほうが、まだよかった。

「……許せなかったんだ」

ポツンと英作がつぶやいた。

「千鶴に乱暴を働こうとした男も許せなかったし、陰でそれを見ていながら、何もできなかった自分も許せなかった。それで、頭に血が上って……」

沈黙。

「気がついたら、逃げる男を追いかけて殴り殺していた」

「苦しかったでしょう、荒木くん」

千鶴は涙声になった。

「誰にも言えなくて、ひとりで苦しんでいたのね。まだ中学生だったのに」

「でも、おれは……もっと別のことで自分を責めていた」

「別のこと？」

「千鶴が、自分であの男を殺したと思い込んでいるのがわかっていたのに……それなのに、おれは何も言えなかったじゃないか」

「……」

「千鶴の苦しみは、おれの数十倍つらかったと思う。急に芸能界を引退する理由を、千鶴は誰にも明かそうとしなかったけれど、おれにはピンと来ていたんだ。突然引退すると聞いたとき、ああ、勘違いをしているんだな、って……。でも、おれは言えなかった。親衛隊としてすぐそばにいたのに、とうとう最後までほんとうのことを打ち明けられなかった。気が弱くて、怖がりで、卑怯者《ひきようもの》で……」

荒木まで涙声になった。

「そんなに自分を責めないで」

千鶴は泣きながら言った。

「あれでよかったのよ。芸能界は、もともと私には向いていない世界だったんだもん。長くいないで、早く故郷に帰れてよかったの。だって……宮崎の牧場であなたと再会したころが、いちばん楽しかったじゃない」

「ああ……」

「あのままずっとふたりで、牛や馬の世話をしながら自然の中で暮らせたらどんなに幸せだろうって、いつも思ってた」

「でも、それができなかったのはおれのせいだ。結婚の話を持ち出すたびに、千鶴が逃げるようにしていい返事をくれなかったのは、自分が殺人の罪を犯したと思い込んでいたからなんだろ。おれを巻き込むまいとして」

「……うん」

「でも、ほんとうの殺人者は、このおれだったんだ。何度それを千鶴に打ち明けようと思ったかわからない。でも、言ってしまえば千鶴が離れると思った。千鶴を失いたくなかったんだ。それで、ずっと口をつぐんでいた。卑怯者だよ。おれは世界一の卑怯者だ」

英作も声をあげて泣き出した。

「いいのよ、もう……。だって、なにもかも私のためにやってくれたことなんだもん」

「違う」

悲愴な声で英作は言った。

「おれがあの痴漢男を殴り殺さなかったら、あいつはちょっとした怪我《けが》ですんでいた。だから、千鶴が苦しむこともなかった」

「そのかわり、荒木くんとここまで長い間つきあうこともできなかったと思うわ」

「……千鶴、好きだ、愛してる」

「私もよ」

「でも、遅すぎる」

「どうして」

英作は口ごもった。

「どうして遅すぎるの」

「もうわかっているだろう。自動車学校の教官と、その連れを殺したのはおれなんだ」

「………」

「あの晩、千鶴を轢《ひ》きそうになった車があったじゃないか」

「ええ……」

「物陰で見ていたおれは、それが近くの自動車学校の車だとわかった。ナンバー36の車だ」

「それに皆川進が乗っていたのね」

ここでも千鶴は、万梨子の推理の正しさを確認する形になった。

「おれは痴漢男を殺したあとで、急にその車のことが心配になった。そいつが朝霞千鶴の顔を知っていたら、殺された男と千鶴とを結びつけるかもしれない。おれは急いで空地に戻ると、あちこちに落ちていた千羽鶴や、たぶんこれで千鶴が殴ったと思われる大きな石を拾った。でも、それが精一杯だった。百メートル離れたところで倒れている男の死体は、もうそれ以上動かしようがなかったんだ」

英作はうわずる声を抑えながら、一気にしゃべった。

「次の日の朝刊に、男の死体が発見されたという小さな記事が出ていた。それで、とにかくあの車になんという名前の教官が乗っていたのか、自動車学校で調べることにした。でも、そいつは、何も行動を起こさなかった」

千鶴に『私だけが知っている』というカードが送られてきていたとは知らない英作は、そう言った。

「ところがあれから六年も経ったのに、千鶴が東京に戻ってきたことをマスコミが伝えたとたん、そいつは脅迫をはじめた。どういうつもりだ。その執念深さに、おれは頭にきた。と同時に、怖くなった。このままでは千鶴が救われない。それで皆川を殺すことにしたんだ」

「でも、どうやって」

「それは言いたくない」

「千鶴には言いたくない」

かぶせるように英作は言った。

「じゃあ、私が見た三つの死体は、やっぱり本物だったのね」

「ああ。おれの呼び出しに脅《おび》えた皆川は、ひとりだと怖いと思ったのか、自分の兄貴という男と、それから友人で週刊誌なんかに小さな記事を書くフリーのライターだという目つきの悪い男を連れてきた。皆川は、『私だけが知っている』というカードを送ったことを、とことんトボケていたけど、あの雨の夜に通りかかったことは認めたよ。やっぱり、あれが朝霞千鶴だったのか、ってね」

「………」

「そこまで確かめられれば、こっちも後には引き返せない。……そういうことだ」

殺人方法の詳しい部分にはふれず、英作はそこで話を打ち切った。

「ただ、この段階でまた千鶴を巻き込んでしまった自分の甘えを、いまはすごく反省している。アリバイづくりのために千鶴をドライブに誘い出したり、千鶴のためにやっているんだということを、どこかで示したくて、死体を『霞』がつく場所に捨てたり、首に千羽鶴をかけたりしたことを……。そっと殺せば、千鶴とは無関係の出来事ですまされたと思うけど、心のどこかでは、千鶴に気づいてほしいという気持ちがあったんだ。千鶴が気づいて、おれを責めれば、そのときやっと昔のことを打ち明けられると……」

「やり直しましょう」

千鶴は、精一杯の優しさをこめて言った。

「私はヨコハマ自動車のOLになることで新しい人生をはじめようと思ったけど、もう一回、別のスタートを切り直してもいいと思ってる。何度やり直したって大丈夫よ。大好きな人といっしょなら」

「千鶴……ありがとう……でもおれは、また取り返しのつかないことをしてしまったんだ」

英作は、また電話口でむせび泣いた。

「皆川たちだけでなく、また人殺しをしてしまった。それも、罪もない女の子を……大学のゼミの後輩を」

「え……」

千鶴は絶句した。

「おれの秘密を、千鶴のためにやったことのメモを読まれてしまったんだ。だから、おれは、彼女を、夜中に、公園の、暗がりに、引きずりこんで、殴って……ちょうど六年前と、同じように、石で、頭を……」

途切れとぎれに話す英作の言葉に、千鶴は声もなかった。

「でも、これで……」

鼻をすすりあげながら、英作は言った。

「きみはもう脅迫されない。おれはたぶん警察につかまるだろう。でも、千鶴との関係は一切口にしないよ。だから、千鶴はもう安心だ」

「荒木くん」

堰《せき》を切ったように、千鶴は大きな声でしゃべり出した。

「あなたがそこまで私のためにやってくれたのに、まだ脅迫が終わらないの」

「なんだって」

「また来たのよ、あの手紙が。『私だけが知っている』と……」


その前日、新宿中央公園では、額を血に染め、植込みの陰に押し込まれるようにしてグッタリと倒れていた若い女性が発見されて、大騒ぎになっていた。

女の人が死んでいるという一報で、救急車を伴って警察が駆けつけたが、救急車の出動は無駄にならなかった。

女性は意識こそ失っていたが、まだ脈も呼吸もあったのだ。

ただちに彼女は現場から目と鼻の先にある東京医科大学病院に運ばれ、緊急手術を受けることになった。

手術室へ向かうストレッチャーの上で、点滴のチューブをつながれ、酸素マスクをかぶせられた彼女は、無意識下の動作ではあったが、いままでギュッと握りしめていた右手を、安心したようにゆっくりと開いた。

ちぎり取られ、丸められた手帳の一ページが、ポトリとリノリウムの床に落ちた。

9

月曜の夕刻――

仕事をやりくりして県警本部にやってきた塚原操子、叶万梨子、深瀬美帆の三人は、静まり返った大会議室に通されていた。

彼女たちの前に座っているのは、御園生刑事部長、船越警部、それに高津署の土井刑事である。

本来なら捜査本部の置かれている高津署に足を運んでもらうべきだったが、操子たちの仕事の都合を勘案して、ヨコハマ自動車本社からすぐの県警本部に集まったのである。

六人で話すには大きすぎる部屋だったが、中の声が外に漏れないという点では、この部屋は最適だった。

「……ということは」

船越はいったん椅子から腰を浮かせ、ズボンの尻を引っぱってから、また座り直した。

「まず第一段階として、六年前の出来事に関するみなさんの推理を整理すると、こうなりますね。杉本千鶴は夜道で熊平徹に襲われ、彼を何度か石で殴って抵抗すると、その場を逃げ出した。翌日、彼の死が報道されるが、実際に彼を殺したのは、陰でずっと千鶴の後をつけていたファンの少年、荒木英作だった――まあ、これだけ聞くと、えらく飛躍した推理のようですが、この仮定を使えば、後の話とうまくつながってくるのは事実ですな――それで……」

軽く咳払いをして、船越は続けた。

「千鶴がその場を離れるとき、細い路地に一台の自動車が入り込んできて、彼女はあやうく轢かれそうになった。そのとき、ヘッドライトで全身を照らされ、しかも千羽鶴を首に下げていたので、当時大人気の朝霞千鶴であることが、車の運転者にわかってしまった可能性がある。そのことは、物陰にいた荒木少年も心配した。そして現実に、この目撃者が、杉本――いや、朝霞千鶴の楽屋に黒い花束と目撃を示唆するカードを届けたらしい」

警部はいったん言葉を切って、三人の女性を交互に見た。

「そして、問題の夜、現場を通りかかった自動車というのが、先日殺された皆川進の運転する教習所の車であったのでは、と、あなたがたは推測される。それゆえに、荒木少年は目撃者の身許《みもと》を容易に割り出すことができたのだ、とね」

「ええ」

操子が声を出してうなずいた。

「しかし、その時間に教習車がそんなところを通りますか」

「それは私も疑問に思い、駒沢公園自動車教習所に電話をして確かめました。自動車雑誌の記者を装ってね」

「ほう」

船越と御園生、それに土井刑事が、たがいに顔を見合わせてニヤッと笑った。

そして、パンチパーマの土井刑事が言った。

「総務部長さんは、すごい行動力ですな。ヨコハマ自動車におられるのがもったいない。高津署に来ていただきたいくらいです」

「以前、県警本部でもスカウトしかかったんだが、失敗したよ。会社の女の子たちが塚原さんを放さないのでね」

と、御園生刑事部長が冗談半分につけ加えた。

「それで、問い合わせた結果なんですが」

操子は微笑を引っ込めて、先を続けた。

「夜の七時半すぎというのは、すでに最終の教習時間が終わって三十分も後のことなので、路上練習の車が走っているはずはない。ただし、教習途中に車の故障などがあって戻りが遅れることはたまにある、とのことでした。それから、都立大学脇の路地は道幅が狭すぎて、教習コースには入っていないとも……そこで私は考えました」

背筋を伸ばし、両膝にきちんと手を乗せたまま、操子は三人の捜査官の顔を見た。

「それでもなお、その狭い道に教習所の車が入ってきたとしたら、どんなことが考えられるだろう、と」

御園生たちは黙って操子の言葉を待った。

「いままで私は知りませんでしたけれど、仮免許をつけて路上練習を行なう自動車教習所の車は、あらかじめ所轄署と公安委員会に届け出て許可を得たコースから、勝手に逸脱して走ってはならない、という規則があるんですってね」

「そのとおりです」

土井刑事がうなずいた。

「たとえば、路上練習のコースが渋滞で混雑しているからといって、では近道をしよう、と簡単にルートを変更するわけにはいかないんですよ」

「では、そうした規則があるのを承知したうえで、皆川教官が狭い道に教習車を乗り入れていたとしたら、そこにどんな事情があったんでしょう。私には、プライベートな理由があったとしか思えないんです。たとえば、横に乗っていた生徒が女性で、その子と、何か人に見られたくないことをしていたとか……」

　船越と土井は顔を見合わせた。

　塚原操子の推理が、先日教習所の所長から聞き込んだ皆川進の性癖にぴったり一致するからだ。

「といいますのもね、もしも目撃者が翌日の新聞を見て、あの男を殺したのはタレントの朝霞千鶴かもしれないと思ったら、もっと噂《うわさ》を立てると思うんですよ。あるいは、マスコミに売り込んだり、警察に密告したりと。匿名の手紙を出して杉本さんを脅す前に、もっと自然な行動があってしかるべきだと思いませんか。それがなかったのはどうしてか。それは、自分のほうにも弱みがあったからです」

「なるほど……」

　三人の捜査官が異口同音につぶやいた。

「完璧ですな」

「ですから私は、その夜、皆川教官といっしょに教習車に乗っていた人物を、ぜひ探し出すべきだと思います」

10

皆川絹子は後ずさった。

ガス会社の者だからというのでドアを開けたら、いきなり若い男が入ってきて、彼女に頭から千羽鶴をかぶせてきたのだ。

「その千羽鶴は、最初あんたのダンナの墓に飾るために折ったんだけど、気が変わった。あんたにやるよ」

五十六歳の皆川絹子は、信じられないというふうに頭を振りながら、じわじわと後ずさりを続けた。

相手の男は靴をはいたまま玄関から上がりこみ、リビングの奥へ奥へと絹子を追い込んでいく。

絹子の背中がサイドボードに勢いよく当たり、中に飾ってあったグラスが次々と倒れ、粉々に砕ける音がした。

「千鶴を脅していたのは、おまえだったんだな。『私だけが知っている』などと、もったいぶった赤インクの手紙をよこしたのは」

荒木英作は、骨張った絹子の肩をつかんだ。

「え、どうなんだ。六年前に黒い花束を送ったのも、こんど彼女に妙な手紙を送ったのも、ぜんぶおまえがしたことだったんだろう」

「あなたは誰なんですか。ちゃんと名前をおっしゃい」

追い詰められながらも、絹子は毅然《きぜん》とした態度を崩さなかった。

「へんなことをしたら、警察を呼びますよ」

「呼ぶ前に死んでるさ。ダンナと同じように、千羽鶴を首からかけられて」

「じゃあ、あなたは……」

絹子の目が見開いた。

「主人を殺したのは、あなたなのね」

「そうだ」

英作は、絹子をにらんだまま答えた。

サイドボードの中の割れたグラスや、まだ飾られたままのカップが、地震でも来たかのようにカチャカチャと音を立てた。

英作が絹子の肩を激しく揺すったのだ。

「やっと自分のしたことの間違いに気がついたか。あんたが千鶴を脅したりするから、ダンナが代わりに死ぬことになったんだ。そして、おれが殺人者になってしまったんだ。

いいか、あんたは脅す相手を間違えていた。六年前の夜、土砂降りの雨の中で痴漢野郎を殴り殺したのは千鶴じゃなくて、このおれなんだ。そんな事実も知らないで、おまえは千鶴を脅し、結果的には自分の夫が殺される原因を作ってしまったんだよ」

「……」

絹子は英作の瞳をじっと見つめ、それから視線を床にそらせて、いま告げられた真実を嚙《か》みしめるように、唇を嚙んでいた。

「あの晩、あんたは見ていたんだな」

「そうよ」

絹子は静かに答えた。

「主人と私で見たわ。空地から飛び出してくる女の子をね」

「それでどうした」

「続きを聞きたければ、私をそこのソファに座らせてちょうだい。それから、お水も一杯」

「水だと？」

「少しは私の年のことも考えてくださいな」

「……わかった」

仕方なく、英作は腕を放した。

「だけど、逃げたり、警察に連絡しようとしたら許さないからな」

「それくらい承知していますよ」

絹子は、英作に後ろから監視されながらキッチンに行き、ミネラル・ウォーターをコップにそそぐと、それを持ってリビングに戻り、ソファに腰掛けた。

その向かい側に英作が座る。

「さあ、続きだ」

英作がうながした。

「飛び出してきた千鶴を見て、どうしたんだ」

「あれはタレントの朝霞千鶴じゃないかしら、と助手席に乗っていた私は言ったわ。だけど主人は……その後、私と結婚することになる教習所の先生は……」

絹子は言い直した。

「コース以外のところを走っていることがバレるとまずいから、早く帰ろう、もう三十分以上も遅れているのだから、と言って、急いで車を発進させたの」

絹子は細かな事情を話した。

「でも、翌朝の新聞を見て、これはひょっとして、と思ったわ」

「それで千鶴に変な手紙を送ったのか」

「そうよ」

「なぜ、そんな陰険なことをした」

「たぶん、心のどこかに、若くて可愛《かわい》い子への憎しみがあったのよ」

自分自身も若いころは美人であったはずの絹子は、上品な顔に敵意を剝《む》き出しにした。が、すぐにその表情を引っ込めた。

「心理学者や精神科医だったら、そうした潜在意識について、もっともらしい分析をするかもしれないわ。でも、これはとても単純な話なの。年を取ると若い子には腹が立つ。それだけのことよ。私があの子にしたことは、姑《しゅうとめ》が嫁にするような、ありふれた意地悪と基本的にはいっしょだと思う」

「ありふれた意地悪だと……。そのために、千鶴がどれだけ傷ついたかわかってるのか」

「私のせいにしないでちょうだい」

絹子はビシッと言った。

「あなたが男を殺さなければ、私の手紙も無視されてポイだったのよ」

「………」

「彼女を見かけた翌日、私はあの近くで男の人が殴り殺されていたという新聞記事を、主人に見せたわ。でも、主人は取り合わなかった。そんなのは偶然だろう、って。それだけならよかったんだけど、彼は、『だいたいおまえは、若い女の子にイチャモンをつけすぎる』などと、まるで見当違いのことまで言い出したのよ。とても腹が立ったわ。主人の言い方に、というよりも、朝霞千鶴の存在にね。私には、どうしても彼女があの男を殺したとしか思えなかった。たとえ正当防衛であっても、知らん顔でテレビに出ているのが許せなかった。だから、彼女を罰するために、一部始終を見ていた人間がいることを知らせたの」

絹子の話を聞く英作の胸は、怒りで激しく上下していた。

「あの子が芸能界を急にやめると言い出したとき、マスコミは謎だ謎だと騒いでいたけど、私にはわかっていた。やっぱり彼女が殺したんだな、と。だから、私の警告が効いたのだな、とね。胸がスッとしたわ。ところが、郷里に帰っておとなしくしていたはずの彼女が、一流企業に入るため東京に戻ってきた、という記事が出た。なんて懲りない子なんでしょう、いいかげんにしなさい、という意味で、私はまたカードを送ったのよ」

「あんた、どこかでネジが狂ってる」

英作は吐き捨てるように言った。

「人殺しに変人扱いされる筋合いはないわね」

「いや、狂ってる」

英作は繰り返した。

「あんたが千鶴に脅迫状を出したから、その因果が巡りめぐって、自分の夫が殺されることになったんだぞ。自分のした間違いの大きさがわかってるのか」

「わからないわ」

平然と絹子は答えた。

「主人が殺されたのも、結局はそうなる運命だったのかもしれないし」

「なんだって……あんたは、彼を愛していなかったのか」

「愛……ね」

絹子はふっと鼻で笑った。

「皆川は、私の言うなりになるおとなしい男に見えた。男にかしずくような結婚はごめんだけれど、その逆だからいいと思って結婚したのよ。けれども、私に見る目がなかったのね。いっしょに暮らしてからすぐに、そのことに気がついたわ。あの人は、浮気性でわがままで、顔はにこやかでも、心の中は氷。離婚しようとしなかったのは、それを言い出すと彼が暴れるから」

「おい」

英作は顔をしかめた。

「あんたは、殺された夫の悪口を、殺したおれの前で平気で言えるのか」

「彼が殺されたことがわかったとき、はじめは涙が出たわ。泣けて泣けて、目が真っ赤になるまで……。でも、それは恐怖心から出た涙だったことに気がついたの。悲しみと呼べるものは、はじめからなかったのよ」

絹子は自嘲的に唇の端を曲げた。

「だから、事件から三日も四日も経つと、もうどんなに夫のために泣こうと思っても泣けなかったわ。逆に、そういう自分がみじめで泣けてきたりしてね」

絹子はちょっとだけ鼻をすすった。

「あなた、まだ若いんでしょう」

そう言って、絹子は英作に向き直った。

「二十三、四か……それとも学生さんかしら。愛する女性のために人を殺せるあなたがうらやましいわ」

意外なことを言われ、英作はたじろいだ。

「でも、そんなヒロイズムはすべて幻想。愛なんていう幻のために一生を棒にふるあなたは、ほんとうにお馬鹿さん。可哀相でならないわ」

「なんてやつなんだ、おまえは」

英作は、テーブルの上のコップを手で払いのけた。

じゅうたんに水が飛び散った。

「怒りたければ怒りなさい。あなたは、私が大きな間違いをしたと言うけれど、あなただってとんでもない人違いをしたのよ。あなたの愛する千鶴さんを守るのだったら、主人じゃなくて、私を殺すべきだった。あなたは無駄に人を殺したのよ。それも三人も。その目的は何だったの。愛？」

「いいかげんにしろ」

英作はテーブルをたたいた。

「こうやってみると、あんたのダンナのほうが、マヌケなだけ、まだ救われるよ。六年前の雨の夜、おまえは何をしていたんだ、と言って呼び出すと、警戒した皆川は、自分の兄貴とガラの悪い友人を連れてきた。三人いるから、おれの家まで行っても大丈夫だと思ったんだろう。ところが、そんな用心棒は何の役にも立たなかった」

「主人は、あなたの家で殺されたの」

「いや、違う。その日、家には誰もいなかったけれど、家の中で殺す気はなかった。ただ、コーヒーを振る舞っただけさ」

「コーヒー？」

「薄めに淹《い》れたコーヒーの中に、たっぷりと睡眠薬を入れておいたんだ。まさか眠気を吹き飛ばすための飲み物の中に、睡眠薬が入っているとは思わないだろう」

「そう……じゃあ、苦しまずに死ねたのね、あの人」

「………」

絹子が、自分の想像していた反応とまったく違う態度を示すので、英作はどう対応してよいかわからずにいた。

「あなた、頭がいい人なのね」

絹子は静かな口調で言った。

「頭がいいから、いろいろなことを考える。そのアイデアに溺れて、すべてがゲームみたいな感覚になって、現実性を伴わない。だから、平気で主人たちを殺せたんでしょう」

「うるさい!」

英作は怒鳴った。

「おれは、おまえに説教されに来たんじゃないんだ」

「可哀相な子」

絹子は母親のような目で英作を見た。

「ゲームの世界に入ったあなたは、言葉つきも目つきも変わってしまうのね。きっと、ふだんはもっと優しい子のはずなのに……。そんなあなたに比べたら、私はただの人間よ。せいぜい意地悪な匿名の手紙を出すのが精一杯。いやな女だとあなたは思うかもしれない。でも、道徳と不道徳、無罪と有罪のギリギリのところで、自分の嫌いな人間を痛めつけてやりたいと思うのは、人間として普通のことじゃないかしら。そのどろどろした感情を抜きにして、簡単に人を殺せるあなたは、やっぱり機械なのよ」

「機械なら機械でけっこう」

英作は立ち上がった。

「愛のために人を殺したこのおれを、人間じゃなくて機械と呼ぶなら、それでもけっこう」

英作の体は、怒りでブルブルと震えていた。

震える指が絹子の喉に向かって伸びた。

そのとき、マンションの中庭に人影が走った。

その気配で、英作はハッと振り返った。警備会社の制服を着た男が、身構えていた。

「お水を飲みたくてキッチンに行ったんじゃないのよ」

冷静な表情で、絹子が言った。

彼女は、水を飲むと見せかけて、流し台の下に取りつけられた警備会社に直結する非常ボタンを、つま先でそっと押したのである。

連絡先の警備会社は、田園調布、奥沢《おくさわ》、自由が丘、等々力《とどろき》、上野毛《かみのげ》、深沢、柿ノ木坂《かきのきざか》といった地区に、警備の委託契約を結んでいる住宅を多数持っており、東京城南《じょうなん》営業所が絹子の住まいからすぐのところにあった。

絹子の態度に余裕があったのは、そうした計算があってのことだったが、荒木がそれに気づいたときは遅かった。

「このやろう……」

英作は恨みをこめた目で絹子をにらんだ。

だが、それ以上の行動は取れなかった。

「奥さん、その男ですか」

ガードマンが声をかけながら、中に入ってきた。

英作はとっさに玄関のほうへダッシュした。

そちらにも、ガードマンがひとり回り込んでいた。が、英作は先手を打って相手のみぞおちに頭突きを食らわせ、太い腕の下をかいくぐって逃げ出した。

「奥さん、だいじょうぶですか」

最初のガードマンが中庭からリビングに上がって、絹子のところに駆け寄ってきた。

「私はだいじょうぶよ」

絹子は冷静な声で答えた。

「男は逃げたのかしら」

「ええ。しかし、いま仲間が追いかけています」

「もし取り逃がしても、彼の身許を知る方法はあるのよ」

絹子はアドレス帳を繰って、ひとつの欄を指さした。

「これが男の恋人の住所なの。電話番号は知らないけど、自由が丘だから、このすぐ近くだわね。もしものときは、ここにいる杉本千鶴という女の子に問い合わせてちょうだい。白《しら》を切るようだったら、『私だけが知っている』とささやけばいいわ」

「私だけが知っている……ですか」

けげんそうなガードマンの問いかけを無視して、皆川絹子はつぶやいた。

「なにが『愛のために』よ……笑わせないで」

11

叶万梨子は、ホワイトボードにきわめて単純な図形を描いた（347ページの図参照）。

「これは、白いブルーバードが止まっていた場所と、多摩川、それに国道246号線を簡略化して示したものです」

県警本部の会議室では、いよいよ万梨子が死体消失のトリック解明に取りかかっていた。

彼女は、荒木英作がポルシェを運転しながら、しかも隣りに千鶴の目がありながら、一瞬にしてブルーバードの中の三つの死体を消す方法を実証できるというのだ。

この謎解きについては、操子も美帆もまだ聞かされていないので、彼女たちの目つきも真剣である。

「さきほど確認のために、荒木英作が百十番をかけてきたときの録音テープを聞かせていただきましたけれど、もういちどそれを再生していただけますか」

「オーケー」

船越警部がうなずいて腰を上げた。

テープレコーダーは土井刑事の真ん前に置いてあるのだが、土井はさっきから万梨子

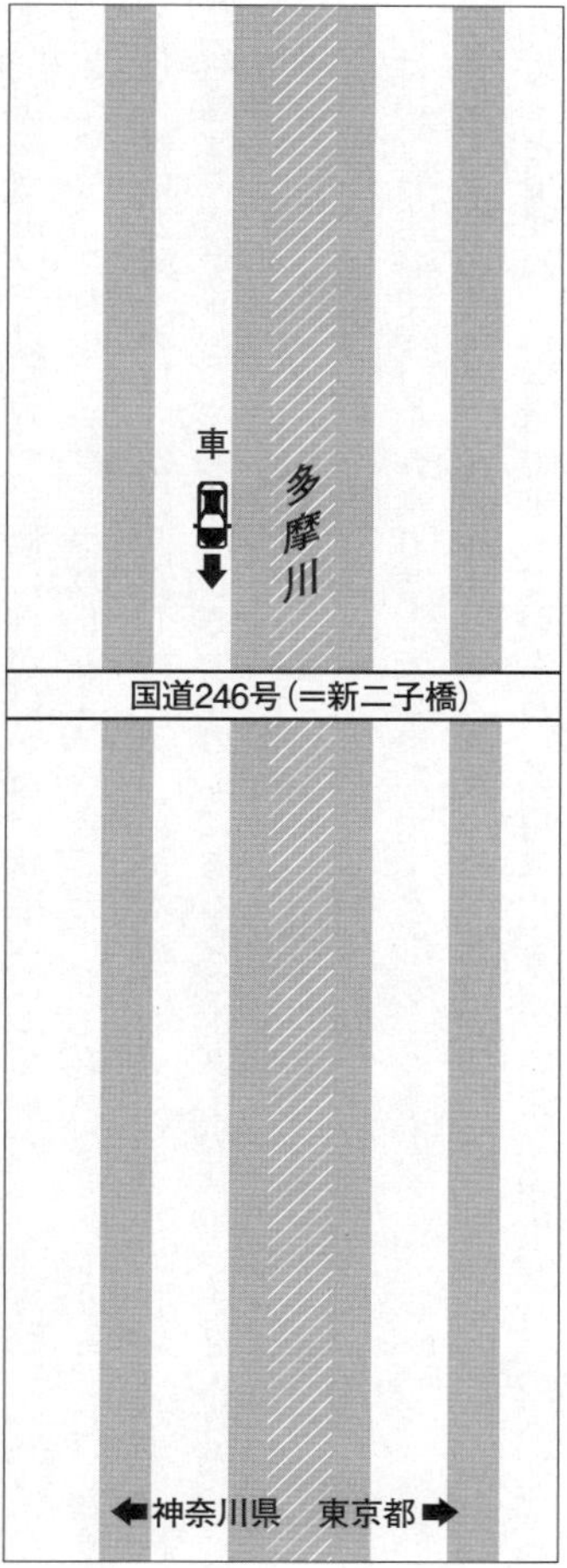

の美貌にボーッと見とれて、他に目がいかない状態になっていた。

どうやら、このパンチパーマの刑事は、活発でチャーミングな美帆よりも、しっとりと色っぽい万梨子のほうが好みらしい。

船越は苦笑すると、手を伸ばして土井の前にあるレコーダーのスイッチを入れた。

カチッと音がして、カセットテープが回りはじめた。


「はい、百十番です。何がありましたか」

神奈川県警の百十番受理台が応答する声からはじまった。

「えーとですね、いま車で走っていたら、路肩に止まっている車の中で、男の人が死んでいるのを見つけたんです」

この声が荒木英作であるはずだが、万梨子たちは、もちろんこの男と面識はない。

「それも、ひとりじゃなくて三人です。すぐ、様子を見に来てください」

「三人？」さすがに係官は聞き返してきた。「男の人が三人死んでいるというんですか」

「そうです」

「で、あなたは、どこからかけているんですか」

係官の声が緊迫してきた。

「その車のそばからです」

「具体的な場所を教えてください」

「多摩川に沿ったところです」

「多摩川のどの辺です」

「川を左に見ながら、土手沿いに車を走らせてきたんですけど。えーと、これ、多摩堤っていうのかな」

「住所表示か、それとも何か目標がありますか」

「目標……ですか……うーんと」

「だいぶ下流まで来たんですか」

「そうでもないです。あ、そうだ。国道２４６のすぐ近くです」

「すると、新二子橋の手前あたりですね」

「ええ、そうなると思います。……あ、たしか道路からちょっと引っ込んだところにゴルフ場があったと思いました」

「わかりました。で、その車は道路の左側に止まっているんですね」

「はい、川に近いほうです」

「そこまでで結構です」

万梨子の声で、また船越が手を伸ばしてテープレコーダーの停止ボタンを押した。ついでに船越は、土井の肩をドンとたたいて、万梨子に見とれている彼を『正気』に戻した。

「荒木英作は千鶴さんを横に乗せ、湘南方面へのドライブから戻ってくる帰りに、『偶然』この車を発見し、百十番をしたことになっています」

万梨子はホワイトボードの前に立って、説明を続けた。

「もちろん、彼を犯人だと想定した場合、これは偶然の出来事ではなく、予定の行動であったはずですけれど、そのとき、彼はうまいぐあいに携帯電話を持っていました。そのために、わざわざ車を降りて公衆電話などを使うことなく、車の中から携帯電話を使って百十番をすることができました。では、携帯電話を使う利点はなんでしょう」

「そりゃ、電源さえ落としてしまえば、こちらも回線の確保ができなくなるから、百十番してきた人物の身許を追跡できなくなる。そのためでしょう」

と、ようやく仕事の目つきになった土井刑事が答えた。

「それも重要なことですけれど、携帯電話を使った大きな理由がもうひとつあるのです。それは、携帯電話でなければ今回の死体消失のトリックは成立しなかったからです」

「なぜです」

「携帯電話は、有線ではなく無線で電波を飛ばすからです」

「そりゃわかり切ったことですがね。でも、どうして無線であることが必要なんですか」

土井刑事は万梨子にそうたずねながら、御園生刑事部長と船越警部の反応も窺《うかが》った。だが、ふたりとも土井同様、まるで万梨子の意図するところがわからない、という顔をしていた。

「では、少し見方を変えてみます」

万梨子は首を振って艶やかなストレートロングの髪の毛を整えると、まっすぐに三人の捜査官を見た。

「荒木英作がやったかどうかは別にして、事件当時の状況で、九十秒たらず――いえ、実際にはもっと短い時間のうちに、三人の死体をどこかへ隠すことは可能だったでしょうか」

「それがどう考えても不可能だから悩んでいるんじゃないかね。それを、君が可能だと言うから、こうやって説明を……」

と、船越が言うのを待って、万梨子は言った。

「どう考えても不可能だったら、やっぱり死体は消えていないのです」

「なんだって」

捜査陣だけでなく、操子と美帆も不可解な表情を隠さなかった。

「ブルーバードの中から三つの死体が一瞬にして消える――これが絶対に不可能なこと

ならば、千鶴さんが見た死体はどこにも消えなかったのだ、と解釈するしかありません。そのことを最優先にして考えると、自然とひとつの答えが導かれてきます。つまり、千鶴さんの見た車と、高津署のパトカーが発見した車は、同じ白のブルーバードでありながら、まったく別々の二台だったのです」

「ちょっと待った」

船越が手を挙げた。

「その可能性は、われわれも考えないではなかった。しかし、土曜日に塚原さんに伴われてやってきた杉本千鶴さんは、こう話している。あの夜、警察に自分たちの居場所を伝えるとき、荒木の表現に嘘はなかった、と。君が描いたこの図の、このポイント――つまり、多摩川を左に見て走り、国道２４６号線と交差する橋の少し手前で、しかも近くにゴルフ場があるところといえば、ここしかない。もちろん、新二子橋と二子橋を混同していた可能性はあるが、それとてわずかな距離の違いだし、高津署の香田巡査部長らは、近くの道路に類似するような車は一切止まっていなかったと断言している」

「おっしゃるとおり、現場の近くに同じ外見をした車があったら、すぐに注意を引くでしょう。ですから、もっと遠くに置いたのです」

「遠くとは？」

「さっきの百十番通報の会話記録で、とても重要な部分がありました」

万梨子は、走り書きをした自分のメモに目をやった。

「荒木がこんなことを言っていましたね。川を左に見ながら、土手沿いに車を走らせてきた、これは多摩堤というのかな……と。すると、百十番を受けた係の人は、そのあとのやりとりの中で『だいぶ下流まで来たんですか』とたずねています。ここがキーポイントです。このやりとりに、死体消失のトリックを解明するカギが含まれているのです」

万梨子はホワイトボードに描いた簡略図を、指示棒で指した。

「『だいぶ下流まで来たんですか』という問いかけの言葉には、上流から下流に向かってどれくらい走ったのか、という意味が込められています。つまり、この方向に車が走っていたことを前提にしています」

万梨子は、図面で多摩川を表わす太い帯の左側を、上から下に向かって指示棒を走らせた。

「もしもその逆に、下流から上流に向かって走っていることを想像したならば、『だいぶ下流まで来たんですか』という言い方でなく、『だいぶ上流まで来たんですか』というたずね方をするはずでしょう」

「そりゃそうだ」

船越が腕組みしてうなずいた。

「では、百十番の係官は、どうして通報者の車が、上流から下流方向に走っていると決め込んだのでしょうか。それは、荒木が『川を左に見て』走っていると言ったからです。それと同時に、百十番を受けたのが神奈川県警の警察官だったから、無条件にそう解釈してしまったのも無理はありません」

また訳のわからないことを言い出したな、という顔の捜査陣に向かって、万梨子は再度図面を指し示した。

「ごらんのとおり、多摩川を左に見て走るということは、土手沿いの道を上流から下流に向かって走ることに他なりません。ただし、神奈川県の場合は、です」

12

「わかっちゃった、万梨子。すごいわ」

いままで黙って聞いていた美帆が大きな声をあげた。

「千鶴の乗ったポルシェは、東京側を走っていたのね！」

「そうよ」

「なんだって」

思わず船越は興奮した声をあげて立ち上がった。

「さっきの図をごらんください」

万梨子の声が響いた。

「多摩川を渡った向こう側から見ると、すべてが逆になります。つまり、東京側では、川を左手に見て走るということは、すなわち、下流から上流に向かって走ることを意味します」

御園生、船越、土井の三人は、呆然《ぼうぜん》として万梨子の描いた図面を見ていた。

「もしもここの場所に白いブルーバードが止まっていれば――つまり、神奈川県側の新二子橋の上流寄りではなく、東京都側の新二子橋の下流寄りのポイントを選べば、やはりここも『川を左手に見ながら走って、新二子橋の手前』という表現で表わすことができます。つまり、同じ表現で示せる場所が、多摩川をはさんで対角線上の位置にある、東京都側にもあったのです。しかも、東京都側にも、すぐそばに東急ゴルフガーデンがあります」

「驚いたわね。幾何学的にいえば『点対称』の世界ね」

操子もすっかり感服した表情になった。

「ここで、助手席に乗っていた千鶴のことを思い出してください。彼女はタレント時代に東京に住んでいたことはありましたが、仕事場から仕事場への移動の毎日で、東京の地理にはほとんど不案内でした。それから、その夜は――私は荒木英作の手によって、睡眠薬を飲まされたのではないかと思うのですけれど——彼に起こされるまで、千鶴はぐっすりと眠っていました。誰でもそうですけど、車の中でウトウト眠っていたところを急に起こされたら、いまどこを走っているかわからないでしょう」

「しかも、深夜で周りの景色もよく見えない……」

美帆が相槌《あいづち》を打った。

「そうなの。だから千鶴にとっては、川沿いの道を走っているということ以外、詳しいことは何もわからなかった。しかも、彼女の話によれば、百十番した後は怖くなって、家に送ってもらうまで、ずっと荒木英作のジャンパーをかぶったまま助手席で震えていた……。このジャンパーをかぶせられたのは、彼のすすめだといいます」

会議室を沈黙が覆った。

「しかし……」

ようやく、御園生がポツンと言った。

「どうして、そんな錯覚が成立するんだ。百十番を受けたのは専門の職員だぞ」

「ですから、携帯電話がカギなんです」

万梨子はすかさず答えた。

「私はさきほど、実家が二子玉川園の駅近くでケーキ屋さんを営んでいる友人に、電話をかけて簡単な事情を話し、ひとつの頼み事をしました。東京都側のこのポイントの近くまで車を走らせ、そこから自動車電話で百十番をかけてもらうのです。実験で百十番をするのは気がひけるものですが、彼女はちょうどうまい言い訳を考えました。現実に店の前に違法駐車の車がたくさん止まっていたのです。だから、これを通報するという名目で、私の頼んだ実験に協力してくれました。彼女が電話をかけた位置はここです」

万梨子は、実際にブルーバードが発見された場所と、ちょうど点対称の位置になる東京都側の土手沿いの道を示した。

「ふつう自動車電話や携帯電話から電話をかけるときは、たとえ市内通話であっても市外局番から押さなければなりませんが、110と119などは例外で、そのまま三ケタの番号を押せばすぐに通じます」

御園生は黙ってうなずいた。

「そこで、彼女は110と押しました。そして、営業中の店の前に違法駐車の車が並んで困っていると告げたあと、店の住所を問われたとき、自分はアルバイトで住所はすぐわからないけれどと前置きし、多摩川と二子橋を基準にして場所を説明しました。ところが、警察の人とまるで話がかみ合わないのです。

なぜかといえば、警察の人は、彼女が通常の電話回線を使ってかけていると頭から思っていますから、神奈川県警で百十番を受けたということは、当然、県内からの電話だと思い込んでいます。だから、電話をした彼女は東京側の地図を説明しているのに、係官は神奈川県側の地図を思い浮かべている。それで混乱が生じたのです。まさか、東京都で発信された電波が多摩川を越えて飛び、県警本部の百十番で受けてしまったとは思わずに……」

「そんなことがあるんですかね」

土井の問いかけに、船越が即座に答えた。

「あるよ」

「百発百中でそうなるとは限らないが、電波状況によっては、東京都で発信された携帯電話の百十番が、警視庁ではなく県警本部で受理されることは現実にある。言われてみればそうなのだが、これに誰も気づかなかったとは……」

警部の言葉に、刑事部長は唇を噛んだ。

「さきほどの交信記録のテープを聞いていますと、荒木英作はとても巧妙に会話をすすめています」

万梨子が続けた。

「彼は、『多摩堤』という道路の名前が、東京でも神奈川でも土手沿いの道の通称として通っていることを利用し、巧みに相手の反応を窺っています。つまり、この携帯電話でかけた百十番が、警視庁で受けたのか、それとも計画どおり神奈川県警で受けたのか、それを探っているわけです。

そして、川を左に見ながら走っている状況を、百十番の係官が、下流に向かって走っていると解釈したことで、荒木は、この電話が神奈川県警で受けられたものだと確信しました。さらに、国道246の近くだと言ったら、新二子橋の『手前』あたりですね、と係官が再確認してきたので、もうこれは確実に、警察は神奈川県内からの通報だと思い込んでいる、とわかったわけです。

もしも、途中で警視庁側で受けたことが推測できれば、おそらく彼は、国道246などを持ち出さずに、もっとずっと離れた場所を指示して時間を稼ぎ、千鶴さんにはうまく言い訳をして、どこかでポルシェを降りてブルーバードの移動を図ったかもしれません。その場合は死体消失の筋書はキャンセルとなります。

でも、きっと彼は何度か前もって実験をして、その場所から携帯電話で百十番した場合、かなり高い確率で神奈川県警が受理することを確かめていたにちがいありません」

「まいったね……」

船越警部が大きなため息をついた。

「百十番係官の錯覚を利用したトリックだったとは、考えてもみなかった……」

「すると荒木は、白いブルーバードを二台使ってこのトリックを作り上げたわけですな」

土井刑事が言った。

「ええ。ですから、もしも空からこの出来事を見ることができていれば、仕掛けは一目瞭然だったでしょうね。神奈川県側で、血だらけの車が見つかったが死体がないと騒いでいる間に、東京都側では、百十番通報を終えた荒木が、千鶴さんを乗せたまま現場を立ち去っていったのです。これが死体消失の基本原理だと思います」

「そうなるとだ……」

その後を御園生が引き取った。

「合理的な解決となるように整理してみると、こうなると思う」

刑事部長はホワイトボードを裏返し、新しい面に箇条書きを書き並べた。

①犯人は、事前に被害者の車が白のブルーバードであることを調べてあった。
②それと同じ色と型の車を、レンタカーなどで手配しておく。
③三人を殺害したのは皆川の所有する車の中である。神奈川県側にあったので車Kとする。
④殺害後、犯人は三つの死体を、皆川のマイカーではないほう（のちに東京都側に置く車T）に移し変える。この車Tには、外からのぞいても中の様子がわからないよう、スモークフィルムなどを応急措置で貼りつけていた可能性もある。
⑤東京側と神奈川側の予定ポイントの近くで、路上駐車していてもすぐには咎《とが》められな

いような場所に、血痕のみ残された車Kと、三つの死体を乗せた車Tをそれぞれ止めておき、シートなどをかぶせて中が見えないようにしておく。いったん車を置いたあと、またもう一台の車を取りに戻るときは、タクシーを利用するか、車のトランクに入る折りたたみバイクを使う手がある。
⑥次に、アリバイ工作のために、犯人は夜遅く杉本千鶴をドライブに誘い出す。
⑦その帰りに、彼女に睡眠薬を混入した飲み物を飲ませる。
⑧千鶴が熟睡している間、犯人はポルシェを運転して、それぞれの車の保管場所へ行き、予定の場所に車Kと車Tを配置する。
⑨準備完了後、犯人は東京都側のポイントTの近くで千鶴を起こし、偶然、車を発見したふりを装って百十番をする。
⑩神奈川県警が対応に出て、作戦成功を確認すると、犯人は千鶴を自宅まで送り、ポイントTにとって返して（ポルシェはどこかに置いて、バイクなどを利用した可能性大）、三つの死体を乗せたまま、ブルーバードを運転し、霞ケ浦と霞ケ関と、さらにもう一カ所に、順番に死体を捨てていく。

「しかし、なんでまた荒木はこんな手の込んだことをやったんでしょうな」

御園生の書いた十項目を眺めながら、土井刑事はパンチパーマの頭をかいた。

「たぶん……複雑な心境があったと思いますよ」

そう答えたのは、塚原操子だった。

「隠しておきたいけど、しゃべりたい、というような複雑な気分が、荒木にはあったんじゃないでしょうか。彼は、自分が杉本千鶴のために人を殺したのだということを、彼女に対してもはっきりと示したかったと思います。だから、一見矛盾しますけれど、自分が犯人なのだと彼女にもわかる行動をとっているのです。でも、警察にはつかまりたくないから、物理的には犯人たりえないという状況を設定した」

腕組みをする三人の捜査官に向かって、操子は続けた。

「考えてみれば、綱渡りのような計画ですけれど、それでも彼は『消えた死体』を演出したかった。これは、日常生活での感覚ではなくて、一種のゲーム感覚です」

「ゲーム感覚？」

土井がとがめるような声を出した。

「じゃあ、荒木英作はそんな気分で三人も人を殺したと……」

「ええ、それが彼なりの愛情表現だったのかもしれません」

「そんな」

「これは、ヨコハマ自動車の総務部長としての参考意見ですけれども」

一言断わってから操子は言った。

「最近の若い世代は、映画やビデオで見たフィクションの世界と、現実とを混同する傾向があるようですね。これはなにも大人になってからではなく、小さな子供時代からそういう下地が培われている。たとえば、刑事ドラマで殺されたはずの人間が、また別のドラマで違う役で出ているのを見て、人間は死んでも生き返るんだ、だから人を殺すのはたいしたことではないんだ、と思い込むようにね。以前、幼稚園の先生に聞いた話ですけれど、七夕で飾る短冊に園児たちが書いた願い事を見ていたら、○○くんなんて死んじゃえ、という言葉がぞろぞろ出てきて、背筋が寒くなったそうです」

御園生、船越、土井の三人は、声もなく操子の話を聞いている。

「そうした子供たちが、やがて十何年経つと、社会に出ていきます。みごとに入社試験に合格したウチの社員の中にも、人生すべてがゲームになっている子は、決して少なくありません。彼らの特徴は、そろいもそろって現実逃避型です」

美帆と万梨子も、深刻な表情で操子の話を聞いていた。

「彼らのもうひとつの特徴は、頭はいいけれども個性がない、ということです。テレビで描かれた虚構の世界をお手本にして、それを現実のものにしようとする。トレンディ・ドラマが流行《はや》れば、そのとおりの恋愛ごっこをしたがるし、中でもいちばん馬鹿馬鹿しい例が、クリスマス・イブのパターン化されたデートです。男は決まって一流ホテルのいちばんいい部屋を予約して、お金をかけたプレゼントを彼女に渡す。女の子からのお返しは——まあ、品のない言い方かもしれませんけれど、自分の体にリボンをかけて差し出すようなもの……。こうした若い人たちの考えていること、やることは、すべてが筋書のあるドラマなんです」

「筋書のないドラマ、というのは聞いたことがありますがね」

土井は首を振った。

「没個性的で、マニュアルどおりの行動をとる彼らは、私たちからみると現実を無視しているように思えることもしばしばですが、彼らは決して、自分たちの発想をおかしいとは思っていません。というのも……」

操子は短い吐息をもらしてから言った。

「そもそも、そういう人たちにとって『現実』は存在しないのです」

「現実が存在しない？」

こんどは船越が聞き返した。

「ええ。結局は、テレビや映画や小説の中の世界に住んでいるのと同じことですから」

ふーっと、警部は大きなため息をついた。

操子は続ける。

「荒木英作は、美少女タレント朝霞千鶴の親衛隊員になったときから、現実からドラマの世界へ足を踏み入れたのかもしれません。ひょっとしたら、杉本さんも最初はそうだったかもしれない。でも、芸能界の中に入ってしまうと、逆に夢に浸っているヒマはなかったと思いますね。かえって、現実的な面ばかり見せられて……。だから、杉本千鶴は、まともな感覚にいち早く戻れたと思うんですね。だけど、荒木英作は戻れなかった。戻ろうにも、すでに彼女を襲った男を殺してしまったという、悲愴感あふれる意識がありますから」

「お母さん……」

美帆がつぶやいた。

「私たち、千鶴のそばにいてあげなくちゃ」

「……そうね」

操子は静かにうなずいた。

そのとき、会議室に電話のベルが鳴り響いた。

三人の捜査官が、ハッと現実を取り戻した顔になった。

船越の無骨な手が受話器に伸びた。

「はい。船越。……なに……千羽鶴を首にかけた第三の死体が出た？」

全員の視線が船越に集まった。

「埼玉県の朝霞署管内にある寺の境内？　そこに埋められていたのか。うん……うん……。よしわかった。こっちからも人を出そう」

受話器を置いた手をそのまま放さずに、船越は言った。

「塚原さんの言うとおりの展開ですよ」

「と、いいますと？」

操子がきく。

「これまでに二つの死体が発見された場所は、いずれも『霞』の文字が付く。だから、血痕だけ残されて死体の出てこない三人目の犠牲者は、朝霞市のどこかに棄《す》てられているる公算が強い――総合テレビの三時のワイドショーが、そんな煽《あお》り方をしたらしいです。それが引き金になって、早速見つかったと」

「まさにドラマの世界だな」

御園生がつぶやいた。

「それから、その放送を終えたあとになって、ついさっき、高津署のほうに総合テレビの報道部長から連絡があり、朝霞市と限定した根拠として、匿名の手紙が局に届けられたことを明らかにしたそうです。なんでも、その手紙には『朝霞千鶴』の名前が出ていたようで……」

ヨコハマ自動車の三人が顔を見合わせた。

「いよいよこうなると、荒木英作を取り調べなければいかんな」

「ですが、彼はずっと自宅に戻っていません。大学にも、アルバイト先にも……」

「とにかく、彼の立ち回り先をしらみつぶしに調べるんだ」

御園生が立ち上がった。

と、また電話のベルが鳴った。

こんどは御園生がそれをとった。

しばらくの間、言葉少なに応じていた刑事部長は、電話を置くと、じっと叶万梨子の顔を見つめた。

「あの……どうしたんでしょうか」

万梨子が不安そうにたずねた。

「あなたの推理が正しいことが証明されたようだ」

御園生は言った。

「荒木英作が事件当日、白いブルーバードのレンタカーを借りていることが判明した」

「待ってください、部長。それはどこからの情報です」

船越警部が聞きとがめた。

「土浦署からだよ」

「土浦署？」

「どうやら茨城県警の中に、負けずぎらいの職人がいたようだな」

御園生はそう言うと、ネクタイの結び目をキュッと締め上げた。

13

部屋の中でじっと膝を抱えていた杉本千鶴は、意を決して立ち上がった。

『私だけが知っている』という手紙を送りつけていたのは、皆川進でなく、その妻に違いないと言い残して電話を切った英作の言葉が、いつまでも耳に残っていた。

彼が、そのあと皆川夫人の家へ向かったのは確実だと思えた。

それも、夫人を殺すために……。

千鶴は、新聞をひっくり返して皆川進の自宅の住所を調べた。駒沢五丁目は駒沢公園に隣接した場所だ。タクシーを拾えば、ほんの数分の距離である。

ためらいを捨てて、千鶴はそこへ向かうことにした。もうこれ以上、英作に人を殺させるわけにはいかなかった。

簡単に身支度を整え、外に出ようとした瞬間、千鶴は、不精髭の伸びた男に部屋の中に押し戻された。

「誰なんですか、あなたは！」

千鶴は叫んだ。

「返せ」

後ろ手にドアを閉めると、男はすごみのある声で言った。

「さあ、おれの一億円を返せ」

「何のことですか」

「とぼけるな」

千鶴を突き飛ばすと、森本茂は土足のまま部屋に上がり込んだ。

「こっちへこい」

森本は千鶴の右腕をつかみ、倒れたままの彼女を引きずった。

「やめて、たすけて」

突然の闖入者《ちんにゆうしや》に、千鶴はパニック状態になった。

「お願いです。お金ならいくらでも出しますから、命だけはたすけてください」

ベッドルームまで引きずられ、勢いをつけてベッドの上に放り出された千鶴は、震えながら懇願した。

「お金ならいくらでも出しますだと？」

森本は、伸び放題となった口髭の間から歯を剝き出した。

「だから、その金をもらいに来たんじゃないか」

「こ、こ、これを」

肩に引っ掛かったままのショルダーバッグから、千鶴は財布を取り出して男の前に差し出した。

「これを持っていってください」

札入れの中には、一万円札が五枚と、千円札が三枚入っていた。

「馬鹿野郎、こんなものでごまかすな」

森本は紙幣を空中に舞いあげた。

「きさま、宝くじで一億円を儲けたくせに、とぼける気か」

「知りません、そんなこと」

「嘘をつけ。去年の暮れ、渋谷の道玄坂の宝くじ売り場で、おまえとおれとぶつかっただろう。そのとき、おれが落とした宝くじを、おまえが拾っていったんだよ。それがだなあ、一億円が当たっていたんだ」

「人違いです」

「人違いなんかじゃない。おまえは、ヨコハマ自動車に勤めているだろう」

「……はい」

「その女も、ヨコハマ自動車の名前の入った封筒を持っていたんだ」

「でも、私、去年の暮れは東京にいませんでした。宮崎にいたんです」

「嘘をつけ」

森本は、ベッドの上にあおむけに倒れている千鶴のスカートをまくりあげた。

「やめて！　何をするんですか」

「この脚だ」

森本は、下顎を突き出すようにして歪《ゆが》んだ笑いを浮かべた。

そして、千鶴の上に覆いかぶさり、首筋に顔をうめた。

「それから、この匂いだ」

「いやーっ」

千鶴は両足を突っ張って、男をベッドから蹴落とした。

床に転がり落ちた森本の顔に、激しい怒りの色が浮かんだ。

「こいつ……おれの一億円を横取りして返さない気だな」

起き上がった森本は、じっと千鶴をにらみつけた。

「どうして私ばっかりこんな目に遭うのよ」

乱れたスカートの裾を引っぱりながら、千鶴はベッドの上で泣き出した。

「もう東京なんかきらい。横浜なんかきらい。都会なんて大っきらい」

「東京なんかきらい。横浜なんかきらい。都会なんて大っきらい」

森本は、黄色い声で千鶴の口調を真似た。

それから、もとの声に戻った。

「泣けばすむと思ってるのか、この女は、え。おまえのおかげで、おれは仕事はクビになるわ、女房からは愛想をつかされるわで、生活はメチャクチャになってしまったんだ。一億円、耳を揃えて返してもらわなきゃ割りが合わないぜ」

「知らないものは知りません」

「だったら吐かせてやるよ」

森本は、また千鶴を突き倒し、その上に馬乗りになった。

そのとき、大きな声が部屋に響いた。

「何をやってるんだ、おまえは！」

「荒木くん！　たすけて」

英作は、何が起きたのか理解できずに棒立ちとなっていたが、千鶴の声を聞くと、猛烈な勢いで森本に突進した。

「彼女に手をふれるな！」

叫ぶなり、両手を組み合わせた英作のアッパーカットが森本のあごに命中した。

侵入者は潰れた声をあげて、壁のほうまですっ飛んだ。

「どうしたんだ、千鶴」

英作は千鶴を抱きしめた。

「わからないの……玄関を開けたら……知らない男が立っていて」

「乱暴されたのか」

「それはだいじょうぶ……でも、怖かった」

千鶴は泣きじゃくった。

「もうだいじょうぶだ。もうだいじょうぶだよ」

英作は千鶴の髪をなでた。

「ちょうど危ないところに間に合ったなんて、運がよかったんだな。おれ、最後まで千鶴の役に立てたよな」

「最後までって？」

千鶴はドキッとして、英作を見上げた。

「お別れを言いに来たんだ」

「お別れ……」

千鶴は青ざめた。

「お別れって、どういうこと」

「もう、おれは逃げられない。きっと今夜じゅうに警察につかまる。だから、千鶴とこうやって会うのも、これが最後だ」

「まさか……死のうなんて思っていないでしょうね、荒木くん」

千鶴は、英作の顔に思い詰めた表情が浮かんでいるのを見てとった。

「そうなの？」

千鶴は英作の体を揺すった。

英作は、視線をそらせて答えない。

「だめよ、思い詰めちゃだめ。自首して、おねがい。私がぜんぶいきさつを話すから。荒木くんだけのせいにさせないわ。罰を受けるなら私もいっしょに受ける」

千鶴はすがりついた。

「ね、だから、変なことを考えないで」

「いまさら遅いよ」

英作は力なく首を振った。

「もうおれ、五人も殺してしまったんだ。死刑にならなくたって、永久に刑務所からは出られない。とくに、最後のひとりは何の罪もない子だったのに」

太田絵美が一命をとりとめたことを知らない彼は、絶望的な顔でそう言った。

「そんなふうに決め込まないで、一生懸命警察にわけを話すのよ。そうしたら……」

千鶴の言葉が途中で途切れた。

失神していたと思った森本が、急に起き上がって英作の後ろで立ち上がったのだ。

その手にはナイフが握られている。

森本は無言で英作に躍りかかった。

「あぶない!」

千鶴の叫び声で、英作は振り向いた。

間一髪で、ナイフの刃先が彼の首筋から数センチのところで空《くう》を切った。

「このやろう」

すかさず、英作のパンチが森本の顔面に炸裂《さくれつ》し、ナイフが廊下のほうへ飛んでいった。

「おまえなんか死ね」

そう言いながら、英作は森本を壁に圧《お》しつけ、その首を締め上げた。

「やめて、荒木くん。殺しちゃだめよ」

千鶴が止めに入った。

「いやだ。千鶴に乱暴をしようとしたやつらは、みんな死ねばいいんだ。六年前の男と同じように」

森本の首に回した英作の両手に力が入った。

英作の爪の先が真っ白になり、森本の顔は、こめかみの血管がふくれあがって赤鬼のようになった。

「だめだってば、荒木くん、もう人殺しはだめ」

千鶴は英作を懸命に引き離そうとした。

「この男を殺したら、あなたのほうが悪者になっちゃうのよ。六年前のときだって、私に乱暴しようとした男は、殺されたために新聞では『さん付け』で呼ばれて、いい人扱いになったじゃない。それで、私もあなたも苦しんだじゃない。ここで、この男を殺したらまた同じことよ。悪い人は法律が罰してくれるんだから……ね。悪者を殺して悪者になるなんて、そんな馬鹿馬鹿しいことはやめようよ。荒木くん、荒木くんてば」

しかし、英作の耳には、もう誰の声も聞こえなかった。

彼は、目をむいて暴れる森本茂の首をさらに締め上げた。

森本の抵抗が徐々に弱まり、もう少しで彼の生命が消えようというとき、千鶴はいきなり英作の唇に、自分の唇を重ねた。

英作はびっくりして、至近距離で千鶴を見つめた。

が、千鶴はまぶたを閉じて、英作の唇を吸いつづけた。

やがて、森本の首から英作の手が離れ、その手が千鶴をギュッと抱きしめた。

完全に失神して床に倒れた男の脇で、ふたりは泣きながらキスを続けた。

しばらくすると、部屋のチャイムが鳴った。

何度かチャイムは鳴りつづけたが、応答がないとみると、ロックされていない部屋のドアがゆっくりと開いた。

皆川絹子に教えられた住所をたよりにやってきた警備会社のガードマンは、部屋の中の様子を見て、呆然とそこに立ち尽くしていた。

エピローグ

三週間後――

杉本千鶴は羽田空港にいた。

警察の事情聴取をひととおり終えたあと、彼女は総務部長である塚原操子と相談のうえ、会社に辞表を提出した。

彼女の愛したあの牧場はもう人手に渡ってしまっていたが、それでも郷里の宮崎に帰ることにしたのである。数えてみれば、わずか一カ月たらずのOL生活だった。

一連の事件のいきさつは、おおよそ叶万梨子が推察したとおりであった。

千鶴の受けた心の傷は一生消すことのできないものだったが、それでもわずかな救いは、太田絵美の容体が快方に向かっていること、それから、皆川絹子が英作の手にかからずにすんだことであった。

ただし、森本茂は一命を取り留めたが、意識は戻らず、下手をすれば植物人間となる可能性が残された。

でも、千鶴は英作のためにも、森本を無条件で被害者の立場にさせたくなかった。

この男がどんなことを口走りながら彼女に襲いかかってきたか、さまざまなショックもあって、千鶴は、そこの記憶が欠落していた。

しかし、森本は千鶴の家に無断で侵入し、乱暴を働こうとした加害者であり、荒木は彼女を守るために闘っただけだ、と、懸命に警察に主張した。

その後、森本がヨコハマ自動車のＯＬ誘拐を企てた男と同一人物であることが、被害にあいかけた女子社員三名によって確認された。また、ここ数週間、精神的におかしかったことは、彼の妻も認めており、千鶴の主張は客観的にも正しいことが証明されたのだった。


「短いおつきあいだったけど、いろいろなことがあったわね」

空港待合室に見送りに来た操子は、千鶴の手を握ってそう言った。

「ほんとに、いろいろお騒がせしました」

千鶴は深々と頭を下げた。

「こんなときにサングラスをかけたままでごめんなさい」

「いいのよ。あなただということが周りに知れたら、また一騒動だから」

操子は小声で言った。

「千鶴、もう会えないのかな」

美帆がきいた。

「いいえ。私、これからも東京に戻ってきます。横浜にも……。彼のためにしてあげなければならないことが、まだいっぱいありますから」

「そのときは、絶対に声をかけてね」

万梨子が言った。

「このあいだ約束した『明治三十六年のフルコース』、千鶴さんもいっしょに手伝ってほしいから。なにしろ、塚原のお母さんが楽しみにしてるのよ」

「そうそう、二時間かけて重しをした、ぺちゃんこのサンドイッチを食べさせられるんだったわね」

「お母さん、そのメニューは作らないっていったじゃない」

四人は笑い声をあげた。

ひさしぶりの千鶴の笑顔だった。

「あ、そうだ、千鶴さん。これ、私たちからのプレゼント」

万梨子が代表して、小さなパッケージを千鶴に渡した。

「なんでしょうか」

千鶴がたずねた。

「香水。シャネルの19番よ」

「え……どうして、私が好きなのを」

「自分と同じ香水をつけている人はすぐわかるもの」

「万梨子さんも、これを？」

「そうよ。この香り、千鶴さんの雰囲気にとても似合ってるな、って思っていたの」

「どうもありがとうございます。気を遣っていただいて」

千鶴は少し涙ぐみながら、三人を見つめた。

そのとき、ロビーに宮崎行きの最終案内のアナウンスが流れた。

誰からともなく同じ言葉をつぶやき、そして同じように手を振って、彼女たちはたがいに別れを告げた。

「それじゃあ……」


「月並みな言い方だけど、幸せになってほしいわね」

ゲートの向こうに消えていく千鶴の後ろ姿を見送りながら、操子が言った。

「でも、運命のいたずらって、罪作りだな……」

　美帆がつぶやいた。

「あの夜、千鶴のマネージャーの奥さんが具合悪くならなかったら、結局こんな事件は起きていなかったわけでしょう」

「そうよね」

　万梨子がうなずいた。

「それでいて、当時のマネージャーや奥さんは、この事件の報道を見ても、自分たちが根本でかかわっていたとは、夢にも思わないんですものね」

「そうした運命の糸の絡み方がぜんぶ見えてしまったら、とても怖くて、私なんか四十年以上も人生をやっていられなかったわね」

　操子の言葉に、若いふたりはうなずいた。

　そのあと、三人はしばらく運命の不思議さについて立ち話を続けた。

「さてと」

　話に区切りをつけるように、操子は腕時計を見た。

「いずれにしても、杉本さんとは永遠の別れになるわけじゃないんだし、おセンチに飛び立つまで見送らずに、もう行きましょうか」

「そうですね」

ニコッと笑って、万梨子と美帆は、操子の両脇に並んで歩きだした。

「でもさあ、万梨子」

歩きながら、美帆は操子の背中越しに万梨子に話しかけた。

「こうやって、運命についていろいろ考えさせられた日に宝くじとか買ったら、ひょっとして当たるかもしれないね、一億円」

「なに言ってるんですか、この子は」

真ん中にいる操子が口をはさんだ。

「酒飲みが何かと言い訳しながらお酒を飲むように、美帆はなんだかんだ言いながら宝くじを買うのが好きなんだから。そうやってね、不労所得ばかりを夢見ている不心得者には、神様は幸運をくれませんよ」

「それにね、お母さん」

万梨子が、言いつけをするような口調で言った。

「この前の年末ジャンボ宝くじのときなんか、せっかく私が長い行列に並んで買ったのに、美帆に預けておいたら、いらない書類といっしょにシュレッダーにかけちゃうんですよ」

「えへへー」

美帆はペロッと舌を出した。

「ま、いいじゃない。どうせあれは当たってないんだから」

「もう、都合の悪いときはこれなんだから」

万梨子は怒った顔を作って見せた。

「はいはい、喧嘩をしないで」

操子が中に割って入った。

「きょうは私が、あなたたちにとびきりのご馳走《ちそう》をしてあげるつもりでいるのよ。なんといっても、ふたりの活躍があったから、ここまで事件が解決できたんですものね」

「わあ、やったー」

美帆と万梨子は、両側から操子の腕にしがみついた。

「まあまあ、こういうのも両手に花というのかしらねえ」

操子はまんざらでもなさそうな顔で笑うと、ふたりと腕を組みながら、空港ロビーを出てタクシー乗り場へと歩いていった。

その三人の真上で、エンジン音を轟《とどろ》かせながら、一機のジャンボジェットが白い雲に向かって青空を上昇していった。

解説

和田知佐子

吉村先生とお仕事をさせていただいたのは、もう二十年ほど前、私が『月刊ポップティーン』という十代の女の子向けの雑誌の編集長をやっていたときだった。吉村先生の当時十代のお嬢さんが徹夜のことを「オール」と言うのが面白いとおっしゃって、『オール』というタイトルで、十代がオールでやりそうな肝試しや夜遊びといったシチュエーションでホラーの連載をしていただいた。

そのころのポップティーンといえばガン黒・ヤマンバギャルの全盛期。ルーズソックスで「チョベリバ～」とか言いながらプリクラ撮ってマルキュー《109》行って渋谷センター街でマッタリ、みたいな読者がメインターゲット。吉村先生はそんなギャルたちに眉をひそめるどころか興味津々で、当時人気読モだった強烈なヤマンバギャルをご紹介したときも、全く上から目線ではなく心底楽しそうに爆笑しながらお話しされていたのを思い出す。そのヤマンバと私たち編集者と、吉村先生の奥様もご一緒に、吉村先生が脚本を書かれたお芝居を観《み》に連れて行ってくださったこともあるくらいだから本当に楽しんでおられたのだと思う。

　まったく吉村先生は珍しい大人だった。とても好奇心が強くて感度が高くて素直でフラットで、聡明《そうめい》だけども偉ぶらず。私や担当は文芸編集者ではなく雑誌編集者だし、なにせ当時若かったので、数々の至らない点や失礼な点があったと今振り返れば冷や汗の出る思いだが、吉村先生は「こうした方がいいってことあったら言ってくださいね！」などと本当に謙虚に寛容に接してくださった。今思うとそれは、未知の領域のことも余すことなく吸収してやろうという作家としての貪欲さの表れでもあったのかもしれないけれど。

　そして私の知っている中で№1の愛妻家だった。ご家族のことが大好きなのが会話の端々から伝わってきた。十代のお嬢さんの言葉も、子どもだからと軽くあしらうようなことはせず対等に受けとめていらしたと思う。

　そんな吉村先生の突然の訃報に接したのは二〇一二年の五月。連載が終わってからはそうお会いすることもなく、ご無沙汰したまま何年も過ぎていたけれど、あまりにも早いご逝去に胸をつかれ、言いようもなく淋《さび》しい、残念な気持ちでいっぱいになったのを憶えている。

　ご葬儀に参列するときには、吉村先生があんなにも愛した奥様とお嬢さんの悲しみはどんなに深いかと、居たたまれないような思いがあった。しかし、恐る恐るお久しぶりにお会いする奥様の前に進み出てお悔やみを述べると、奥様は「楽しい時間をありがとうございました」と笑顔も浮かべながら言ってくださったのだ。その言葉で吉村先生が私のことやポップティーンでのお仕事のことをどんな風にご家族に話されていたかわかった気がして、よけい泣けてしまったのだけれど。

さて、このたび『夜は魔術《マジック》』というタイトルで一九九二年に刊行された当作品が『悪魔の手紙　ヨコハマＯＬ探偵団』と改題されて復刊されることになった。これは既刊の『ＯＬ捜査網』の続編である。

両作品を改めて読んでみて「ＴＶドラマにぴったりの小説だなあ！」と思った。シリーズが続けば今ドラマ化しても人気の出そうな設定なのに二作で終わっているのが残念だ。

主人公は「ヨコハマ自動車」に勤務する三人のＯＬ。明るくてものおじしない職場のアイドル的存在の深瀬美帆、色気が香る日本的美人の叶万梨子、ベテラン社員で総務部長、みんなに「お母さん」と呼ばれ頼りにされている塚原操子。とてもキャラの立った魅力的な主人公たちで、三人それぞれに自分が連想する女優を当てはめながら読み進める読者も多いのではないだろうか。

今回の事件はヨコハマ自動車に入社してきた元アイドルの杉本千鶴を中心に起こる。

秘密の過去を持つ千鶴の元に「私だけが知っている」とだけ書かれた匿名の手紙が届く。そして千鶴と男友達の荒木英作が発見し通報した後、警察が駆けつけるまでのわずか九十秒で消えた三つもの死体。多摩川沿いの事件発生現場から遠い、霞ケ浦で発見された男の死体の首にはなぜか色とりどりの千羽鶴がかけられていた——。

とても魅力的な謎が提示される。三人のＯＬたちは千鶴のために警察の捜査に協力し、日常生活のささいな会話やふと目にしたものをヒントに真相に迫っていく。

そして鮮やかに盲点を突く、でも知ってみればごく単純なトリック！　さすが手品好きだった吉村先生はミスリードの達人で、みごと目くらましされてしまった。でもこの小説のクライマックスはトリック解明だけではないと思う。私には終盤近くの、犯人とある女性のやり取り、そしてそこにたたみかける塚原操子の言葉こそが読後心に残った。

女性は犯人に対して、「あなた、頭がいい人なのね」「頭がいいから、いろいろなことを考える。そのアイデアに溺れて、すべてがゲームみたいな感覚になって、現実性を伴わない」と語りかける。道徳と不道徳、無罪と有罪のギリギリのところで、嫌いな人間を痛めつけてやりたいと思うのは人間として普通のことだと。犯人はそのどろどろした感情を抜きにして、一足飛びに人を殺してしまう機械だと断罪する。

そして塚原操子も犯人の行動を「ゲーム感覚」と評する。犯人に限らず、近頃の若い世代はフィクションと現実を混同する傾向にあると言う。彼らの特徴は「頭はいいけれども個性がない」こと。トレンディドラマが流行《はや》ればそのとおりの恋愛ごっこをしたがる。やることすべてが「筋書きのあるドラマ」。そういう人たちにとって「現実」は存在しない、と語る。

わかる！　と思った。私は常々、たとえば悲惨な目に遭った当人が事件や事故直後に「二度とこのようなことが起こらないようにしてほしい」というのになんとなく違和感を感じていた。自分や身内が酷《ひど》い目に遭った直後に、そんな世間一般のことを心配するような心情になれるものかなと。ひたすら嘆き悲しむ、恨むといった個人的感情に支配されるのが普通なんじゃないだろうか。

あるいは、何事かを為すときに「自分がこれをやることでみんなに元気を与えられれば」という台詞《せりふ》。ホントに？　と思う。そんな利他的な気持ちがいちばんにくるかね。何か新しいこと、大きなことに挑戦するときって、もっとやむにやまれぬ気持ちからやるんじゃないのかと。若いカップルが男も女もやたらと「君を守る」と口にするのも、どう見ても大変な状況だろうに、なんとなくシンボリックなイメージカットを撮ってインスタにあげるのも、同じように空虚な感じ。

みんなすぐテンプレートな台詞を口にする。自分の悲しみを悲しめていないし、自分の喜びを喜べていないような気がする。それこそ「どろどろした感情を抜きにして、簡単に」流行りのキレイな型に自分をはめてしまっているような。そうして型からこぼれたどろどろしたものがひとりひとりにか社会全体にか、いつか復讐《ふくしゅう》するかもしれない。

吉村先生がこの小説を書いてから二十五年ほど経《た》つが、この傾向は今こそ顕著になっているように思う。さすがの慧眼《けいがん》。ご存命でいらしたら、絶対にSNSを題材に「いいね」をもらうために行動する心理を描かれただろうなと想像してしまう。

でも吉村作品はそんな社会や人間の病理をシリアスに掘り下げることはしない。そんな闇をも軽い手さばきで料理して、小説はあくまでテンポ良く抜群に読みやすく進んでいく。だからこそ薄ら寒いような怖さを内包しているとも言えるのだけれど。

エグイ人間心理を活写しながらも、この小説のように主人公たちのキラキラしたキャラや生き生きとした会話、ときおりはさまれるウンチクが楽しくて、仕事の息抜きや気分転換に、肩に力を入れずに読める吉村作品がまだまだたくさんある。

だから吉村先生に私も言いたい。私にも、大勢の読者にも、

「楽しい時間をありがとうございました！」


（わだ・ちさこ　編集者／出版プロデューサー）

本書は、一九九二年六月、書き下ろし文庫として光文社より刊行されました。
ＪＡＳＲＡＣ　出１９１２８９９－９０１
図版　テラエンジン

吉村達也の本

ＯＬ捜査網

営業部長の妻が殺害され、総務部長の娘が自殺、さらに宣伝部副部長が浴槽から溺死体で発見された。戦慄が走るなか、社内の女子達が探偵団を結成、事件の謎に迫る……。会社ミステリー。

集英社文庫

集英社文庫

悪魔《あくま》の手紙《てがみ》 ヨコハマＯＬ探偵団《たんていだん》

2019年12月25日 第1刷 定価はカバーに表示してあります。

著 者 吉村達也《よしむらたつや》
発行者 徳永 真
発行所 株式会社 集英社
東京都千代田区一ツ橋2-5-10 〒101-8050
電話 【編集部】03-3230-6095
【読者係】03-3230-6080
【販売部】03-3230-6393(書店専用)

印 刷 大日本印刷株式会社
製 本 ナショナル製本協同組合

フォーマットデザイン アリヤマデザインストア マークデザイン 居山浩二

ISBN978-4-08-744057-7 C0193